D1702217

Lukas Pellmann

INSTA MORD

Der dritte Fall für Vera Rosen und Moritz Ritter

TEXT/RAHMEN

1. Auflage 2017

Copyright 2017, Verlag TEXT/RAHMEN e.U., Wien
Alle Rechte vorbehalten. Kein Teil des Werkes darf in irgendeiner Form
(durch Fotografie, Mikrofilm oder ein anderes Verfahren) ohne schriftliche
Genehmigung des Verlages reproduziert oder unter Verwendung elektronischer
Systeme verarbeitet, vervielfältigt oder verbreitet werden.

Autorenporträt: Kurt Prinz, www.kurtprinz.at
Schriftgestaltung: TEXT/RAHMEN, www.polenimschaufenster.com
Lektorat: Oliver Poschner
Umschlaggestaltung und Satz: Dominik Uhl
Druck und Bindung: Druckerei Finidr, Český Těšín (CZE)
ISBN 978-3-9504343 7 8

Lukas Pellmann

INSTA MORD

Der dritte Fall für
Vera Rosen und Moritz Ritter

Für Karl Jonathan

PROLOG

Was bildete Violet sich eigentlich ein?

Charlène war außer sich. Hatte sie diesen Workshop mit Stargast Tatjana Wunderlich aus Deutschland etwa organisiert, nur um sich währenddessen von Violet runtermachen zu lassen? Was dachte sie, wer sie ist? Nur weil sie auf ihrem Blog und auf *Instagram* ein paar tausend Follower mehr zu Buche stehen hatte, musste sie sich nicht aufspielen, als wäre sie die Königin unter allen Bloggern schlechthin. Wie sie ihren Babybauch stolz präsentiert und herumgezeigt hatte. Als ob sie die einzige Workshop-Teilnehmerin an diesem Nachmittag gewesen wäre, die einen Bauch vor sich hertrug. Kaum Schwangerschaftsstreifen, und überhaupt sei sie ja top in Form. Bla, bla, bla. Immer musste sie sich in den Vordergrund spielen. Violet führte sich schlimmer auf als dieser Donald Trump, der hoffentlich niemals Präsident der USA werden würde.

Anstatt sich weiterhin über ihre Konkurrentin zu ärgern, beschloss Charlène, das Appartement weiter aufzuräumen. Die Hinterlassenschaften der Gipsabdrücke lagen in der ganzen Wohnung verstreut. Reste von Canapés und anderem Fingerfood warteten, verteilt auf mehreren Tellern, darauf, doch noch gegessen zu werden. Die mit alkoholfreiem Sekt gefüllten Sektflöten fanden genauso wenig Beachtung wie die von Charlène selbst gestickten Babylätzchen, die sie als

Dankeschön an die Teilnehmerinnen des Workshops verteilt hatte.

Dann halt nicht, dachte sich Charlène. Mit den Lätzchen ließ sich schließlich auch noch ein Gewinnspiel unter ihren achtundvierzigtausend Followern auf *Instagram* veranstalten. Es war nur schade, dass Stargast Tatjana den Lätzchen ebenfalls wenig Beachtung geschenkt hatte. Aber egal. Charlène hatte den Workshop mit der Künstlerin Maria Holunder, die die Gipsabdrücke der Schwangeren herstellte und unter deren Anleitung anschließend die gipsigen Bäuche mit Babynamen, Blumen und allerlei Getier verziert worden waren, organisiert. Sie hatte diese coole Location im angesagten zweiten Wiener Gemeindebezirk, hoch oben über dem Karmelitermarkt, gefunden. Wer für all das verantwortlich war, das musste auch Star-Bloggerin Tatjana mitbekommen haben. Und da war es auch nicht so von Bedeutung, dass sich der Gast aus Deutschland im Anschluss an den Workshop lediglich von Violet die Telefonnummer hatte geben lassen. Wenn nur nicht dieses selbstgerechte Grinsen gewesen wäre, das Violet ihr zugeworfen hatte, als sie gemeinsam mit Tatjana das Appartement verlassen hatte.

Plötzlich läutete es an der Tür. Die neumodische Türglocke erinnerte mit ihrem schrillen Ton eher an eine Alarmsirene als an den dezenten Hinweis, dass ein Besucher unten vor der Haustür stand. Hatte Violet etwas vergessen?

Charlène betätigte den Knopf der Gegensprechanlage. Anschließend ließ sie die Tür der Dachwohnung einen Spalt weit offen und widmete sich wieder der Reinigung des schwarzen Marmorblocks, der den Übergang von der offenen Küche zum Wohnzimmer markierte. Durch die schräg nach unten verlaufenden Dachfenster bot sich an diesem grauen Novembertag eine diffuse Aussicht. Die Hochhäuser der Donaukanal-Skyline lagen wie an einer Kette aufgefädelt vor Charlène. Der Südturm des Stephansdoms bildete im nebligen Hintergrund den Abschluss.

Charlène hörte die Wohnungstür ins Schloss fallen.

»Hast du noch etwas vergessen, Mausi?«, rief sie.

Charlène drehte sich um. Wie sehr hätte sie sich in diesem Moment gewünscht, dass ihr die so verhasste Violet im Wohnzimmer gegenübergestanden hätte.

MONTAG, 7. NOVEMBER 2016

»Erwürgt«, klarer Fall.

Kommissar Moritz Ritter erhob sich, presste die Hände in seine Hüften und schüttelte den Kopf. Er betrachtete die in einem gelben Ohrensessel sitzende leblose Frau.

»Grau, teurer Freund, ist alle Theorie. Und grün des Lebens goldner Baum«, erwiderte Doktor Faust, der Moritz schräg gegenüberstand.

Der Kommissar starrte den Gerichtsmediziner an und wartete auf eine Präzisierung seiner wie immer nicht sofort verständlichen Aussage. Doch er sollte umsonst warten. Faust drehte sich um und beschäftigte sich mit einigen Proben, die er einzeln in Reagenzgläser verfrachtete.

»Wenigstens hat sie noch eine schöne Aussicht gehabt, als sie gestorben ist«, kommentierte der dürre Schorsch die Szenerie.

Vor dem Kriminaltechniker breitete sich die abendliche Silhouette der Innenstadt aus. Wären sie hier im Juli gestanden, hätten sie in diesem Moment den Sonnenuntergang über die Stadt hereinbrechen sehen können. Vom Karmelitermarkt wäre das Geplauder der sommerlichen Nachtschwärmer und *Aperol*-Fans bis nach oben zu hören gewesen. Doch es war November und dementsprechend düster. Das einzige Stimmengewirr, das es in diesem Moment durch die geöffneten Fenster bis nach oben ins Dachgeschoss schaffte, war das

Gezeter von zwei Betrunkenen, die sich zu ebener Erde vor dem Stand eines Maronibraters lautstark unterhielten.

»Also, wenn ich mich entscheiden müsste, würde ich lieber auf die Aussicht verzichten und weiterleben«, antwortete Moritz.

»Aber wenn schon sterben, dann wenigstens hier in so einer Luxushütte«, erwiderte der dürre Schorsch.

Moritz hustete einmal kräftig, wiegelte mit der Hand ab und widmete sich wieder der Leiche.

Die tote Frau musste um die dreißig Jahre alt gewesen sein, sie hatte längere braune Haare und war von schlanker Statur. Ihr Kopf war zur Seite gedreht, die Haare fein säuberlich über ihr Gesicht drapiert. Dort, wo die Haare einen Blick auf den Hals zuließen, waren deutlich die tödlichen Würgemale zu sehen. Die Frau trug einen weißen Pullover und eine dunkle Hose. Unter dem Pulli wölbte sich ein großer Bauch.

»Wer bringt bloß eine Schwangere um?«, fragte Moritz in die Runde.

»Vielleicht der unglückliche Kindsvater«, sagte Rauschebart Tepser, der soeben über die freischwebende Treppe in das Wohnzimmer heruntergekommen war.

»Das bringt doch keiner fertig«, sagte Moritz, drehte seinen Kopf in Sekundenschnelle zur Seite und hustete erneut. »Dann wartet man doch zumindest, bis das Kind auf der Welt ist. Und bringt dann erst die Frau um.«

»Wird da etwa jemand krank?«, fragte Tepser.

»Ach was, nur eine kleine Verkühlung«, versuchte Moritz zu beruhigen.

»Wenn du kein Interesse an einem Kind hast oder du deine Emotionen nicht im Griff hast, bringst du sie vielleicht auch in der Emotion um«, erklärte Tepser. »Oben ist jedenfalls alles unauffällig. Generell wirkt die Wohnung nicht so, als ob sie tatsächlich bewohnt wird.«

»Wird sie auch nicht«, sagte Moritz. »Ist ein Appartement, das für Stunden oder Tage angemietet werden kann. Der Besitzer hat unserer Toten die Wohnung für den heutigen Nachmittag vermietet. Als er vor einer Stunde die Schlüsselübergabe machen wollte, hat er sie hier leblos im Sessel vorgefunden.«

»Ihr habt wohl noch nie eine schwangere Frau gesehen«, sagte Vera plötzlich.

Die Chefinspektorin stand mit dem Rücken zu ihren Kollegen und sah hinunter zum Karmelitermarkt. Die beiden Betrunkenen waren mittlerweile weitergezogen. Der Maronibrater konnte sich wieder auf sein Kerngeschäft konzentrieren.

»Na, Gott sei Dank. Und ich dachte schon, dass ich der Einzige in diesen Räumlichkeiten bin, der alle sieben Sinne beisammen hat«, meldete sich auch Gerichtsmediziner Doktor Faust ungefragt zu Wort.

»Seht euch doch mal die Form des Bauches an«, erklärte die Chefinspektorin und drehte sich um. »So sieht kein normaler Bauch einer Frau aus, die in Bälde ein Kind zur Welt bringt. Das sieht doch eher aus wie eine Wassermelone.«

Moritz, Rauschebart Tepser und der dürre Schorsch sahen einander mit grübelndem Gesicht an. Alle drei waren kinderlos, und zumindest was Moritz betraf, konnte keine Rede davon sein, dass er in seinem bisherigen Leben sehr viel mit Schwangeren zu tun gehabt hatte. Worüber er auch nicht gerade unglücklich war.

»Darf ich?«, fragte Vera mit prüfendem Blick zum dürren Schorsch und griff an die Unterseite des Pullovers.

Der Leiter der Kriminaltechnik nickte der Chefinspektorin zu. Diese hob den Pullover mit den Fingerspitzen an. Mit der anderen Hand zog sie ein längliches, weißes Kissen hervor.

Aus der schwangeren Toten wurde mit einem Ruck eine ganz normale Tote.

»Die gute Frau wollte wohl jemandem weismachen, dass sie schwanger ist. Und dieser jemand steht auf unserer Liste der Personen, denen wir morgen einen Besuch abstatten sollten, ganz weit oben«, sagte Vera.

»Warum denn erst morgen?«, wunderte sich Moritz. Und noch bevor er die Frage fertig formuliert hatte, biss er sich schon auf die Zunge.

»Weil ich morgen früh meinen Hund töten muss und den heutigen Abend gerne noch mit Lucca verbringen würde«, sagte Vera mit versteinertem Gesicht.

Scheiße, Scheiße, Scheiße. Wie hatte Moritz das in diesem Moment nur vergessen können? Bei Lucca war im Sommer ein aggressiver Nervenscheidentumor diagnostiziert worden. Moritz hatte bis dato nicht verstanden, um was für eine Art von Krebs es sich dabei im Detail handelte. Er hatte nur sehr rasch gemerkt, dass es sehr schlecht um Lucca stand. Eine Chemotherapie war seitens der Ärzte als nicht zielführend erachtet worden, sein durch Schmerzmittel erträglich gemachtes Leiden wäre dadurch nur unnötig verlängert worden. Für den folgenden Tag war der Termin für die Einschläferung festgelegt worden. Das hatte Vera ihrem Kollegen mindestens zwanzigmal erzählt. Für Vera war das Einschläfern ein barbarischer Akt. Ein barbarischer Akt, den Moritz einfach so vergessen hatte.

»Es tut mir voll leid«, sagte er zu Vera, die sich keine Gefühlsregung anmerken ließ.

»Schon gut, wir sind durch unseren Job ja daran gewöhnt«, erwiderte sie. »Wir beschäftigen uns den ganzen Tag ja mit nichts anderem als mit toten Lebewesen. Da kommt es auf einen Hund, den ich umbringen lasse, auch nicht mehr an.«

»Vera, bitte, so war das doch nicht gemeint«, versuchte Moritz zu retten, was nicht mehr zu retten war.

»Die Zelinka hat die Teestunde für morgen um elf Uhr angesetzt. Ich will vorab einen ersten Bericht auf meinem Schreibtisch haben«, sagte Vera zu Assistent Jakob Tepser. Moritz' Versuch der Entschuldigung perlte an ihr ab.

»Geht klar«, sagte Rauschebart Tepser.

»Willst du dir die Besprechung um elf nicht sparen?«, fragte Moritz seine Chefin, als diese sich daran machte, die Wohnung zu verlassen. »Dann könntest du …«. Er suchte nach den richtigen Worten für eine Situation, in der es keine richtigen Worte gab. »Ich mein doch nur, wegen Lucca.«

»Wenn die Frau Ermittlungsbereichsleiterin der Meinung ist, dass morgen um elf Uhr eine Besprechung mit meiner Anwesenheit stattzufinden hat, dann ist das so. Auch du wirst irgendwann lernen müssen, dass es Dinge im Leben gibt, die wichtiger sind als die eigenen Befindlichkeiten.«

Vera ließ Moritz stehen und ging aus der Wohnung.

»Nimm es nicht persönlich«, sagte Rauschebart Tepser und klopfte dem Kommissar auf die Schulter. »Das ist nun mal eine g'schissene Situation für sie, da reagiert jeder ein bisserl eigen.« Moritz blickte seiner Kollegin, die ihn vor wenigen Monaten vor lauter Sorge um sein Leben so herzhaft auf dem Dach des Flakbunkers im Augarten umarmt hatte, hinterher.

»Es gab übrigens keine Einbruchsspuren an der Tür«, holte der dürre Schorsch den Kommissar wieder in die Realität der Ermittlungen zurück. »Das Opfer muss den Täter oder die Täterin also hereingelassen haben.«

»Dann hat sie ihn gekannt«, warf Rauschebart Tepser ein.

»Kann sein«, sagte Moritz und fuhr sich mit der Hand um sein unrasiertes Kinn. »Muss aber auch nicht sein. Es gibt keinen Spion und keine Vorhängekette an der Tür. Der Täter oder die Täterin kann sie also auch überrascht haben.«

Doktor Faust packte im Hintergrund seine Habseligkeiten zusammen. Seine wirren Kopfhaare hatte er an diesem Morgen wohl erneut nicht der Tortur eines Kammes aussetzen wollen. »Ich grüß' Sie und verbleibe hochachtungsvoll«, verkündete er und entschwand durch dieselbe Tür, durch die Vera kurz zuvor die Wohnung verlassen hatte.

»Seltsam«, sagte Moritz.

»Das war er doch schon immer, der gute Herr Faust«, sagte Assistent Tepser.

»Nein, ihn meine ich nicht. Sondern das mit dem Kissen.«

»Du meinst wohl den Polster«, besserte ihn Tepser aus.

»Komm' mir jetzt hier nicht mit der österreichischen Klugscheißerei«, sagte Moritz genervt. »Die Tote wird sich das Kissen ja wohl nicht selbst unter den Pullover gesteckt haben. Also hat es der Täter gemacht. Und was will er oder sie uns damit sagen?«

»Vielleicht war sie mal schwanger und hat das Kind abgetrieben. Und jetzt hat sich jemand dafür gerächt.«

»Ihr schaut euch das eh ordentlich an, oder?«, formulierte Moritz mehr Aufforderung als Frage an den dürren Schorsch.

»Selbstredend, kommt alles morgen bei der Teestunde auf den Tisch«, antwortete der Leiter der Kriminaltechnik.

Als Moritz an diesem Abend in seine Wohnung zurückkehrte, hatte er immer noch ein schlechtes Gewissen. Vera war, seitdem der Kommissar in Wien lebte, immer für ihn da gewesen. Manchmal vielleicht sogar ein bisschen zu viel, aber das war halt ihre Art. Und nun hatte er sie so enttäuscht.

Soll ich nicht vielleicht doch morgen zum Tierarzt mitkommen?, tippte er in sein Handy und drückte anschließend den Senden-Button auf seinem Display.

Moritz wollte Vera in dieser schweren Stunde nicht alleinlassen. Lucca war ihr Ein und Alles. Er konnte sich ausmalen, wie es ihr gehen musste, wenn Vera, die Sozialkontakte nun nicht gerade zuhauf vorzuweisen hatte, den wichtigsten Bezugspunkt in ihrem Leben verlor. Lucca war seit zehn Jahren ihr treuer Begleiter.

Doch Moritz wartete vergeblich auf eine Antwort. Offensichtlich wollte Vera ihren Lucca auf seinem letzten Weg alleine begleiten.

DIENSTAG, 8. NOVEMBER 2016

Dreimal schepperte es mit dem Löffel an der Teetasse von Andrea Zelinka. Das untrügliche Zeichen dafür, dass die Besprechung unmittelbar vor ihrem Beginn stand. Es war keine normale Teestunde an diesem Vormittag in den Räumlichkeiten des Ermittlungsbereichs 11 des LKA Wien. Die Runde saß um den ovalen Besprechungstisch versammelt, am Kopf wie immer die Leiterin des Ermittlungsbereichs. Zelinka schien über den Sommer noch ein paar Pfunde dazugewonnen zu haben, während der dürre Schorsch, der ihr direkt gegenüber am anderen Ende des Tisches saß, durch sein Marathontraining nochmals an Gewicht verloren hatte. Zwischen ihnen saßen auf der einen Seite die beiden Assistenten Rauschebart Tepser und Hipster Franz. Doktor Faust hatte an diesem Vormittag die zweifelhafte Ehre, auf dem Stuhl neben Cleopatra Platz nehmen zu dürfen. Die Chihuahua-Hündin der Chefin lag in gewohnter Erhabenheit auf einem roten Polster, der wiederum auf einem eigenen Sessel platziert worden war. Von hier aus hatte der Hund einen perfekten Blick auf den ihm untergebenen Stab an Mitarbeitern. Einzig der Platz neben Kommissar Moritz Ritter an der anderen Seite des Tisches blieb verwaist.

»Wo bleibt Vera denn heute nur?«, zischelte Andrea Zelinka ungeduldig zu Moritz hinüber.

»Heute wird doch ihr Hund eingeschläfert. Vielleicht fangen wir schon mal besser ohne sie an?«, fragte Moritz zurück.

»Jössas na, das habe ich ja ganz vergessen«, sagte Zelinka peinlich berührt. Sie verzog ihre Hamsterbäckchen in eine zerknautschte Position. »Aber wir können ja nicht ohne die leitende Ermittlerin beginnen.«

»Du kannst, so wolle nur!«, schaltete sich Doktor Faust mit einer seiner seltsamen Wortmeldungen in das Gespräch ein.

Kurz darauf öffnete sich die Tür und Chefinspektorin Vera Rosen betrat den Raum.

Moritz konnte sich noch gut daran erinnern, als Benny, der Schäferhund der Familie Ritter, eingeschläfert worden war. Moritz musste damals sieben oder acht Jahre alt gewesen sein. Natürlich hatte er geweint, als er eines Morgens aufstand und sah, dass seine Eltern das Hundegeschirr und die weiteren Habseligkeiten von Benny entsorgt hatten. Seine Mutter hatte sich damals heulend im Schlafzimmer eingesperrt, sein Vater erklärte ihm in staatstragend westfälischem Ton, dass es das Beste für den Hund gewesen sei. Seine verzweifelte Mutter auf der einen, der um Contenance bemühte Vater auf der anderen Seite, das waren Emotionen, die auf Moritz authentisch wirkten. Damit hatte er als Kind etwas anfangen können, das war begreifbar. Nun ging eine Vera Rosen mit versteinerter Miene durch das Besprechungszimmer im Erdgeschoss der *Backstube* und sagte kein Wort.

»Meine liebe Vera, ich habe die ganze Nacht an dich gedacht. Wie geht's dir denn?«, durchbrach Andrea Zelinka die Stille. »Das muss ja furchtbar für dich sein. Die Cleo war auch schon ganz unruhig, die hat sich ja immer so gut mit deinem Lucca verstanden.«

Zum Glück redete Andrea Zelinka ohne Unterlass, sodass Vera gar nicht in Verlegenheit geriet, zu antworten. Stattdessen untermalte Cleo mit aufgeregtem Gewinsel das vermeintlich mitfühlende Geschwurbel der Zelinka.

»Ich entschuldige mich für meine Verspätung, wir können gerne anfangen«, sagte Vera, ohne näher auf Zelinka einzugehen.

Die Ermittlungsbereichsleiterin verstummte. Dies nahm der dürre Schorsch zum Anlass, mit seinem Vortrag zu beginnen. Er berichtete von dem Vermieter der Wohnung, der am späten Montagnachmittag die Leiche der 24-jährigen Carola Bednar gefunden und die Polizei verständigt hatte.

»Offizielle Todesursache?«, fragte Vera Doktor Faust.

»Erwürgen«, erklärte dieser mit tiefer Stimme. Hörte Moritz dem Gerichtsmediziner zu, hatte er stets das Gefühl, dass dieser auf einer Bühne stehen und einen auswendig gelernten Text vortragen würde. »Die Würgemale am Hals lassen keinen anderen Schluss zu. Der Tod dürfte laut Körpertemperatur rund zwei Stunden vor Auffinden eingetreten sein.«

»Abwehrspuren?«, fragte Vera.

Cleos Kläffen unterbrach die Gesprächssituation für einen kurzen Augenblick. »Nicht jetzt!«, versuchte Zelinka ihre Chihuahua-Hündin zu beruhigen. Ein Unterfangen, dem kein großer Erfolg beschieden war. Doktor Faust wendete sich leicht angeekelt von Cleo ab und in gleichem Maße seinem Nachbarn Hipster Franz zu.

»Leider keine Hautpartikel unter den Fingernägeln, aber dafür dunkelblaue Stoffreste. Laut Analyse Baumwolle.«

»Geschlechtsverkehr?«

»Keine Spuren«, sagte Doktor Faust.

»Georg? Was hast du? Was hat es mit dem Polster auf sich?«, fragte Vera nun wieder den Kriminaltechniker.

Erst als keine Reaktion erfolgte, sah Vera eindrücklich zum dürren Schorsch hinüber. Schon seit Ewigkeiten war er nicht mehr unter seinem richtigen Namen angesprochen worden. Dementsprechend hatte er auch jetzt nicht auf Georg reagiert.

»Äh, ja. Der Polster ist ein ganz normales handelsübliches Produkt aus Polyester, fünfzig mal sechzig Zentimeter groß. Es wurde mit zwei kleinen Spanngurten um den Körper geschnallt.«

»Also wollte entweder die Tote jemandem vormachen, dass sie schwanger war. Oder der Täter will uns damit etwas sagen«, fasste Vera zusammen. »Wissen wir Näheres, wofür sie die Wohnung angemietet hatte?«

»Laut Vermieter für einen Workshop. Sie hatte sich ihm als Bloggerin vorgestellt«, erzählte nun Rauschebart Tepser.

»Was für ein Workshop?«

In Veras Frage mischte sich lautes Husten von Moritz Ritter.

»Wusste er nicht. Aber sie hat auf ihrem *Instagram*-Account und via *Instastories* Fotos vom Event gepostet. Darauf waren jede Menge Frauen zu sehen, die sich ihre Bäuche eingipsen und anschließend bemalen.«

»*Instastories*? Was soll das sein?«, fragte Vera.

Die eingegipsten Frauenbäuche schienen die Chefinspektorin weitaus weniger zu irritieren als der englische Begriff, den sie zuvor noch nie gehört hatte.

»Das ist eine relativ neue Funktion der Social-Media-App *Instagram*«, klärte Tepser sie auf. »Damit kannst du mit deinen Freunden Fotos und Videos teilen, die sich nach vierundzwanzig Stunden automatisch löschen.«

»Und auf diesem *Instastories* hat Carola Bednar Fotos veröffentlicht?«

»Ja, insgesamt vier Bilder. Wir können also anhand der Fotos ganz gut einschätzen, wer vor Ort war. Bei ihr daheim haben wir zudem Buchungsunterlagen gefunden, die nachweisen, dass sie eine Künstlerin namens Maria Holunder für einen zweistündigen Workshop gebucht hatte, bei dem schwangere Frauen sich Gipsabdrücke von ihren Bäuchen nehmen lassen. Diese konnten sie dann anschließend bemalen«, erzählte Tepser.

»Was es nicht alles gibt«, kommentierte Moritz aus dem Off.

»Oh ja, das hat meine Nichte auch schon gemacht«, schaltete sich auf einmal wieder Andrea Zelinka in das Gespräch ein. »Sie hat sich einen Abdruck ihres Babybauches machen lassen und hat diesen dann mit Margeriten bemalt.«

»Und ihre Tochter hat sie dann wohl Margarethe genannt«, schlussfolgerte Moritz.

»Nein, Emma. Wie kommen Sie denn jetzt auf Margarethe?«, fragte Zelinka. »Der Gipsbauch hängt seitdem in ihrem Wohnzimmer. So schön!«, setzte Zelinka ihre Schwärmerei fort und auch Cleo bellte ausnahmsweise nicht, sondern sah ihrem Frauchen ganz verträumt zu.

»Können wir uns dann bitte wieder dem Fall zuwenden«, bat Vera um eine Rückbesinnung auf das an diesem Vormittag Wesentliche. »Wir haben also eine tote Frau, die einen Workshop zum Bepinseln von schwangeren Bäuchen veranstaltet hat. Sie selbst war aber definitiv nicht schwanger.«

»Korrekt«, sagte Rauschebart Tepser.

»Das würde auch erklären, warum wir von ihrem Bauch keinen bemalten Gipsabdruck gefunden haben«, kombinierte Vera. »Sie hätte sich ja schlecht den Polster eingipsen lassen können.«

»Ihre Familie lebt in Weyregg am Attersee in Oberösterreich«, fuhr Tepser in seiner Schilderung fort. »Dort weiß aber auch niemand etwas von einer Schwangerschaft. Aber eine ihrer besten Freundinnen arbeitet hier ganz in der Nähe, im *Supersense* in der Praterstraße. Und eine weitere Bekannte von ihr, eine gewisse Marion Stern, die laut Teilnehmerliste auch bei dem Workshop dabei gewesen sein soll, arbeitet in einer Bank, deren Zentrale sich am Donaukanal befindet.«

»Gut, ihr nehmt euch dann die anderen Teilnehmerinnen des Workshops der Reihe nach vor«, gab Vera den Tagesbefehl aus.

»Und was machen wir?«, fragte Moritz.

Er sah in Veras leeres Gesicht.

»Wir fahren in dieses Lokal auf der Praterstraße. Wie hieß das noch gleich?«

»Supersense«, sagte Moritz und hustete erneut.

»Sie werden doch wohl nicht krank?«, erkundigte sich Andrea Zelinka nach Moritz' Wohlbefinden.

»Nein, sicher nicht«, versuchte Moritz zu beruhigen. »Ich war nur am Sonntag mit dem Bootstaxi auf dem Donaukanal unterwegs und war wohl ein bisschen zu leicht angezogen. Es wird eh schon wieder besser.«

Die Chefinspektorin und der Kommissar hatten das Stationsgebäude der U-Bahn-Station Krieau soeben erreicht, da machte Vera auf einmal einen Schritt zurück. »Ich hab' noch was vergessen«, rief sie, als sie ihm schon den Rücken zugekehrt hatte, zu. »Wart kurz!«

Der kalte Wind blies Moritz um die Nase. Warum musste es nur immerzu so winden in Wien? Egal wo man war, ob am Stephansplatz oder hier draußen in der Vorstadt, überall blies einem der Wind nur so um die Ohren. Moritz hatte das Gefühl, dass man ständig aufpassen musste, dass einem keine zerfetzten Reste der diversen Gratis-U-Bahn-Zeitungen oder sonstiger Müll ins Gesicht flogen.

Der Kommissar wartete im Schatten des mächtigen Hochhauses, das auf der gegenüberliegenden Straßenseite den Eingang zum *Viertel Zwei* markierte. Ein Mineralölkonzern hatte hier sieben Jahre zuvor seinen neuen Standort bezogen. In seinem Grundriss erinnerte das Gebäude an ein überdimensionales, dunkelblaues Kipferl, das sich achtzig Meter in die Höhe schraubte. Während Moritz da so stand und in den Himmel blickte, schlenderten Studentinnen und Studenten auf dem Weg von der U-Bahn-Haltestelle zum Campus der Wirtschaftsuniversität an ihm vorbei. Die meisten von ihnen sahen aus wie junge Bank- oder Versicherungsmitarbeiter. Zumindest stellte sich der Kommissar Mitarbeiter von Finanzdienstleistern so vor. Hätte man nicht gewusst, in welcher Richtung die Universität lag, man hätte es anhand der unterschiedlichen Schrittgeschwindigkeiten der Studierenden ausmachen können. Jene Studenten, die zur Uni gingen, legten ein wesentlich höheres Tempo an den Tag als ihre Kollegen, die von der Uni zur U-Bahn marschierten.

Wenn es nach Moritz gegangen wäre, hätte er hier auch noch eine Weile stehen können, denn vor allem der Anblick so mancher Studentin erfreute sein Auge sehr. Auch wenn er das Denise besser nicht auf die Nase binden würde.

»Da bin ich wieder«, holte die Chefinspektorin Moritz aus seiner Studentinnenwelt heraus.

Moritz betrachtete seine Chefin, während sie mit der U-Bahn die kurze Strecke bis zum Praterstern zurücklegten. Vera war schon früher nicht gerade eine Plaudertasche gewesen. Aber nun schien es ihm fast so, als ob sie seinem Blick auswich, um nur ja jeden Smalltalk von vornherein ausschließen zu können.

»Alles gut?«, fragte Moritz schließlich doch noch, als die U2 in die Station Praterstern einfuhr. Sie standen nebeneinander vor einer der Doppeltüren der U-Bahn, die sich wenige

Sekunden später auseinanderschob. »Alles gut«, antwortete Vera, ohne ihren Kollegen dabei anzuschauen.

Nach dem Verlassen der U-Bahn führte sie ihr Weg über die lange Rolltreppe hinauf ins Bahnhofsgebäude und durch dieses hindurch. Auf dem Vorplatz, dort wo die Straßenbahnen und Busse ihre Passagiere ausspuckten, um kurz darauf wieder neue aufzunehmen, trafen sie auf einen alten Bekannten.

»Servus Fredl, wie geht's dir denn?«, fragte Vera den bärtigen Obdachlosen.

»Mal so, mal so«, antwortete dieser. »Könnt's net langsam wieder mal mit der depperten Videoüberwachung aufhören? Passiert ja eh nix mehr da. Und unsereiner traut sich schon gar nix mehr. Net mal in der Nase bohren tut hier jemand.«

»Man soll ja auch net in der Nase bohren, weißt du doch«, sagte Vera. »Außerdem musst aufpassen und dein Schnürbandl zumachen. Sonst stolperst noch über deine eigenen Füße«, fuhr Vera fort und deutete mit dem Finger auf den linken Turnschuh des Praterstenfredls, dessen Schnürsenkel leblos zur Seite herabhingen.

Während sich Vera mit ihm unterhielt, musterte Moritz das ausrangierte runde grüne Gebäude, in dem früher die Polizeistation untergebracht gewesen war. Schon seit Monaten hingen rund um das Bauwerk Plakate, die auf den für das Frühjahr des Jahres 2016 bevorstehenden Einzug eines Restaurants hinwiesen. Doch auch jetzt, gegen Ende des Jahres, war weit und breit nichts von einer Lokal-Neueröffnung zu sehen. Vielleicht wurden die Restaurantbetreiber von den anhaltenden Sicherheitsdiskussionen rund um den Praterstern abgeschreckt, dachte sich Moritz. Wenn es nach dem Fredl ginge, könnte das Restaurant also nun langsam eröffnen.

»Du bist doch net meine Kindergartentante«, erklärte der in seinem Stolz verletzte Stadtstreicher. »Außerdem habe ich doch eh meinen Zielpunktferrari. Solang ich mich an dem anhalt', kann gar nix passieren.«

Wie zum Beweis schob er sein vollgeräumtes Einkaufswagerl einige Zentimeter vor und zurück.

»Is' scho' recht, ich weiß ja, dass du ganz gut auf dich aufpassen kannst«, sagte Vera. »Wir müssen jetzt eh weiter.«

Das *Supersense* befand sich im rechten Flügel des *Dogenhofs*, eines Ende des 19. Jahrhunderts auf der Praterstraße im venezianischen Stil errichteten Gebäudes. In der linken Hälfte des Hauses residierte das gleichnamige Café Dogenhof. Vera hielt, vor dem Gebäude stehend, kurz inne. Für die Chefinspektorin, die in der Leopoldstadt aufgewachsen war, symbolisierten die beiden unterschiedlichen Cafés die jüngere Geschichte des Bezirks auf nahezu perfekte Art. Links das in die Jahre gekommene traditionelle Kaffeehaus, das für seine grantige Besitzerin bekannt war. Rechts daneben das *Supersense*, das sich ebenso im hippen sechsten oder siebenten Bezirk hätte befinden können. Nicht, dass Vera jemals einen Fuß in das traditionelle Vorstadtcafé in der linken Hälfte des Gebäudes gesetzt hatte, dafür ging die Chefinspektorin Menschen einfach viel zu gerne aus dem Weg. Aber ein kleines bisschen Wehmut beschlich sie dann doch darüber, dass die Leopoldstadt ihrer Jugend immer mehr zu verschwinden drohte. Ein Gefühl, das jedoch mit einem Mal verging, als sie im zum *Supersense* gehörenden Shop die zahlreichen analogen Kostbarkeiten aus längst vergangenen Zeiten entdeckte.

Eine Druckpresse war hier genauso zu finden wie eine überdimensionale Polaroidkamera oder eine alte Aufzugskabine, die als Mini-Tonstudio für eigene Aufnahmen verwendet werden konnte. Handgefertigte Notizhefte lagen auf Tischen neben selbstgepressten Postkarten mit Grafiken und Sprüchen, längst vergessene Polaroid-Filme wurden zum Verkauf angeboten. Und dann entdeckte Vera etwas, das sie seit ihrer frühen Jugend nicht mehr zu Gesicht bekommen hatte: *Gottliebs King of Diamonds*. Als sie in der Leopoldstadt aufgewachsen war, hatte es in einer Seitengasse der Taborstraße ein Lokal gegeben, in dessen Hinterzimmer genau so ein Flipperautomat gestanden hatte. Wann immer die Chefinspektorin in spe Zeit und die nötigen Groschen hatte, war sie hierhergekommen, um ihr Taschengeld in eine wohlfeile Partie am Flipperautomat zu stecken. Doch der bunte Flippertisch im *Supersense* unterschied sich von jenem in Veras ferner Jugend. Denn im senkrechten Tischaufbau des Geräts war nachträglich eine Polaroidkamera eingebaut worden. An den Seiten des Aufbaus hingen Bilder, die offensichtlich mit ebenjener Kamera angefertigt worden waren. Auf diesen waren Menschen zu sehen, die mit angestrengten und verzerrten Gesichtern versuchten, möglichst viele Punkte beim Flippern zu erzielen.

»Wir sind nicht zum Spielen hier«, sagte Moritz zu Vera. Dem Kommissar war ihre Bewunderung für die hier ausgestellten analogen Gerätschaften nicht entgangen. »Lass uns nach vorne in den Gastrobereich gehen. Marlene Katzer soll dort irgendwo sitzen.«

Schweren Herzens folgte die Chefinspektorin ihrem jungen Kollegen in den vorderen Bereich des Geschäftslokals, in dem sich die Bar und mehrere Hochtische befanden.

»Ja, das bin ich«, sagte Marlene Katzer, eine zierliche, dunkelhaarige Frau, und streckte Moritz ihre Hand entgegen.

Aus den Lautsprechern säuselte Bluessänger Chuck Willis den Text des Songs *My Story*. Auf dem Plattenteller drehte sich die Vinylausgabe von *Wails the Blues*. Die junge Frau saß im vorderen Gastraum an einem Hochtisch, hinter dem zwei filigrane Bücherregale in ein Doppelfenster eingebaut worden waren. Die frei gebliebenen Fensterflächen gaben einen Blick auf die gegenübergelegene Postfiliale in der Seitengasse der Praterstraße frei. Rechts neben dem Hochtisch bot ein an eine Jukebox erinnernder *Artomat* allerlei altertümliche Kunst feil. Vera ließ ihren faszinierten Blick zu den beiden Sechzigerjahre-Kronleuchtern an der Decke wandern.

»Was kann ich für Sie tun?«, fragte Marlene Katzer.

»Wir sind vom Landeskriminalamt«, sagte Moritz. »Es geht um Carola Bednar.«

»Das ist ja lustig«, sagte die Frau.

Moritz verstand nicht recht. »Was ist daran lustig?«

»Ich habe schon ewig niemanden mehr ihren richtigen Namen aussprechen gehört«, sagte die Frau und lächelte. Offensichtlich wusste sie noch nicht, was am Abend zuvor geschehen war. Oder sie verfügte über eine sehr verquere Art des Humors.

»Frau Katzer, ich muss Ihnen leider mitteilen, dass wir Ihre Freundin gestern Abend ermordet aufgefunden haben.«

Sein Gegenüber ließ den blauen Kugelschreiber, den sie zuvor in ihren Fingern gehalten hatte, fallen. Katzer starrte den Kommissar an.

»Sie … sie wurde was?«, stammelte es aus ihr heraus.

»Wir haben ihre Leiche gestern Abend aufgefunden«, wiederholte Vera, was ihr Kollege zuvor schon gesagt hatte. »Wann haben Sie Ihre Freundin denn das letzte Mal gesehen?«

»Gestern Mittag. Ich habe ihr beim Herrichten für den Workshop geholfen.«

»Sie meinen den Workshop beim Karmelitermarkt?«, hakte Vera nach.

»Ja, genau. Sie hatte sich arschviel angetan dafür. Alleine hätte sie das nie im Leben geschafft. Und jetzt soll sie tot sein«, sagte Katzer ungläubig.

»Können Sie uns mehr zu diesem Workshop sagen?«, fragte Vera.

»Sie wollte einen Event für die Wiener Babygram-Szene veranstalten und hat dafür extra eine Gipskünstlerin und eine bekannte Bloggerin aus Deutschland eingeladen. Da gab es natürlich einiges zu organisieren, zumal sie ja auch extra diese Wohnung angemietet hatte.«

»Babygram?« Vera verstand nur Bahnhof.

»Auf *Instagram* gibt es eine Szene von schwangeren Frauen in Wien, die sich regelmäßig treffen. Die nennen sich selbst Babygrammer.«

»Aha, das ist dann wohl wieder mal etwas für dich«, sagte Vera zu Moritz.

»Wieso? Weil ich schwanger bin?«, fragte dieser zurück.

»Nein, wegen diesem komischen *Instagram*.«

»Ach so«, sagte Moritz belustigt und hustete.

Marlene Katzer reichte ihm daraufhin unaufgefordert einige Hustenzuckerln, die der Kommissar sehr gerne annahm. Anschließend wickelte er eines der Zuckerln aus der grünen Verpackung und warf es sich in den Mund.

»Und Sie waren bei dem Workshop nicht dabei?«, fragte Vera.

»Nein, das war ja eine Veranstaltung für Schwangere«, erklärte Marlene Katzer.

»Dann hätte Carola Bednar auch nicht teilnehmen dürfen«, erwiderte Vera.

Katzer nickte mit dem Kopf. »Ich hab' der Carola die ganze Zeit gesagt, dass das mit der gefakten Schwangerschaft eine Schnapsidee war. Und dass sie das besser heute als morgen beenden soll. Aber sie wollte das durchziehen.«

»Was versprach sie sich davon?«, fragte Vera. »Ging es um einen Mann?«

»Ach was, es ging ihr um Aufmerksamkeit. Und sie wollte in der Szene dazugehören.«

»Wie meinen Sie das?«

»Wenn Sie nicht gerade der Starfotograf sind oder nachts auf irgendwelchen Dächern oder Kränen herumklettern, um coole Nachtaufnahmen zu machen, müssen Sie sich etwas anderes überlegen, um auf *Instagram* Aufmerksamkeit zu erregen. Carola hat sich für ihren Lifestyleblog deshalb die Geschichte mit dieser Schwangerschaft ausgedacht. Süße Tiere und alles rund um Babys ziehen total auf *Instagram*, davon bekommen die Leute nie genug.«

»Also hat sie die Schwangerschaft inszeniert, um ihren Blog zu promoten?«, fragte Moritz.

»Ja.«

»Wie krank ist das denn«, murmelte der Kommissar vor sich hin. »Ihr muss doch klar gewesen sein, dass das irgendwann auffliegen musste. So spätestens nach neun Monaten?«

»Natürlich war ihr das klar. Sie wollte dann so tun, als ob sie das Baby verloren hätte. Total hirnrissig«, sagte Katzer.

»Wie ist es denn überhaupt passiert?«, fragte die immer noch etwas neben sich stehende Frau. »Und hat diese blöde vorgetäuschte Schwangerschaft etwas damit zu tun?«

»Das können wir zum jetzigen Zeitpunkt noch nicht sagen«, erklärte Moritz. »Hatte Carola Bednar denn Feinde? Unter Bloggern herrschte doch sicher die eine oder andere Eifersüchtelei.«

»Sie meinen Zickenkrieg wie bei den *Vorstadtweibern*?«

»Ja«, sagte Moritz, ohne die Serie im *ORF* jemals gesehen zu haben.

»Fragen Sie mal die Viola. Mit der lag sie sich immer wieder mal in den Haaren.«

»Danke. Wenn Ihnen sonst noch etwas einfällt, kontaktieren Sie uns bitte«, sagte die Chefinspektorin und reichte ihr eine Visitenkarte.

»Ach ja«, sagte Moritz. »Sie haben vorhin gesagt, dass Sie schon lange nicht mehr Carolas richtigen Namen gehört hatten. Wie haben Sie sie denn genannt?«

»Charlène. Das war ja auch der Künstlername, den sie sich für ihren Blog ausgedacht hatte. Klingt cooler als Carola, nicht?«

Bevor die beiden Ermittler das *Supersense* verließen, warf Vera einen sehnsüchtigen Blick auf eine neben der Tür stehende Jukebox. Die Chefinspektorin schätzte deren Alter auf gute fünfzig Jahre, wenn nicht sogar mehr. Die Songs, die die Jukebox im Repertoire hatte, hatten verlockend klingende Namen wie *Bohnen in die Ohren* von Gus Backus oder *Mondo in mi* von Adriano Celentano.

Eine Rückfrage in der *Backstube* ergab, dass die von Marlene Katzer erwähnte Viola Lex erst am morgigen Abend wieder in Wien zurückerwartet wurde. Also folgten Vera und Moritz auf der Suche nach einer passenden Möglichkeit für eine Mittagsmahlzeit der Praterstraße in Richtung Praterstern. Dort angekommen, wechselten sie die Straßenseite und kehrten im Gasthaus *Hansy* ein. Moritz kannte das Lokal aufgrund dessen lila gekachelten Außenfassade. Gegessen hatte er dort allerdings noch nie.

»Wie krank muss man sein, um so was zu machen?«, fragte Vera, nachdem sie das Szegediner Gulasch für Moritz und sich bestellt hatte und der Kellner mit der Bestellung von dannen gezogen war.

Die klassische Mittagszeit war bereits vorbei, dementsprechend war das Lokal, an dessen Außenseite der Pratersternverkehr dahinrollte, nicht gerade übervoll. Das störte Vera nicht im Geringsten, denn so waren die Nebentische nicht besetzt, was ihnen eine ungestörte Unterhaltung über den Fall ermöglichte.

»Menschen haben schon größeren Blödsinn gemacht, um ihre fünfzehn Minuten Ruhm im Leben zu erhaschen«, erklärte Moritz.

»Aber sich derart öffentlich zu präsentieren? Und dann noch dazu mit dem Plan, eine Fehlgeburt zu simulieren?«

»Durch das Mitleid hätte sie sicher noch mehr Aufmerksamkeit bekommen«, stellte Moritz nüchtern fest.

Der Kommissar war von einer Schwangerschaft so weit entfernt wie sein *FC Bayern* vom Abstieg in die 2. Bundesliga. Seit seiner letzten intensiveren Beziehung mit der Tochter seines Chefs in München hielt er alle Liebschaften auf emotionaler Sparflamme. Da machte die Liaison mit Denise, der Kollegin von der Polizeiinspektion in der Ausstellungsstraße, keine Ausnahme. Zumindest, was das öffentliche Zurschaustellen der Beziehung betraf. Moritz war ihr Anfang Juli bei einem Mord in der Kafkastraße über den Weg gelaufen. Ein Bauunternehmer war auf offener Straße niedergeschossen worden, die Bluttat war durch alle Medien gegangen. Denise war eine der ersten Beamten gewesen, die am Tatort eintrafen. Es hatte sich in der Folge zwischen den beiden eine kleine Liebelei entwickelt, mehr hätte für Moritz daraus aber auch nicht werden brauchen. Sein Junggesellenleben, mit seiner kleinen Wohnung in der Stuwerstraße und all seinen persönlichen Freiheiten, war ihm dafür viel zu wichtig.

»Echt pervers«, sagte Vera. »Ich bin schon gespannt, was diese Viola auf Lager hat. Vielleicht ist die ja in Wirklichkeit ein 80-jähriger Mann.«

»Na jetzt übertreib mal nicht«, sagte Moritz. »Es täuschen ja nicht alle Blogger und Leute auf *Instagram* etwas vor. Ich poste auf meinem Account ja auch keine erfundenen Geschichten.«

»Jaja, ich will gar nicht wissen, was du schon alles gepostet hast, nur um cooler dazustehen«, sagte Vera. Zum ersten Mal seit Tagen vermeinte Moritz, in ihrem Gesicht eine Art Lächeln feststellen zu können. Da nahm er es nur zu gerne in Kauf, dass sie ihn und seine Onlineaktivitäten ein bisschen durch den Kakao zog.

Nachdem die beiden das vorzügliche Szegediner Gulasch verputzt hatten, machten sie sich auf zum Donaukanal. Dreimal klingelte währenddessen Veras Telefon, genauso oft ließ sie den Anruf, nach einem kurzen, prüfenden Blick auf das Display, unbeantwortet.

In dem Hochhaus am Donaukanal arbeitete die Bankangestellte Marion Stern. Das Gebäude gehörte, genauso wie das Kipferl im *Viertel Zwei*, zu jenen Hochhäusern, die die Entwicklung der Leopoldstadt von einem nicht sehr beliebten Wohnquartier hin zu einem urbanen und modernen Stadtteil dokumentierten. Die Bankzentrale erhob sich bei der Salztorbrücke in die Höhe und schnitt mit einer harten vertikalen Kante das Panorama förmlich in zwei Hälften. Verbunden war das Gebäude in jeder Etage mit einem Bau aus den 1960ern, der sich durch den Zubau mit der Rolle des kleinen, in die Jahre gekommenen Bruders begnügen musste.

»Hier stand früher mal die Zentrale der *OPEC*«, sagte Vera, als sie den Vorplatz überquerten, wo der Wind ihnen fast noch stärker entgegen pfiff als zuvor, als sie den Donaukanal auf der Höhe der Praterstraße erreicht hatten.

»Gab es da nicht mal einen Terroranschlag?«, meinte Moritz sich zu erinnern.

»Ja, den gab es. Das war aber noch im alten *OPEC*-Gebäude gegenüber der Hauptuniversität am Ring«, erzählte Vera.

Durch eine Drehtüre gelangten Vera und Moritz in die luftige Eingangshalle des Hochhauses. Durch das Glasdach ergab sich ein beeindruckender Blick in den von zwei Hausfassaden eingerahmten, grauen Himmel über Wien. Es herrschte hektisches Gewusel von Anzugträgern und Kostümträgerinnen. Hier gab es eine Gleichförmigkeit der Geschwindigkeiten, dachte sich Moritz. Daran werden sich die Absolventen der Wirtschaftsuniversität erst noch gewöhnen müssen, sollten sie eines Tages hier landen.

Vera meldete sich bei der Dame am Empfang an, die hinter einem langgezogenen, weißen Pult ihren Dienst versah.

»Wen darf ich melden?«, fragte die Frau in leicht gebrochenem Deutsch.

»Rosen und Ritter. Wir sind vom LKA und würden gerne mit der Frau Stern sprechen. Marion Stern.«

»Einen Augenblick, bitte«, sagte die Empfangsdame. »Hallo Schatzi, hier ist Besuch für dich von der Polizei«, flötete sie kurz darauf in ihren Telefonhörer. Es folgte ein kurzer Wortwechsel. »Warten Sie bitte, die Frau Magistra Stern kommt zu Ihnen«, sagte sie, nachdem sie das Telefonat beendet hatte.

Vera bedankte sich und wunderte sich gleichzeitig über den amikalen Umgangston, den die Empfangsdame in diesem Bürogebäude an den Tag legte. Anschließend wendete sie sich Moritz zu. »Könntest du dir vorstellen, hier zu arbeiten?«

»Warum nicht? Von den oberen Etagen hat man sicher einen tollen Ausblick über die Stadt.«

»Dann würdest ja nur noch auf die Autos unten am Schwedenplatz und auf die vorbeiziehenden Wolkenformationen achten und gar nix mehr arbeiten«, sagte Vera.

»Und? Wäre das so schlimm?«, fragte Moritz mit einem Lächeln im Gesicht.

»Im Sinne der Verbrechensbekämpfung wohl schon«, erwiderte seine unmittelbare Vorgesetzte.

»Sind Sie die Herrschaften von der Polizei?«, vernahmen sie auf einmal eine sich nähernde Stimme.

»Ja«, sagte Vera. »Mein Name ist Vera Rosen, das ist Moritz Ritter. Wir sind vom LKA und hätten einige Fragen an Sie.«

»Oh, Landeskriminalamt«, sagte die sichtlich überraschte junge Frau mit den langen blonden Locken.

Gemeinsam ging das Trio zu einer aus roten Sesseln bestehenden Sitzgruppe im Foyer der Bank. Dort ließen sie sich nieder.

»Sie nahmen gestern an einem Workshop teil«, eröffnete Vera das Gespräch. »Wir haben die Organisatorin des Workshops, Carola Bednar, kurz darauf tot aufgefunden.«

»Sie haben was?« Marion Stern machte ein erschrockenes Gesicht und hielt sich die Hand vor den Mund. »Wie ist denn das passiert?«

»Um das herauszufinden, sind wir heute hier«, antwortete Vera. »Wieso waren Sie bei dem Workshop dabei?«, fragte die Chefinspektorin. »Sie sehen nicht wirklich schwanger aus.«

»Weil ich ein Interview mit der Künstlerin, die den Workshop leitete, über die Philosophie der Gipsabdrücke für meinen Blog machen wollte. Den Blogbeitrag kann ich mir wohl jetzt sparen. Ich kenne … kannte Charlène schon etwas länger. Wir haben uns immer wieder mal gegenseitig unterstützt und deshalb wollte ich sie mit einem Beitrag auf meinem Blog ein bisschen promoten«, erzählte die blonde Frau. »Wie geht es ihrem Baby? Konnten Sie das kleine Butzi retten?«

»Carola Bednar, wie die Tote mit bürgerlichem Namen hieß, war gar nicht schwanger«, sagte Vera. »Laut Aussage einer Freundin hat sie die Schwangerschaft lediglich vorgetäuscht.«

Marion Stern war offensichtlich nicht in die hinter der vorgetäuschten Schwangerschaft liegende Taktik des Todesopfers eingebunden. Sie sah die beiden Ermittler fassungslos an. »Jetzt ergibt es natürlich auch Sinn, dass sich Charlène gestern geweigert hat, von ihrem eigenen Bauch einen Abdruck nehmen zu lassen.«

»Ist Ihnen am Montag etwas aufgefallen? Hat Bednar vielleicht etwas gesagt, dem Sie in der gestrigen Situation keine große Beachtung geschenkt haben? Oder war sie unruhig?«

»Na ja, ich will hier niemanden anschwärzen«, sagte die Frau.

»Sie sollen auch niemanden anschwärzen. Sie sollen es uns nur erzählen, falls Ihnen etwas aufgefallen ist«, bat Vera um eine ehrliche Antwort auf ihre Frage.

»Also, die Charly war ein bisserl angepisst auf die Violet. Sie hatte das Gefühl, dass sie ihr die Show stehlen will. Das hatte sie mir schon am Wochenende erzählt und eigentlich wollte sie die Violet auch gar nicht bei dem Workshop dabeihaben. Aber die Violet kennt halt jeder, und wenn die nicht dabei gewesen wäre, wär' das ein Affront gewesen. Das hätte nur wieder zu neuen Lästereien geführt«, sprudelte es auf einmal aus der Zeugin heraus.

»Sie meinen Viola Lex?«, fragte Moritz zur Sicherheit nach.

»Ja, so heißt sie mit richtigem Namen, stimmt.«

»Die beiden waren sich also nicht ganz grün«, fasste Moritz zusammen.

»Na, überhaupt nicht. Die haben sich ständig angebitcht. Ich hab' die Charly eh ein bisserl versucht zurückzuhalten, aber bei der Violet hat sie einfach rotgesehen.«

»Und warum?«, fragte Vera.

»Die Violet hat sich bei den Babygrammern immer so in den Vordergrund spielen müssen. Nach außen war sie scheißfreundlich und hinter dem Rücken hat sie immer abgelästert. Das hat sie auch einmal bei mir gemacht, bis sie drauf'kommen ist, dass ich mich mit der Charly recht gut verstehe. Dann hat sie es bleiben lassen. Zumindest bei mir.«

»Und kam es am Montag zu einem Konflikt zwischen den beiden?«, fragte Vera nach.

»Nein, nicht wirklich.«

Vera bedankte sich bei der Zeugin für ihre Auskunft.

»Und jetzt?«, fragte Moritz, als sie am Vorplatz der Bank standen, über dem sich das Gebäude mit seinen einundzwanzig Stockwerken in die Höhe schraubte. Sie waren zwar vor dem leichten Regen geschützt, dem Wind waren sie jedoch auch hier hilflos ausgeliefert.

»Gute Frage, nächste Frage«, lautete die wenig informative Antwort. »Lass uns erst mal zurück ins Büro fahren.«

Das Entree mit der freischwebenden, eckigen Treppe in der *Backstube* glich einem Hühnerhaufen, als Vera und Moritz die Zentrale des Ermittlungsbereichs 11 des LKA betraten. Mitarbeiterinnen und Mitarbeiter rannten kreuz und quer durch die großzügige Eingangshalle, Rauschebart Tepser patrouillierte auf dem länglichen Balkon an der Seeseite des Backsteingebäudes. Selbst die ansonsten sehr resche Empfangsdame durchwühlte aufgeregt ihren Arbeitsbereich.

»Was ist denn hier los?«, fragte Vera die Mitarbeiterin am Empfang.

»Die Chefin vermisst ihr Schoßhündchen und hat eine Suchaktion ausgerufen. Alle Mitarbeiter mussten sofort alles stehen und liegen lassen und sich auf die Suche nach dem Drecksvieh begeben.«

Vera und Moritz sahen sie verblüfft an.

»Oh, das wollte ich natürlich so nicht sagen«, sagte die Empfangsdame, als sie Veras und Moritz' Gesichtsausdruck bemerkte.

»Also, und ich glaube, ich spreche in dieser Hinsicht auch für meinen Kollegen, vor uns musst du dich nicht mit deiner Wortwahl zurückhalten«, beruhigte Vera.

Die Chefinspektorin und Moritz nahmen die Treppe und marschierten in ihr Büro im ersten Stock des Backsteinbaus.

»Erkenne ich da ein Lächeln in deinem Gesicht?«, fragte Moritz seine Kollegin, als sie sich schließlich an ihrem Doppelschreibtisch gegenübersaßen.

»Schadenfreude ist mir grundsätzlich fremd. Aber wenn das Vieh bei der nächsten Besprechung mal nicht auf seinem Sessel thront, stört es mich auch nicht wirklich.«

»Na komm schon, so kaltherzig kannst doch nicht mal du sein«, sagte Moritz. »Es ist doch ein Lebewesen, das solltest du doch vor allem derzeit nachvollziehen können.«

»Vor allem ist es ein Nervwesen«, sagte Vera.

Der November hatte den Bürokomplex den ganzen Tag über in ein dunkles Grau getaucht. Moritz studierte im Internet aufmerksam die Vorberichte über das für Freitag geplante Länderspiel der deutschen Mannschaft gegen San Marino. Vera sah aus dem Fenster, hinüber über den See auf die Fassade jenes Gebäudes, in dessen Erdgeschoss sich ein asiatisches Lokal namens *Citylake* befand. Bei einem der zahlreichen Spaziergänge mit Lucca hatte dieser zwei Jahre zuvor auf der Jagd nach einer am See sitzenden Ente einen der Tische im Gastgarten an- und die darauf befindlichen Getränke umgestoßen. Die Besitzer des Lokals waren auch dann nicht von Vera zu besänftigen gewesen, als diese glaubhaft versichert hatte, dass Lucca den Erpel fangen und anschließend dem Restaurant zur Verfügung hatte stellen wollen. Woher hätte er auch wissen sollen, dass das Lokal seine Enten nicht aus dem angrenzenden See bezog? Lucca war ja nur ein Hund! Und zwar der weltbeste, den sich Vera jemals vorstellen konnte. Wie es ihm wohl dort oben im Hundehimmel erging? Vera blickte nach oben.

»Das meint er ja wohl nicht ernst«, holte Moritz sie aus ihren Gedanken. Vera wischte sich eine Träne mit der Handfläche ab.

»Wer meint was nicht ernst?«, fragte sie.

»Jogi Löw. Wie kann er nur ernsthaft daran denken, Mats Hummels für das Länderspiel gegen San Marino einzuplanen? Gegen diese C-Truppe würde doch auch irgendwer aus Mainz oder Mönchengladbach reichen. Die Spieler des *FC Bayern* sind doch eh schon so überspielt.«

Vera ärgerte sich für einen kurzen Moment darüber, dass ihr Kollege sie mit so einer Bagatelle aus ihren Lucca-Gedanken riss. Auf der anderen Seite beneidete sie Moritz darum, dass er sich mit solch nebensächlichen Dingen wie Fußball vom Alltag ablenken konnte.

»Der lässt sich halt nichts sagen und steht zu dem, wovon er überzeugt ist«, philosophierte Vera.

»Ach was, der hat doch einfach keine Ahnung! Ich hätte den Vertrag mit ihm nicht bis ins Jahr zweitausendzwanzig verlängert.«

»Tja, und es wird wohl einen Grund haben, dass nicht du der Chef von diesem Trainer bist«, sprach Vera ihrem Kollegen die nötige Fußballkompetenz ab. »Haben wir schon die Ergebnisse der Funkzellenabfrage?«, wechselte sie das Thema.

»Ja. Kein Mobiltelefon der Workshopteilnehmerinnen war zu einem späteren Zeitpunkt noch mal in der fraglichen Funkzelle angemeldet. Was aber natürlich nichts heißen muss. Der Täter oder die Täterin kann ja das Handy vor ihrer Rückkehr ausgeschaltet haben. Auch die Analyse der Anrufe und Nachrichten in Carola Bednars Handy ergab keine Auffälligkeiten.«

»Und hat die Befragung der Künstlerin etwas ergeben, die für die Gestaltung der Babybäuche zuständig war?«

»Laut Tepser nicht wirklich. Sie ist wohl nach dem Workshop zu ihrer Familie nach Hause gefahren und hat sich um die Kinder gekümmert. Die beiden wird sie wohl kaum alleine gelassen haben, um noch mal schnell jemanden umzubringen.«

»Und bei den anderen Workshopteilnehmerinnen?«, blieb Vera hartnäckig. »Es muss doch irgendjemandem etwas aufgefallen sein. So eine Tat passiert doch nicht einfach so aus heiterem Himmel.«

»Laut Tepser waren alle anwesenden Frauen mit den Gipsabdrücken ihrer Bäuche oder mit Tatjana, dieser Star-Bloggerin aus Deutschland, beschäftigt. Mit unserer Charlène schien niemand groß etwas zu tun gehabt zu haben.«

Moritz' Erläuterungen wurden von Andrea Zelinka unterbrochen. Die Leiterin des Ermittlungsbereichs stürzte auf dem Gang am Büro der beiden vorbei.

»Was macht ihr denn hier so seelenruhig? Habt ihr nicht gehört, was passiert ist? Und Vera, warum gehst du nicht ans Telefon? Dreimal habe ich es heute Nachmittag schon bei dir probiert!«

»Was ist denn los?«, stellte sich Vera unwissend.

»Die Cleo wurde entführt!«

»Entführt?«, fragte Moritz ungläubig zurück. »Wer sollte denn Ihren Hund entführen wollen? Und warum?«

»Das weiß ich doch auch nicht. Vielleicht geht es um die Beeinflussung einer Ermittlung! Dadurch wäre ich doch erpressbar. Für meine kleine Cleo würde ich doch alles tun und das weiß auch jeder!«

In Andrea Zelinkas Gesicht stand die pure Verzweiflung geschrieben. Ihre Hamsterbacken waren rot vor Aufregung, auf der Stirn zeichneten sich kleine Schweißperlen ab.

»Haben sich die Entführer denn schon gemeldet?«, fragte Vera, nicht ganz ernst gemeint.

»Nein, aber ich erwarte ihre Forderungen jeden Augenblick. Alle Telefone werden überwacht!«

»Kann es nicht einfach nur sein, dass sie sich die Füße im Prater vertritt?«, fragte Moritz.

»Ausgeschlossen, das hat sie noch nie gemacht. Da muss etwas passiert sein! Und jetzt tut doch etwas, ihr könnt doch hier nicht so rumsitzen.«

So wenig Vera die Situation für voll nahm, so überrascht war sie doch davon, dass sich Andrea Zelinka ernsthaft Sorgen um etwas zu machen schien. Und wenn es nur ihr Hund war. Was für Vera selbstverständlich war, hätte sie ihrer Vorgesetzten so nicht zugetraut.

»Meine Tochter bekommt einen Nervenzusammenbruch, wenn ich heute ohne die Cleo nach Hause komme! Die wird mir tagelang die Ohren vollheulen, dass ich nicht gut genug auf die Cleo aufgepasst habe«, verlieh Zelinka ihrem Ansinnen weiteren Ausdruck.

Ach, daher weht der Wind, dachte sich Vera.

In jener Sekunde, in der Moritz so tun wollte, als ob er sich von seinem Schreibtisch erheben wollte, klingelte das Telefon. Sofort ließ er sich wieder in seinen Sessel zurückgleiten. Bevor er den Hörer abnahm, warf er Andrea Zelinka einen entschuldigenden Blick zu.

»Ritter«, meldete er sich pflichtbewusst.

Der junge Mann, der im Foyer auf Moritz wartete, musste gute zwei Meter groß sein. Er trug einen langen, schwarzen Mantel, der ganz gut zu seinen ebenso dunklen, mittellangen Haaren passte. Er stellte sich als Aurelio vor, seines Zeichens Mitglied im österreichischen *Instagram*-Dachverband. Und er hätte da eventuell etwas, das für die Ermittlungen im Mordfall Charlène von Interesse sein könnte. Moritz kannte Aurelio von mehreren *Instagram*-Veranstaltungen, hatte aber nie mit ihm gesprochen.

»Haben Sie die Tote gekannt?«, fragte Vera.

Aurelio hatte gerade erst auf einem Sessel im Büro von Vera und Moritz Platz genommen. Die Chefinspektorin schien sehr froh darüber zu sein, dass sie sich nun von ihren Gedanken rund um Lucca sowie der hektischen Alarmfahndung nach Cleo ablenken konnte.

»Nicht wirklich«, antwortete der junge Mann.

»Sondern?«, fragte Vera weiter.

»Man läuft sich auf *Instagram* natürlich mal über den Weg.«

»Was heißt, Sie sind ihr auf *Instagram* über den Weg gelaufen?«

»Ich habe sicher mal ein Foto von ihr geliked oder einen Kommentar unter eines ihrer Fotos geschrieben. Oder so.«

»Aha«, sagte Vera.

»Wir kennen ja nicht jeden Instagrammer. Nur jene, die regelmäßig bei unseren Veranstaltungen dabei sind. Daneben gibt es viele Instagrammer und Blogger, die ihr eigenes Ding machen. Vor allem diese ganzen Beauty- und Lifestyle-Leute lassen sich eher selten auf Instawalks blicken.«

»Auf was für Dingern?«, fragte Vera.

»Instawalks. Da trifft man sich zum gemeinsamen Fotografieren. Fragen Sie doch mal Ihren Kollegen, der war ja am Sonntag bei unserer Bootstour am Donaukanal mit von der Partie.«

Moritz nickte ihm freundlich zu.

»Ich hörte davon«, sagte Vera. »Und weswegen sind Sie nun heute zu uns gekommen?«

Aurelio zog sein Smartphone aus der Tasche und wischte in der Folge gekonnt mit dem rechten Mittelfinger darauf herum. »Wegen dem hier«, sagte er anschließend, stand auf und reichte Vera das Handy.

Vera sah sich das Foto genauer an. »Was soll das sein?«, fragte sie.

»Das ist der Ausschnitt einer Fassade eines Hauses am Karmelitermarkt. Jenes Gebäudes, in dem Charlène ermordet wurde.«

»Und?«, fragte Vera.

»Wir haben dieses Foto am Montag per E-Mail zugeschickt bekommen. Im Text stand lediglich *Es wird passieren.* Wir wussten nicht so recht, was wir damit anfangen sollen. Bis wir dann gehört haben, was mit Charlène passiert ist.«

»Es wird passieren«, wiederholte Vera und betrachtete weiterhin das Foto. Nie im Leben wäre sie auf den Gedanken gekommen, dass dieser Bildausschnitt zu der Fassade des Hauses am Karmelitermarkt gehörte. Und sie kannte sich in der Gegend immerhin ganz gut aus. »Sie meinen also, dass das eine Art Vorankündigung des Täters gewesen sein könnte?«, fragte sie Aurelio, während sie ihrem Kollegen das Smartphone reichte.

»Keine Ahnung. Aber aus purem Zufall hat uns dieses Foto sicher nicht erreicht«, sagte Aurelio.

Auch Moritz konnte mit dem Bild nichts anfangen, auf dem der Ausschnitt eines Fensters und der es umgebenden, weiß-gelben Fassade zu sehen war.

»Von wem kam das E-Mail?«, fragte Vera.

»Die Adresse basierte auf einem wirren Code von Zahlen und Buchstaben. Ich leite Ihnen das Original gerne weiter.«

Der Mann ließ Vera und Moritz mit dieser Information im Büro zurück. Die Fußballberichte zum anstehenden Länderspiel gegen San Marino waren für den deutschen Kommissar mit einem Schlag nebensächlich. Und auch Vera dachte für einen Augenblick nicht mehr über das nach, was am heutigen Morgen in der Tierarztpraxis mit ihrem Lucca passiert war.

»Einen Mord im Affekt können wir schon mal ausschließen, wenn dieses Foto tatsächlich eine Ankündigung ist«, sagte Vera. »Tepser soll sich des Mails annehmen und mehr zum Absender herausfinden«, ordnete sie an. Moritz nickte zur Bestätigung.

»Warum kündigt jemand so was an?«, fragte er danach.

»Wohl aus demselben Grund, warum jemand wie Carola Bednar eine Schwangerschaft vortäuscht: Er oder sie will Aufmerksamkeit.«

»Da ist mir jemand wie Carola Bednar aber bedeutend lieber«, sagte Moritz.

»Nicht nur dir«, antwortete Vera, »nicht nur dir.«

Es mussten schon fünfzehn Minuten vergangen sein. Immer wieder war das Licht im Stiegenhaus ausgegangen, weil der Lichtsensor keine Bewegung feststellen konnte. Veras flache Atmung reichte der sensiblen Technik nicht aus. Immer dann, wenn sich etwas im Haus tat, sprang das Licht an. Eine Nachbarin ging die Stiegen zu ihrer Wohnung hinauf und grüßte Vera im Vorbeigehen. Die Chefinspektorin tat so, als ob sie gerade dabei wäre, den Schlüssel in das dazugehörige Schloss ihrer Wohnung in der Vorgartenstraße zu stecken.

Als die Nachbarin nicht mehr zu sehen war, entfernte sie den Schlüssel wieder von der Tür. Wie schön wäre es gewesen, wenn Moritz noch bei ihr zur Untermiete gewohnt hätte. So wie im vergangenen Frühjahr, als er endgültig nach Wien übersiedelt war und auf die Schnelle eine Unterkunft gesucht hatte. Hätte Moritz noch bei ihr gewohnt, ihr wäre das Betreten der eigenen Wohnung, in der zum ersten Mal seit zehn Jahren kein Lucca auf sie wartete, wesentlich leichter gefallen.

Die Chefinspektorin nahm all ihren Mut zusammen, öffnete die Tür und betrat die im Dunkeln liegende Wohnung. In Windeseile versorgte sie ihren Kanarienvogel Djibouti mit Nahrung und frischem Wasser. Keine fünf Minuten später hatte Vera den Schlüssel wieder in ihre Jackentasche gesteckt. Im Stiegenhaus ertönte das Brummen des Aufzugs, der sich auf Befehl Veras in Bewegung gesetzt hatte.

»Eure Ober-Chefin hat einen ziemlichen Knall, oder?«, fragte Denise.

»Grundsätzlich schon. Aber wie kommst du jetzt darauf?«, fragte Moritz und biss von seinem Hühner-Dürüm ab. Dabei tropfte ein Teil der zum Dürüm gehörenden gelblichen Sauce aus der Alufolie auf sein Hemd. »Ach Mist«, ssagte er und ging in die Küche.

»Sie hat heute unseren Postenkommandanten angerufen und Unterstützung angefordert, weil angeblich ihr Hund entführt wurde«, rief Denise laut genug, dass Moritz sie auch noch nebenan verstehen konnte.

»So traurig das auch ist, aber so richtig überraschen tut mich das irgendwie nicht«, antwortete Moritz, noch mit halbvollem Mund. Dann setzte er sich wieder neben Denise auf die viel zu kleine und unbequeme graue Couch, die er sich im Sommer billig in einem Secondhandladen zugelegt hatte. Dann widmete er sich wieder der Folge des Krimis *Letzte Spur Berlin*, die im Fernsehen lief.

»Der Chauffeur ist der Täter«, sagte er schließlich, als er den Bissen runtergeschluckt hatte. »Ganz klar, schließlich ist das der berühmteste Schauspieler. Der wird sich ja wohl nicht mit einer Nebenrolle abgeben.«

Denise sah Moritz verwundert an.

Normalerweise war es nicht Veras Art, sich mitten in der Nacht zu der Asservatenkammer im Keller der *Backstube* Zutritt zu verschaffen und dort einen Schlüssel mitgehen zu lassen. Aber in dieser für sie außergewöhnlichen Situation ließen sich dadurch zwei Fliegen mit einer Klappe schlagen. Und hatte Moritz, damals im Mordfall Valentin Karl, nicht etwas ganz Ähnliches gemacht, als er in der Wohnung des Mordopfers übernachtet hatte?

Carola Bednar, genannt Charlène, deren lebloser Körper am Vorabend von der Polizei aus der Wohnung am Karmelitermarkt getragen worden war, hatte die letzten ihrer vierundzwanzig Lebensjahre in einer Wohnung in der Kaiserstraße im siebenten Wiener Gemeindebezirk verbracht. Vera war zuletzt im April hier in der Gegend gewesen, als sie mit ihrer Nichte Sandra eine Vorstellung des Hundeflüsterers Martin Rütter in der Stadthalle angeschaut hatte. Ohne Lucca, denn Hunde waren natürlich verboten. Vera bezweifelte jedoch, dass sich ihr Golden Retriever über die Witze des Hunde-Entertainers amüsiert hätte.

Sieben Monate später verließ Hundewitwe Vera die Garnitur der Straßenbahn Neunundvierzig an der Kreuzung von Westbahn- und Kaiserstraße und ging die nach Joseph II. benannte Gasse bergab. Vor dem modernen Haus mit der

Nummer achtundsechzig kramte sie den Schlüssel, den sie zuvor aus der Asservatenkammer entwendet hatte, hervor und steckte ihn in das Schloss der Glastür. An dieser hing ein Aushang der Gebäudeverwaltung, wonach die grüne Rasenfläche im Innenhof des Gebäudes nicht als Hundeauslaufzone dienen dürfe. Eh klar, dachte sich Vera. Ein Stückchen Rasen im total verbauten siebenten Bezirk und dann wollten es die feinen Herrschaften für sich haben. Was Carola Bednar herzlich egal gewesen sein dürfte, brachte Vera innerlich ziemlich auf die Palme.

Die Rasenfläche in dem langgezogenen Hof war in der Tat nicht gerade ein riesiges Feld. Für Zwergpinscher wäre dies wohl ein Eldorado des Herumtollens gewesen. Lucca hätte dagegen in der Breite kaum drei Schritte machen können und wäre mit seiner Nase schon am grünen Maschendrahtzaun angestoßen.

Neben der Rasenfläche verlief ein mit Betonfliesen ausgelegter Weg der Wand entlang. In Abständen von mehreren Metern führten grüne Türen in die ebenerdigen Wohnungen. Am Rand des Weges zeugten mehrere ausgehöhlte Kürbisse von einem Halloween-Event, der hier stattgefunden haben musste. Die in den Kürbissen befindlichen Kerzen waren längst erloschen. Die Chefinspektorin ließ vier Wohnungen rechts liegen und stand schließlich am Ende des Weges vor jenem Wohnungseingang, auf dessen Türschild der Name Bednar nicht gerade auf die Anwesenheit einer *Instagram*-Berühmtheit schließen ließ.

Als Vera die Wohnung betrat, stand sie in einem Vorzimmer, das sie mit ihrer Leibesfülle fast in vollem Umfang ausfüllte. An ein Ausziehen des Mantels oder der Schuhe war nicht zu denken. Lediglich ihren Schal deponierte sie auf einer gegenüber der Tür hängenden Hutablage.

Die Wohnung war von Rauschebart Tepser und den Kollegen der Kriminaltechnik am Vormittag unter die Lupe genommen worden. Computer und diverse persönliche Aufzeichnungen waren mitgenommen, Spuren gesichert worden. Die Chefinspektorin musste also nicht befürchten, mit ihrer nächtlichen Anwesenheit wertvolle Hinterlassenschaften zu vernichten.

An den Miniatur-Vorraum schloss ein langgezogenes Wohnzimmer an. An der länglichen Seite befand sich eine Schrankwand mit Fernseher, Stereoanlage und allem anderen, was sich heutzutage in einer solchen Einrichtung befindet. Daneben schloss ein Esstisch an. An der Wand gegenüber standen eine Couchlandschaft und ein Schminktisch. Im hinteren Bereich des Wohnzimmers führte eine Tür ins Schlafzimmer, daneben ging es durch eine Glastür zu einer kleinen Terrasse. Vera schätzte die Grundfläche der Terrasse auf maximal vier Quadratmeter. Gerade mal groß genug, um einen Sessel und einen Kugelgrill unterzubringen. Die Chefinspektorin nahm auf der gelben Couch Platz. Mit der Fernbedienung aktivierte sie den Fernseher und durchsuchte so lange die einzelnen Programme, bis sie mit dem Sender *Klassik TV* eine Musikuntermalung ganz nach ihrem Geschmack gefunden hatte.

Vera saß nun einfach da. In einer Wohnung, in der bis zum vorherigen Tag ein Mensch gelebt hatte, der nun tot in der Leichenhalle aufgebahrt lag. Während sie auf der Couch rumlümmelte und sich wesentlich wohler fühlte, als es zu diesem Zeitpunkt in ihrer eigenen Wohnung ohne Lucca der Fall gewesen wäre.

Die Chefinspektorin merkte der Wohnung die Erdgeschosslage anhand der Temperatur an. Kalte Luft zog von der Frontseite zur kleinen Terrasse und versetzte dem nächtlichen Gast einen kühlen Schauer. Aus der Nachbarwohnung drang Babygeschrei durch die Wand. Auf dem Sessel vor dem Schminktisch erblickte die Chefinspektorin schließlich eine dunkelblaue, karierte Decke, an der jedoch Veras Interesse in jenem Moment erlosch, als sie vor dem Tisch stand. Das letzte Mal hatte sie sich mit Rouge und derlei Dingen beschäftigt, als sie ein Teenager gewesen war. Damals hatte ihr ihre Mutter einen Kajalstift geschenkt, in der Hoffnung, Vera würde eines Tages eine ebenso grazile Grande Dame abgeben wie sie selbst. Eine Hoffnung, die sie schnell wieder hatte aufgeben müssen. Nun strahlte der weiße Schminktisch mit dem ovalen Spiegel jedoch eine seltsame Anziehung auf Vera aus. Sie setzte sich auf den Sessel und begann, die auf dem Tischchen liegenden Stifte und Werkzeuge zu mustern.

Kurze Zeit später kam sich Vera vor wie jener geschminkte Clown, der auf der Mariahilferstraße wahllos Passanten belästigt. Obwohl sie nur wenig Rouge und Augenmakeup aufgetragen hatte. Derart gestylt schlenderte sie die Schrankwand entlang. Lesen schien auf der Hobbyliste von Carola Bednar nicht sehr weit oben gestanden zu haben. In einem Fach lagen einige Ausgaben diverser Modezeitschriften. Bücher waren weit und breit nicht zu sehen. Wahrscheinlich hatte die Tote, wenn überhaupt, diese ebenfalls nur elektronisch konsumiert. In einem Fach stand eine aus Holz geschnitzte Statue, die Vera an die auf den Osterinseln befindlichen Steinfiguren erinnerte. Im Schrank daneben, den Vera nun neugierig öffnete und an dessen Griff sie aufgrund der Schminkrückstände Spuren hinterließ, lagen Papierstapel und Dokumentmappen wild verstreut. Vera konnte nicht wissen, ob diese Unordnung von der Toten oder der Kriminaltechnik herrührte. Die Chefinspektorin sah sich den Stapel näher an. Rechnungen von Versandhäusern fanden sich darin genauso wie Handyrechnungen und Schreiben von Unternehmen, die der Toten Warenproben übermittelt hatten. Eine Firma für Kindersitze bedankte sich für Carola Bednars Interesse und hoffte auf eine gute Zusammenarbeit. Ein Schnullerproduzent aus Tirol freute sich via Schreiben auf die kommenden Schnullerfotos auf Carola Bednars *Instagram*-Account. Und eine Designerin, die Kuscheldecken selbst entwarf, wünschte *wohlig kuschelige Stunden* mit dem Baby. Vera fragte sich, ob Bednar auch all diesen Produzenten die Lügengeschichte ihrer Fehlgeburt aufgetischt hätte, wenn diese sich nach dem Verbleib ihrer Produkte erkundigten. Unter dem Stapel schließlich fand Vera etwas, mit dem sogar sie etwas anfangen konnte: ein selbst designtes Fotobuch. Wie altmodisch, dachte sich die Chefinspektorin. Sie blätterte das Album durch, in dem sich ausschließlich Fotos von der *Hohen Wand* in Niederösterreich befanden. Wohl ein Wanderausflug, dachte sich Vera. Und allem Anschein nach ein Wandertrip mit einer gewissen Ariane, denn diese bedankte sich auf der letzten Seite für den schönen Ausflug. Im Regal daneben dasselbe Bild: Eine Zettelwirtschaft, wie sie ihr Kollege Moritz in seinen Schubladen nicht chaotischer hinterlassen hätte. War im Nachbarfach das Fotobuch das inhaltliche Highlight, war es hier ein alter Kalender aus dem Jahr neunzehnhundertsechsundneunzig mit Fotos von malerisch in den Frühling, Sommer, Herbst und Winter geklatschten Bergen.

Vera stopfte alles wieder zurück und widmete sich dem Schlafzimmer.

MITTWOCH, 9. NOVEMBER 2016

»Wie siehst du denn aus?«, fragte Moritz erstaunt.

»Wie soll ich denn aussehen?«, fragte Vera verunsichert zurück.

»Ziemlich verschmiert. So, als ob du heute Nacht eine kleine US-Wahlparty veranstaltet und dich in den Farben der amerikanischen Fahne angemalt hättest«, sagte Moritz. »Ist dein Spiegel daheim etwa kaputt?«

»Glaub' mir, die Wahlen dort sind mir genauso wurscht wie hierzulande. Ändert sich ja doch nix«, antwortete Vera.

»Machst du es dir damit nicht ein bisschen zu einfach?«, wollte Moritz eine politphilosophische Diskussion starten.

Doch die Chefinspektorin hörte ihrem Kollegen gar nicht richtig zu und marschierte schnurstracks zur Toilette, die sich in der *Backstube* gleich neben dem Büro der beiden Ermittler befand. Nachdem sie es nicht gewohnt war, sich zu schminken, war es ihr natürlich auch nicht geläufig, sich spätestens in der Früh, vor dem Verlassen der eigenen vier Wände, wieder abzuschminken. Was vielleicht auch daran gelegen haben könnte, dass Vera an diesem Morgen nicht ihre eigenen vier Wände verlassen hatte, sondern jene von Carola Bednar in der Kaiserstraße. Zum Glück war ihr an diesem frühen Morgen außer der Dame am Empfang niemand begegnet. Und diese war, als Vera an ihr vorbeihuschte, gerade mit ihrer Kaffeemaschine beschäftigt.

»Also wegen mir hättest du das nicht wieder wegwischen müssen«, sagte Moritz, als Vera kurze Zeit später zum zweiten Mal an diesem Morgen das gemeinsame Büro betrat.

»Sehr lustig. Sag mir lieber, ob es was Neues gibt?«

»Meinst du im Fall Carola Bednar? Oder wegen Cleo?«

»Was glaubst du?«, fragte Vera mit genervtem Gesichtsausdruck.

»Es hat noch niemand eine Spur von Cleopatra. Wie vom Erdboden verschluckt«, sagte Moritz und nahm einen Schluck Kaffee aus seiner rot-weißen Tasse mit dem Logo des *FC Bayern München*.

»Und wo ist der Bus mit den Leuten, die das interessiert?«, fragte Vera.

»Ich fürchte, der wird hier gleich vorfahren«, sagte Moritz. »Spätestens, wenn die Zelinka kommt. Stell dir mal vor, sie hat sogar die Kollegen von der Inspektion in der Ausstellungsstraße um Hilfe bei der Suche gebeten. Die sollten wohl den Prater durchkämmen.«

»Überrascht mich nicht. Wenn sie nur einmal bei einer unserer Ermittlungen so viel Elan an den Tag legen würde. Woher weißt du das mit der Anfrage an die Ausstellungsstraße?«

»Hat mir eine Kollegin erzählt.«

»Soso, eine Kollegin«, sagte Vera und widmete sich ihrem Computerbildschirm, der mittlerweile hell erleuchtet auf Eingaben der Chefinspektorin wartete. »Ist dein Husten eigentlich wieder besser?«

»Ja, die Hustenbonbons von Marlene Katzer scheinen Wunder gewirkt zu haben«, sagte Moritz.

In ihren E-Mails fand Vera den offiziellen Abschlussbericht von Doktor Faust, in dem dieser sich auf Erwürgen als Todesursache festgelegt hatte. Bis auf die blauen Baumwollfasern unter den Fingernägeln seien keine außergewöhnlichen Spuren festgestellt worden. Ebenso ohne neue Erkenntnisse verlief die Lektüre des Berichts der Kriminaltechnik, den Vera ausgedruckt auf ihrem Schreibtisch vorfand.

»Haben wir schon etwas von den Kollegen gehört, die sich die Wohnung der Toten angeschaut haben?«, fragte Vera.

»Nein, ich habe Tepser und Purck heute aber auch noch nicht gesehen. Sind wahrscheinlich für die Suche nach Cleo abkommandiert worden«, antwortete Moritz.

»Was hältst du davon, wenn wir zu dieser Firma fahren, wo die Tote gearbeitet hat? Bevor uns die Zelinka hier erwischt und uns zur Sau macht, weil wir nicht bei der Suche nach ihrem Drecksköter helfen.«

»Na, hör mal, wie redest du denn«, sagte Moritz erstaunt.

»Ist doch wahr«, antwortete Vera und zog ein Schnoferl. »Tu du doch nicht so, als ob du den Aufruhr nachvollziehen könntest. Wenn jeder, dessen Hund mal eine Weile eigenständig Gassi geht, so einen Alarm veranstalten würde, hätte die Polizei den ganzen Tag nichts anderes zu tun, als im Prater entlaufene Hunde zu suchen.«

»Was bei dem schönen Herbstwetter heute definitiv kein unangenehmer Zeitvertreib wäre«, sagte Moritz nach einem Blick aus dem Fenster und erhob sich von seinem Platz.

Die Räumlichkeiten der Werbeagentur, in denen Carola Bednar bis zu ihrem vorzeitigen Ableben gearbeitet hatte, befanden sich in einem Eckhaus in der Wiedner Hauptstraße. Über die Schleifmühlgasse war man von hier in wenigen Minuten am Naschmarkt. Doch für die kulinarischen Verlockungen des Marktes hatten Vera und Moritz an diesem Mittwoch keinen Sinn.

Nach drei Treppenstufen und einem langen, mit braunweißen Fliesen ausgelegten Gang erreichten sie den Aufzug des Hauses. Vera drückte den Knopf. Als dieser zu leuchten begann und aus einer der oberen Etagen das Geräusch des sich in Gang setzenden Aufzuges ertönte, schob sie Moritz zur Seite und setzte ihren Fuß auf die erste Stufe des Stiegenaufgangs. Der Kommissar wunderte sich.

»Ich habe mir was überlegt«, sagte die Chefinspektorin, als sie die ersten Stufen auf dem Weg zur Agentur im zweiten Stock zurückgelegt hatten.

»Aha«, sagte Moritz. »Jetzt bin ich aber mal gespannt.«

»Ich lasse in Zukunft einfach das Schicksal entscheiden, ob ich mit dem Lift fahre oder nicht.«

»Lagerst du die schweren Entscheidungen deines Lebens also an einen externen Dienstleister aus?«

»Scherzkeks. Ich versuche mich nur selbst zu überlisten und so ein bisschen mehr Bewegung zu machen. Jetzt, wo Lucca nicht mehr da ist. Und ich nicht mehr so viele Spaziergänge mache.«

»Das ist sehr löblich«, kommentierte Moritz den Entschluss seiner Vorgesetzten. »Aber auch ein bisschen bequem, findest du nicht?«

»Ich finde, dass das Leben an sich schon unbequem genug ist. Da muss man es sich nicht künstlich schwerer machen«, erwiderte Vera. Sie hatten soeben die ersten Stufen erfolgreich gemeistert, das in der Etage angebrachte Schild vermeldete in altdeutscher Schrift *Hochparterre*.

»Aber jetzt stell dir mal vor, dass alle künftigen Morde immer nur im Erdgeschoss passieren. Alle Verdächtigen wohnen immer ebenerdig. Das würde ja bedeuten, dass dein Sportprogramm komplett ausfallen würde«, gab Moritz zu bedenken.

»In diesem, eher unwahrscheinlichen Fall hätte ich dann immer noch die Stufen zu unserem Büro in der Backstube.«

»Und wenn unsere Dienststelle umzieht? In ein Gebäude ohne Stiegen?«

Die Chefinspektorin kam sich auf den Stufen zwischen Hochparterre und Mezzanin nicht ganz ernst genommen vor. Und sie hatte nicht ganz unrecht damit.

»Sollte das tatsächlich mal passieren, kann ich mir immer noch Gedanken machen, mein Sportprogramm anders zu gestalten«, sagte Vera, die nun deutlich ins Schnaufen kam.

»Du könntest deine diversen Wege im zweiten Bezirk ja auch einfach wieder zu Fuß erledigen und deinen Schrittzähler aktivieren. Das hat doch im letzten Herbst so gut funktioniert«, ließ Moritz nicht locker.

»Heast, geh ma net am Oasch, Moritz! Du sollst mich dafür loben, dass ich mich hier gerade die Stiegen raufquäle. Und nicht blöde piefkinesische Besserwissertipps zum Besten geben.«

Das saß. Vera hatte sich noch nie zuvor über Moritz' deutsche Art mokiert. Das war bis zu diesem Tag eine Spezialität der übrigen Kollegen gewesen. Der Kommissar verstummte sofort, versuchte Veras Bemerkung aber nicht persönlich zu nehmen. Wahrscheinlich war dieser Gefühlsausbruch einfach nur Teil der Nachwehen rund um den Verlust von Lucca.

Mindtwister stand auf dem Schild, das neben der Tür im zweiten Stock des Altbaugebäudes an der Wand hing. Durch den in schwarzen Lettern geschriebenen Schriftzug fegte ein gezeichneter roter Tornado.

Doch so stürmisch, wie die Agentur sich auf ihrem Schild verkaufte, ging es im Inneren nicht ab. Hinter seinem halbrunden Desk saß ein gelangweilter Empfangsmensch, der seinem Äußeren nach kaum mit der Matura fertig sein konnte.

»Vera Rosen und Moritz Ritter vom Landeskriminalamt«,

übernahm Vera die Vorstellungsrunde. »Wir würden gerne mit der Leiterin der Agentur sprechen.«

Der Empfangsmensch drückte einen inneren Knopf und stellte seinen Gesichtsausdruck von gelangweilt auf super charming. »Einen kurzen Augenblick, bitte«, piepte er Vera entgegen. Dann griff er zum Hörer und meldete die beiden Ermittler an. »Ich darf Sie in das Besprechungszimmer begleiten«, sagte er, nachdem er den Hörer aufgelegt hatte. »Darf ich Ihnen vielleicht etwas zu trinken anbieten, einen veganen Latte oder vielleicht einen Spinat-Chai?«

»Ich könnte einen Kaffee vertragen«, sagte Vera auf dem Weg durch den langgezogenen Gang. An den Wänden hingen Fotos in der Größe von Polaroids, die jede Menge junger Menschen bei vermeintlich spaßigen Aktivitäten zeigten. Polaroidfotos, wie sie Vera vor kurzem erst im *Supersense* in der Praterstraße gesehen hatte.

»Normalen Kaffee haben wir leider nicht. Einen veganen Latte auf Bucheckern-Basis vielleicht? Gerne auch mit Sojamilch, da müsste ich dann nur den Kollegen rufen, weil ich rühre dieses Zeug nicht an«, sagte der Mann und verzog dabei sein Charming-Gesicht zu einem angeekelten Soja-Igitt-Ausdruck.

»Wasser reicht«, sagte Vera, etwas überfordert.

»Habt's ihr vielleicht einen Mangosaft?«, fragte Moritz, nachdem der Hobby-Barkeeper nun ihn hoffnungsvoll angeschaut hatte.

»Natürlich, wir haben sogar Mondphasenmangosaft, bringe ich Ihnen gleich«, sagte der Empfangsmensch, nun wieder besser gelaunt, nachdem er Vera und Moritz in einem großen quadratischen Raum abgeladen hatte.

Das Zimmer, in dessen Mitte ein großer runder roter Plastiktisch stand, protzte an seinen Wänden nur so mit moderner Kunst. Psychedelische Mondlandschaften und wilde

Marseindrücke waren für Moritz ein gutes, warnendes Beispiel, als Künstler nicht zu sehr mit bewusstseinsverändernden Drogen zu experimentieren.

Kurz darauf erschien die Chefin der Agentur im Raum. Wallende blonde Haare, perfekt sitzendes Kostüm mit dazu passender Perlenkette, nicht mehr ganz jung, der fehlenden Mimik zufolge auch nicht mehr im Besitz ihres Originalgesichts. Der eine oder andere Termin beim Schönheitschirurgen war wohl in den vergangenen Jahren absolviert worden.

»Ich begrüße Sie«, sagte die Frau, die sich als Elfie Niesner vorstellte. »Wir stehen hier immer noch alle unter Schock. Aber bitte, nehmen Sie doch erst mal Platz.«

Die Sessel, die rund um den Plastiktisch verstreut standen, waren aus ebensolchem Material und sahen alles andere als stabil aus. Was für Moritz eine gedankliche Randbemerkung blieb, stellte sich für Vera als Problem heraus.

»Danke, ich bleibe lieber stehen«, erklärte die Chefinspektorin.

Moritz betrachtete seine Chefin verwundert, genauso wie es die Agenturleiterin tat.

»Eh gesünder, da haben Sie vollkommen recht«, erklärte Niesner und stand schließlich wieder auf.

Nun sahen beide Frauen auf Moritz herab, was dazu führte, dass auch er sich wieder erhob. »Ich habe schon gehört, was passiert ist. Schrecklich«, sagte Niesner. »Ich traue mich gar nicht zu fragen, wie es Carolas Baby geht?«

Die Chefinspektorin klärte die Frau über Bednars vorgetäuschte Schwangerschaft sowie die dahinterliegende Motivation auf. »Wie würden Sie Ihre Mitarbeiterin Carola Bednar beschreiben?«, fragte Vera anschließend.

»Fleißig, ehrgeizig und strebsam«, sagte Niesner, die die Nachricht, dass es in Carola Bednars Bauch gar kein Baby gegeben hatte, mit Erleichterung aufgenommen zu haben schien.

Für Moritz lagen alle drei Adjektive von ihrer Bedeutung her recht eng beisammen. Was vielleicht auch nur Ausdruck dafür war, dass die Tote überehrgeizig gewesen war.

»Also waren Sie zufrieden mit ihr?«, fragte Vera nach.

»Total, sie war eine der besten *Twisties* und man hat sich immer auf sie verlassen können.«

»Wofür war sie bei Ihnen zuständig?«, fragte Vera, die sich nun mit ihren beiden Händen auf den vor ihr stehenden roten Sessel abstützte.

Während die Agenturleiterin das Aufgabengebiet der Toten umschrieb, brachte der Empfangsmensch die bestellten Getränke. Sichtlich irritiert vom Stehparty-Charakter der Unterhaltung platzierte er die schmale Flasche einer stylishen Mineralwassermarke zusammen mit einem Glas vor Vera. Moritz bekam eine dunkelgelbe Flüssigkeit in einem hochgeschossenen Glas. Und die Agenturleiterin erhielt eine dickflüssige, grüne Masse in einer Art Schale.

»Alle unsere Kunden, mit denen Charlène zu tun hatte, waren überaus zufrieden mit ihr. Sie zeigte ein hohes Maß an Eigenengagement und war generell sehr an den Themen Marketing und Social Media interessiert. Charlène hatte ja auch einen eigenen Blog und war sehr aktiv«, erzählte Niesner.

»Wie kam sie mit den Kollegen zurecht?«, fragte Vera, während Moritz einen großen Schluck von seinem Mangosaft nahm.

»Wir können zu Recht sagen, dass wir hier ein hervorragendes Klima im Team haben. Großer Zusammenhalt«, sagte Niesner und zog dabei das o so sehr in die Länge, als ob dadurch der Zusammenhalt noch ein bisschen größer ausfallen würde. »Erst letztes Jahr wurden wir von einer Onlineplattform als Werbeagentur mit dem besten Arbeitsklima in Wien ausgezeichnet.«

Wie wohl der Ermittlungsbereich 11 des LKA Wien bei so einem Ranking abgeschnitten hätte, fragte sich Vera, während Niesner die weiteren Vorzüge ihrer Agentur darlegte.

»Können Sie uns etwas zum Privatleben von Carola Bednar sagen? Hatte sie vielleicht einen Freund?«

»Da bin ich überfragt«, sagte Niesner. »Wissen Sie, wir kümmern uns schon sehr um das Wohl unserer Mitarbeiterinnen und Mitarbeiter. Immerhin sind sie unser wahres Kapital. Aber so intime Angelegenheiten belassen wir lieber dort, wo sie hingehören.«

Die Agenturleiterin beugte sich vor und hob ihre mutmaßliche Gurkenkaltschale in die Höhe, um ganz sanft daran zu nippen.

»Und das wäre wo?«, fragte Vera.

»Im Privatbereich natürlich«, erklärte Niesner, nachdem sie die Schale unfallfrei wieder auf dem roten Plastiktisch platziert hatte.

Ein lautes »Pssst« hörten Vera und Moritz, als sie am Empfangsmenschen vorbei in Richtung Agenturausgang marschierten. Sie blickten sich um und sahen den jungen Mann, wie er ihnen mit einer an eine Hexe erinnernden Fingerbewegung bedeutete, näher zu kommen.

»Ja?«, sagte Vera, als sie vor der halbrunden Hexenzentrale angekommen waren.

»Ich wollte Ihnen noch etwas sagen«, sagte der Mann.

»Ja?«, wiederholte sich Vera.

»Wegen der Charlène. Deswegen sind Sie doch heute hier«, fuhr er fort.

»Ja«, sagte Vera, nun ohne lautmalerisches Fragezeichen.

»Sie hat sich in letzter Zeit verfolgt gefühlt. Hat sie mir neulich erzählt. Letzte Woche war das erst, also ganz knapp vor ihrem Tod!«, flüsterte der Mann in seinem lautesten und aufgeregtesten Flüsterton.

»Und hat sie auch gesagt, wer sie verfolgt?«, fragte nun Moritz.

»Nein. Leider, dazu hat sie nichts gesagt.«

»Schade«, erklärte der Kommissar enttäuscht. »Aber danke für den Hinweis!«

Die beiden Ermittler verabschiedeten sich.

»Wolltest du nicht das Schicksal entscheiden lassen?«, fragte Moritz, als Vera im Stiegenhaus die Treppen in Angriff nahm.

»Doch nicht beim Hinuntergehen. Da habe ich schon immer die Stiegen genommen«, sagte Vera.

»Da kann ich mich aber auch an andere Situationen erinnern«, sagte Moritz.

»Ach, lass mich doch damit in Ruhe. Sag mir lieber, was *Twisties* sein sollen.«

»Ich nehme mal an, dass die sich selber so nennen. Wie Trekkies.«

»Du meinst Trekkies, wie die Fans von Star Trek?«

»Ja, genau«, sagte Moritz.

»Dann würde mich mal interessieren, ob die in der Agentur auch einen geheimen Willkommensgruß haben.«

»Vielleicht drehen sie sich ganz schnell im Kreis und simulieren damit einen Tornado«, orakelte Moritz.

»Das wird's sein«, sagte Vera.

»Und warum wolltest du dich vorhin nicht hinsetzen?«, fragte Moritz, als er seiner Chefin im Erdgeschoss die Tür zur frischen Novemberluft aufhielt.

»Weil ich Angst hatte, dass diese Plastikdinger unter mir zusammenbrechen«, gab Vera eher widerwillig zu Protokoll.

»So ein Quatsch, jetzt mach dich mal nicht dicker, als du bist«, sagte Moritz.

»Na danke, wie dick bin ich denn?«

Moritz ahnte, dass er aus dieser Zwickmühle nicht unbeschadet herauskommen würde und zog es vor, zu schweigen.

»Wer ist so blöd und legt ein einzelnes Sushi ohne Teller wieder zurück aufs Laufband?«

Moritz schüttelte den Kopf. Mit Essen spielt man nicht, war einer der klassischen Sager seiner Kindheit, so wie wohl bei vielen anderen Kindern auch.

»Vielleicht die Kiddies hinter mir«, sagte Denise.

Moritz warf einen strengen Blick zu jenem Tisch, der sich hinter seinem hübschen Gegenüber befand. An diesem saßen drei Teenager, die sich mehr für die Technik des an ihnen vorbeifahrenden Essens zu interessieren schienen als für die Nahrungsaufnahme selbst.

»Als ich in deren Alter war, hätte ich mir kein Running Sushi leisten können«, stellte Moritz fest.

»Als du in deren Alter warst, war Running Suhsi wohl noch nicht mal erfunden«, sagte Denise und lächelte den Kommissar an.

»Na hey«, sagte dieser pikiert. »So viel älter bin ich nun auch nicht als du.« Moritz biss in seine mit Gemüse und Faschiertem gefüllte Teigtasche.

Denise hatte kurz nach ihrem Kennenlernen im Sommer ihren Dreißiger gefeiert. Moritz war als einziger Beamter des LKA eingeladen, was so manchen Kollegen von Denise vermuten ließ, dass zwischen den beiden etwas am Laufen war. Aber so wie auch schon auf der Party, vermieden es Moritz und die Polizistin von der Inspektion in der Ausstellungsstraße bis zum heutigen Tag, sich in der Öffentlichkeit als turtelndes Pärchen zu zeigen.

»Jetzt reicht's aber«, sagte Moritz. Der Kommissar legte die Stäbchen zur Seite, stand auf und ging zum benachbarten Tisch. »Hat euch noch niemand gesagt, dass man mit Essen nicht spielt? Es gibt genug Kinder in eurem Alter, die sich alle Finger danach ablecken würden, hier sitzen und essen zu dürfen. Also benehmt euch gefälligst«, schnaubte der Kommissar die verdutzten Teenager an.

»Wir sind keine Kinder«, sagte einer der drei Halbstarken, der zuvor drei übereinander gestapelte Mini-Schnitzel auf die Laufband-Reise geschickt hatte.

»Dann benehmt euch auch so«, fuhr Moritz in sehr deutlichem Ton fort. »Sonst zeige ich euch, wie man mit den Tellern Frisbee spielt und was man damit alles treffen kann.«

»So redest du mit unseren Kindern aber später mal nicht«, sagte Denise, als Moritz wieder an ihren Tisch zurückgekehrt war.

»Meine Kinder werden sich im Gegensatz zu diesen Nasen da drüben auch zu benehmen wissen. Das wird also nicht notwendig sein«, parierte Moritz den Lass-uns-doch-mal-über-unsere-Beziehung-reden-Vorstoß von Denise.

»Seid ihr in eurem Mordfall schon weitergekommen?«, fragte Denise, die den Wink mit dem Zaunpfahl verstanden hatte.

»Es gibt noch keinen Verdächtigen, wenn du das meinst«, sagte Moritz.

»Es muss ja kein Verdächtiger sein, könnte doch auch eine Frau gewesen sein«, antwortete Denise.

»Ja, eh«, sagte Moritz. »Aber unabhängig davon, welches Geschlecht der Täter hat, haben wir ihn noch nicht.«

»Echt schade jedenfalls. Die Charlène hat schon immer brutal schöne Fotos gepostet.«

»Hast du sie etwa gekannt?«, fragte Moritz überrascht.

»Von *Instagram* halt, dort bin ich ihr seit einiger Zeit gefolgt.«

»Dann bist du vielleicht die Person, von der sich Carola Bednar verfolgt gefühlt hat«, sagte Moritz im Scherz. Ein Scherz, dessen Komik sich seinem Gegenüber nicht zu erschließen wusste. »Einer ihrer Kollegen hat uns vorhin erzählt, dass sie sich verfolgt gefühlt hat«, klärte der Kommissar den Hintergrund seiner Bemerkung auf.

»Ach so«, sagte Denise. »Ja, das kann natürlich gut sein.«

»Und was an den Fotos fandest du so toll?«

»Sie hat einfach lässige Bilder gemacht. Natürlich war total viel inszeniert. Aber es kam irgendwie cool rüber«, sagte Denise. »Außerdem hat sie einen guten persönlichen Style gehabt, trotz ihrer vermeintlichen Schwangerschaft.«

»Woher wusstest du von ihrer vorgespielten Schwangerschaft?«, fragte Moritz.

»Hat ein Kollege in der Inspektion erzählt«, sagte Denise nach kurzem Zögern.

»Aha«, sagte Moritz.

Von draußen wehte der Wind die Töne einer auf dem Vorplatz des Pratersterns musizierenden Combo herein, die, musikalisch betrachtet, überhaupt nicht zum asiatischen Angebot des Restaurants passten.

»Und, gibt es was Neues zum entlaufenen Chihuahua eurer Chefin? Ist er wieder aufgetaucht?«

»Er ist eine Sie«, korrigierte Moritz, »wenn du schon so aufs Gendern Wert legst, dann sollte das auch für Hunde gelten.«

»Ja, ist ja gut«, sagte Denise. »Und, habt ihr sie schon gefunden?«

»Nein, aber Vera und ich versuchen uns da auch großteils herauszuhalten. Der Köter wird schon irgendwann wieder auftauchen«, sagte Moritz wenig einfühlsam.

Kurz darauf beendeten Moritz und Denise ihre gemeinsam verbrachte Mittagspause im Restaurant *Ginza* am Praterstern. Sie verabschiedeten sich ohne Austausch von Intimitäten in der Bahnhofshalle. Moritz verschwand auf den Stiegen in Richtung U2, während Denise noch eine Weile an Ort und Stelle verharrte und dem Kommissar hinterhersah.

»Ach, wie gut, dass ich dich hier erwische«, sagte Andrea Zelinka zu Vera, die gerade auf dem Weg zurück in ihr Büro war. »Die Cleo, sie ist immer noch nicht aufgetaucht. Du bist doch auch immer so gut mit ihr ausgekommen, hast du vielleicht eine Idee, wo sie sein könnte?«

»Nein, tut mir leid«, antwortete Vera. »Ich muss auch ehrlich gestehen, mir geht es irgendwie nicht so gut. Und außerdem habe ich schon mit der Aufklärung des Mordes an Carola Bednar alle Hände voll zu tun«, versuchte Vera ihrer Chefin klarzumachen, dass ihre Prioritäten nicht unbedingt auf der Suche nach dem verschwundenen Chihuahua lagen. Zumal sie immer noch am Verlust von Lucca zu kiefeln hatte.

»Jetzt reiß dich doch mal zusammen«, wurde sie auf einmal von Zelinka angegiftet. »Es geht hier um das Leben eines Hundes und du erzählst mir etwas über *es geht mir nicht gut!* Hast du eine leise Ahnung davon, wie ich mich fühle? Wie sich meine Tochter fühlt? Und vor allem, wie sich die arme Cleo fühlen muss, die irgendwo alleine hockt und total verzweifelt ist. Mensch Vera, stell doch einmal nicht dein eigenes Befinden in den Vordergrund!«

Vera Rosen war, zum Leidwesen ihrer vornehmen Eltern, keine besonders gute Schülerin gewesen. Sie hatte kein Lieblingsfach und war meistens einfach froh, wenn sie am Ende des Schultages noch ein bisschen durch das Grätzl strawanzen konnte und zumindest ein bisschen Zeit für sich hatte.

Dementsprechend hatte sie auch dem Geografieunterricht keine größere Aufmerksamkeit geschenkt. Hätte sie damals besser aufgepasst, hätte sie die in ihr nun aufsteigende Wut sehr gut mit der Entstehung einer Vulkaneruption in Verbindung bringen können.

Andrea Zelinka wurde unruhig. Wie ein sensibles Tier vor einem Erdbeben spürte sie, dass sich in ihrer nahen Umgebung in wenigen Momenten eine Naturkatastrophe ereignen würde. Hätte Vera ihrem Geografielehrer damals besser zugehört, hätte sie nun ganz genau beschreiben können, wie sich die Magmawut in ihrem Inneren zusammenbraute und dass es sich eher um eine explosive als eine effusive Eruption handelte. Im Zuge des bevorstehenden Ausbruchs wanderten aufgestaute Schimpfwörter und andere unangenehme Wahrheiten langsam Veras Hals hinauf, während gleichzeitig die Rötung ihrer Gesichtsfarbe die bevorstehende Eruption verriet.

Doch anders als in den Jahren neunundsiebzig nach Christus beim Vesuv oder zweitausendzehn beim Eyjafjallajökull in Island, verfügte die *Backstube* in Wien-Leopoldstadt über ein natürliches Abwehrsystem zur Unterbindung von heftigen Eruptionen des Vulkans Vera Rosen.

»Schau, Vera, ich hab dir was mitgebracht«, sagte Moritz, als er um die Ecke bog und Andrea Zelinka und Vera im Gang stehen sah. Die Chefinspektorin sah zu ihrem Kollegen hinüber und ging ohne weitere Worte zurück in ihr Büro.

»Wissen Sie, was mit ihr ist?«, fragte Zelinka den Kommissar.

»Sie sollten sich vielleicht lieber mal fragen, was mit Ihnen los ist«, erklärte Moritz trocken und folgte Vera ins Büro.

»Na, hören Sie mal! Hier geht es immerhin um das Leben eines Hundes!«, rief Zelinka vom Gang herein.

»Ganz genau«, gab Moritz der Leiterin des LKA-Ermittlungsbereichs recht. »Und ganz generell geht es hier im LKA, wie in jedem anderen Betrieb auch, nicht nur um unseren Job, sondern auch darum, wie man mit den Mitarbeiterinnen und Mitarbeitern umgeht«, fuhr er fort.

Hätte Denise gehört, dass er an dieser Stelle bewusst auch die weibliche Form verwendet hatte, sie wäre wohl recht stolz auf ihn gewesen.

Moritz lächelte Andrea Zelinka freundlich an und schloss die Tür. Danach wanderte sein Blick zu Vera. »Janz ruhich, Axel, janz ruhich«, sagte er in Anlehnung an Boxtrainer Manfred Wolke, der den deutschen Boxer Axel Schulz mit einst genau diesen Worten in einer Ringpause zu beruhigen versucht hatte. Und ähnlich wie bei Boxer Schulz, hielt sich Moritz' Erfolg in engen Grenzen.

»Was hast du mir jetzt eigentlich mitgebracht?«, fragte Vera neugierig.

»Nichts. Das habe ich vorhin doch nur gesagt, um dich von der Zelinka wegzulocken.«

Vera verzog ihr Gesicht.

»Hat Tepser eigentlich schon etwas zu der E-Mail gesagt, mit der die *Igersaustria*-Leute das Foto von dem Haus am Karmelitermarkt geschickt bekommen haben?«, fragte Moritz, um Vera wieder in die emotionalen Tiefen ihrer Ermittlungen zurückzuholen.

Vera nickte mit dem Kopf, was Moritz als ein Ja identifizierte.

»Und?«, fragte er.

»Keine Hinweise auf den Absender.«

»Oder die mögliche Absenderin«, besserte er seine Kollegin aus.

»Moritz, echt jetzt?«

Der Kommissar machte eine beschwichtigende Handbewegung und öffnete das Fenster. Ein bisschen frische Luft würde allen Beteiligten ganz gut tun.

Viola Lex, genannt Violet, wohnte in der Dampfschiffstraße. Was sich auf dem Papier nach romantischer Industriegeschichte mit dazugehörigen Backsteinbauten anhörte, war in Wirklichkeit eine der wichtigsten – und damit am stärksten befahrenen – Stadtausfahrten der österreichischen Hauptstadt. Das Haus mit der Nummer vierzehn lag direkt gegenüber der Leopoldstadt am anderen Ufer des Donaukanals, auf der Höhe der Franzensbrücke. An deren Fuße war Moritz einige Abende während des vergangenen Sommers bei der Hafenkneipe gesessen, um die lauen Sommernächte mit einem g'spritzten Mangosaft standesgemäß zu begrüßen.

»Lustig«, sagte er zu Vera, als sie vor dem Haus angekommen waren. »Dort drüben bin ich im Sommer öfter mal gesessen und habe mir vorgestellt, wie es wohl wäre, in dem Dachgeschoss dieses Hauses zu wohnen. Das schaut mit dem ausgebauten Dachstuhl so spacig aus. Wäre doch lustig, wenn das Fräulein Violet genau in der Wohnung dort oben wohnen würde.«

»Das wär' sicher urlustig, was für eine Hetz«, kommentierte Vera Moritz' sommerliche Gedankenspiele mit sarkastischem Unterton. Seine Erinnerungen an den zurückliegenden Sommer führten bei ihr nach dem Fast-Zusammenprall mit Andrea Zelinka in der *Backstube* nicht unbedingt zu einer weiteren Hebung der Laune.

»Wir sind vom Landeskriminalamt und hätten ein paar Fragen an Sie. Dürfen wir kurz raufkommen?«, stellte sich Vera über die Gegensprechanlage vor, während keine fünf Meter hinter ihr der Verkehr in Richtung Ostautobahn entlangdonnerte.

Der Summton der Tür sorgte dafür, dass Vera und Moritz eintreten konnten.

Im Stiegenhaus angekommen, betätigte die Chefinspektorin den Druckknopf des Aufzuges. Innerlich betete sie zu

Gott, dass sich die Kabine im Erdgeschoss befand, damit sie nicht schon wieder Stiegen steigen musste. Zumal sie nicht abschätzen konnte, in welchem Stockwerk sich die Wohnung mit der Nummer vierundzwanzig befand. Moritz bemerkte die Anspannung in ihrem Gesicht. Genauso wie die sich breitmachende Entspannung, als sich die beiden Lifttüren kurz nach Betätigung des Knopfes zur Seite schoben und den Weg in den Aufzug freigaben.

»Probieren wir es mal mit dem dritten Stock«, sagte Moritz.

Der Lift setzte sich in Bewegung.

»Sie müssen noch eine Etage weiter hinauf«, rief die Stimme von oben, als Vera und Moritz im dritten Stock nach der Wohnung von Viola Lex suchten.

Vera verdrehte die Augen, verzichtete auf den Lift und erklomm gemeinsam mit Moritz die fehlenden Stufen bis in die vierte Etage, wo sie von einer sehr rundlichen jungen Frau in Empfang genommen wurden.

Die beiden Ermittler des LKA wurden in eine modern eingerichtete Wohnung geführt, deren absolutes Highlight das lichtdurchflutete Wohnzimmer war, dessen Außenwand auf einer Seite komplett verglast war. Moritz stellte sich an die Fensterfront und fühlte sich an die Wohnung am Karmelitermarkt erinnert, in der zwei Tage zuvor die tote Carola Bednar aufgefunden worden war.

Von hier oben konnte er nun auch genau zu jenem Punkt sehen, wo er im Sommer am Donaukanal gesessen und sich sehnsüchtig seine Wohnträume in diesem Penthouse ausgemalt hatte. Über der dem Donaukanal gegenüberliegenden Häuserfront bot sich ein imposanter Blick über den gesamten Prater. Im Hintergrund ragten das Hochkarussell im Prater, das Riesenrad und die Skyline der Donaucity in den Wiener

Nachmittagshimmel. Ein Stückchen weiter rechts konnte Moritz jenes Hochhauskipferl erkennen, das in unmittelbarer Nachbarschaft zur *Backstube* stand.

»Der Sonnenaufgang in der Früh ist von hier aus traumhaft«, sagte Viola Lex und stellte sich neben den Kommissar. »Sie können der Sonne je nach Jahreszeit bis in den Vormittag hinein zuschauen, wie sie von der Donau über den Prater langsam weiterzieht. Manchmal steh' ich einfach nur da und denk mir, was ich für ein verdammtes Glück habe, dass ich hier wohnen darf«, sagte die junge Frau. Moritz sah in ihrem Gesicht eine ehrliche Faszination für diesen Ausblick, die ihn überraschte. Immerhin konnte sie das hier jeden Tag erleben. Irgendwann musste sich bei ihr doch ein Gewöhnungseffekt eingestellt haben.

»Frau Lex, so schön Ihre Aussicht auch ist, aber deshalb sind wir leider nicht gekommen«, unterbrach Vera die traute Panoramazweisamkeit.

»Das habe ich mir schon gedacht«, sagte die eloquente Frau und drehte sich um. Moritz schätzte sie auf Mitte zwanzig, die dunklen Haare trug sie offen, ihrem leicht rundlichen Gesicht sah man an, dass sie in der Schwangerschaft schon ziemlich weit sein musste. Sie trug einen flauschigen, hellen Wollpullover. »Sie sind sicher wegen der Charly hier«, fuhr sie fort.

»Ja«, sagte Vera. »Können Sie uns sagen, ob Ihnen am Montag bei dem Workshop etwas Besonderes aufgefallen ist?

Die junge Frau dachte einen Moment nach und sah dabei zum Fenster hinaus. »Wir waren alle so mit den Gipsabdrücken beschäftigt. Da könnte ich jetzt gar nicht groß sagen, dass ich sonderlich auf die Charly geachtet hätte.«

»Es kann Ihnen ja auch in Bezug auf eine andere Person etwas aufgefallen sein«, präzisierte Vera die Frage.

Viola Lex verneinte in Form eines dezenten Kopfschüttelns.

»Wie haben Sie sich mit der Toten verstanden?«, versuchte Vera es mit einem anderen Thema.

»Ach, die Charly«, sagte Viola Lex und schien für ihre Erklärung ein bisschen weiter ausholen zu müssen. »Wie gut ich sie kannte, zeigt sich wohl daran, dass ich nichts von ihrer gefakten Schwangerschaft wusste. Das habe ich erst heute Mittag von einer Bekannten gehört. Sie war ein sehr liebes Mädel, aber gleichzeitig war sie ein bisschen zu verbissen. In allem, was sie tat«, erzählte Lex. »Und leider war sie auch ziemlich neidisch.«

»Neidisch?«, fragte Vera.

»Als alle noch dachten, dass *Google+* der nächste heiße Scheiß wird, oder sich komplett auf *Facebook* konzentrierten, habe ich sehr viel Zeit und Energie in *Instagram* gesteckt. Mir war immer klar, dass das ein tolles Netzwerk mit großartigen Wachstumschancen ist. Als dort in den letzten zwei bis drei Jahren dann wirklich die Post abging, war ich als Early Bird in einer guten Position und habe tolle Wachstumsraten mit meinem mit *Instagram* verbundenen Lifestyleblog gehabt. Als die Aufmerksamkeit für *Instagram* größer wurde, haben natürlich auch viele andere versucht, auf diesen Zug aufzuspringen. Aber sie waren halt zu spät dran«, erzählte Viola Lex.

»Und zu diesen *zu spät Kommenden* gehörte auch Carola Bednar?«, fragte Vera.

»Ja, sie war eine von vielen, die versucht haben, sich selbst und ihre eigene persönliche Marke durch *Instagram* zu pushen. Aber im Endeffekt hat sie immer wieder nur das reproduziert, was andere schon vor ihr gemacht hatten. So entstanden die immer gleichen Fotos aus den immer gleichen Lokalen oder immer gleichen Geschäften. Das haben die Leute halt schon alles tausend Mal woanders gesehen, das war kein eigener originärer Content mehr.«

»Zum Beispiel auf *Instagram*«, sagte Vera.

»Ganz genau. Gleichzeitig haben all diese Nachahmerinnen aber gesehen, dass manche Blogger dank ihrer Bekanntheit und ihren hunderttausenden Followern aus ihrem Hobby einen Beruf machen konnten. Und dann entstand oftmals Neid.«

»Und Sie können tatsächlich davon leben?«, fragte Moritz interessiert nach. Nicht, dass er mit seinen zweihundert Followern auf seinem *Instagram*-Account jemals daran denken konnte, Geld zu verdienen. Aber er hatte sich schon öfters gefragt, ob bei den Berühmtheiten der Szene nur viel Lärm um nichts war, oder ob es da tatsächlich Geld zu verdienen gab.

»Es gibt vielleicht eine Handvoll österreichischer Instagrammer, die davon leben können, ja«, antwortete Viola Lex. »Aber dazu gehört meistens auch ein eigener Blog sowie Plattformen in anderen Social-Media-Netzwerken, Kolumnen in Zeitungen und so weiter. Mit *Instagram* alleine ist es beileibe nicht getan.«

»Und wie hat sich diese Rivalität zwischen Ihnen und Carola Bednar geäußert?«, fragte Vera.

»Ich würde nicht von Rivalität sprechen. Zumindest nicht von meiner Seite aus. Ich veröffentliche jede Woche in einer Zeitung meine eigene Kolumne, habe pro Monat vierzigtausend Zugriffe auf meiner Website und auf *Instagram* trennen die Charly und mich dreihundertvierzigtausend Follower. Da hielt sich meine Angst, sie könnte mir den Rang ablaufen, ziemlich in Grenzen, um ehrlich zu sein«, sagte Viola Lex.

»Okay, aber gab es trotzdem Stress zwischen Ihnen beiden? In unseren bisherigen Befragungen ist auch mal das Wort Zickenkrieg gefallen«, blieb Moritz hartnäckig.

»Sie wissen doch, wie das unter Frauen mitunter ist. In einem Moment ist man BFF und am nächsten Tag lästert man vielleicht mal ein bisschen, weil die andere das Top in einem süßen neuen Laden im siebten Bezirk vor einem entdeckt und auf ihrem Account gepostet hat. Aber für mich lief das alles in einem sehr normalen Rahmen ab. Wie sie das wahrgenommen hat, kann ich aber natürlich nicht endgültig beurteilen.«

»Das wird nun wahrscheinlich auch nicht mehr herauszufinden sein«, sagte Vera. »Wie haben Sie den Workshop am Montag wahrgenommen?«

»Es war eine feine Veranstaltung, das hat die Charly schon gut gemacht. Da hat man auch gemerkt, dass sie Erfahrung bei der Organisation von solchen Events hat. Für uns war das aber nicht unanstrengend, weil wir den Vormittag auf einer Modenschau verbracht hatten und froh waren, als der Workshop endlich vorbei war«, antwortete Viola Lex.

Dass die junge Frau im Plural sprach, war wohl dem Mitbewohner in ihrem Bauch geschuldet, dachte sich Moritz.

»Und was haben Sie nach dem Workshop gemacht?«, fragte Vera.

»Ich habe Tatjana Wunderlich zum Bahnhof begleitet und bei der Gelegenheit noch ein bisschen Networking betrieben. Sie ist ein großer Star in Deutschland, da konnte es nicht schaden, sich ein bisschen auszutauschen. Danach bin ich heim und habe erst mal die Füße hochgetan. Sie können sich nicht vorstellen, wie anstrengend so eine Schwangerschaft für die Füße ist«, sagte Lex.

Und damit hatte sie recht, Vera war nie schwanger gewesen und würde es in diesem Leben wohl auch nicht mehr werden.

»Was genau machen diese Instagrammer eigentlich?«, fragte Vera, als sie im Stiegenhaus langsam Richtung Ausgang hinabstiegen. »Du weißt das doch sicher, du bist doch auch einer von denen.«

»Im Grunde geht es darum, schöne Fotos zu machen und sich gegenseitig auszutauschen. Ich lerne zum Beispiel auch total viel übers Fotografieren, verschiedene Perspektiven und so. Und jeder hat seinen eigenen Style. Manche richten ihr komplettes Leben darauf aus, mit ihren Fotos möglichst viele Follower in der App zu generieren und bekannt zu werden. Andere machen das nur zum Spaß und um gemeinsam mit netten Leuten fotografieren zu gehen.«

»Aber was für Fotos stellst du zum Beispiel dort hinein? Doch wohl hoffentlich keine Bilder von mir?«

Moritz musste bei dem Gedanken lachen, dass er heimlich Fotos von Vera aufnehmen und auf *Instagram* posten würde.

»Nein nein, keine Sorge«, sagte Moritz. »Einfach Bilder aus meinem Alltag, wenn ich irgendwo unterwegs bin und mir etwas Besonderes auffällt. Ein lustiges Graffiti oder eine schöne Spiegelung nach einem Regenschauer. Oder zum Beispiel ein Foto von unserem Donaukanal-Bootsausflug am Sonntag. Bei solchen Gelegenheiten mache ich ein paar Fotos und poste sie anschließend.«

»Und so jemand wie diese Viola macht dann dauernd Fotos von ihrem Babybauch und gibt das dann in dieses *Instagram* hinein?«

»Ja, wahrscheinlich«, sagte Moritz.

»Und das interessiert irgendjemanden?«, fragte Vera.

Sie passierten gerade den ersten Stock des Stiegenhauses, als Moritz das Handy herausholte und seiner Chefin den *Instagram*-Account von Viola Lex zeigte.

»Vierhundertdreißig K«, las Vera laut vor. »Vierhundertdreißig Leute also. Ist doch gar nicht so viel.«

»Vierhundertdreißigtausend«, besserte Moritz seine Chefin aus. »Das K steht für tausend.«

»Na bumsti«, sagte Vera. »So viele Fans hat mein Lucca auf dem Account von meiner Nichte wohl nicht gehabt.«

»Eher nicht«, gab Moritz seiner Chefin recht.

»Aber unabhängig von der Anzahl der Follower glaube ich nicht daran, dass eine Schwangere wie Viola Lex jemanden wie Carola Bednar erwürgt. Die hat mit ihrem Baby doch ganz andere Sorgen«, zog Vera eine Bilanz des Gesprächs im Penthouse.

»Da bin ich ganz bei dir. Fährst du jetzt eh auch nach Hause, oder?«, fragte Moritz.

»Nein, ich gehe noch ein bisschen spazieren«, antwortete Vera zu seiner Überraschung. »Heute ist so schönes Wetter, da mag ich noch nicht nach Hause«, fuhr Vera fort, die auch bei Starkregen lieber am Donaukanal unterwegs gewesen wäre, als alleine und ohne Lucca in der eigenen Wohnung zu sitzen.

»Okay, pass auf dich auf«, sagte Moritz und hielt der Chefinspektorin die Haustür auf. Draußen verwandelte der Sonnenuntergang die herbstlichen Blätter der Bäume am Donaukanal gerade in ein goldenes Gesamtkunstwerk.

»Keine Sorge«, sagte Vera und entschwand in Richtung Franzensbrücke.

Über einen Stiegenabgang gelangte Vera auf der anderen Seite des Donaukanals zu dessen Ufer. Einige Möwen hatten es sich am Rand des Kanals gemütlich gemacht, dort, wo im Sommer die Nachtschwärmer bei einem Glas Wein oder einem Bier den Sonnenuntergang genossen. Die Chefinspektorin folgte dem Kanal stromaufwärts. Schon auf dem kurzen Stück zwischen Franzens- und Aspernbrücke bereute sie ihre Entscheidung, sich ausgerechnet hier die Beine zu vertreten. Denn dieser Bereich des Donaukanals war nicht nur für Menschen, die für sich sein wollten, ein geeignetes Revier. Auch Hundebesitzer führten ihre Vierbeiner hier bevorzugt Gassi. Und somit wurde Vera auf Schritt und Tritt daran erinnert, dass sie mit ihren Problemen und Sorgen ganz allein am Ufer des in ein Betonbett gezwängten Kanals unterwegs war. Bevor sie bei der Aspernbrücke, wo sich das Hochhaus der *UNIQA* mit seiner bunten LED-Fassade in die Luft erhob, die Stiege hinauf zur Straße betrat, lauschte sie für einen Moment einem Sänger, der sich am Fuße des Stiegenaufgangs postiert hatte. Wäre die Chefinspektorin in Begleitung von Moritz unterwegs gewesen, hätte sie von ihrem Kollegen erfahren können, dass es sich um Tall William handelte, der seinen Donaukanal-Song Little Houses zum Besten gab. Doch auch so hielt Vera für einen Moment inne und lauschte dem mit einer Gitarre untermalten Song.

»Carola Bednar«, sagte Vera laut vor sich hin, als sie sich nach ihrem Donaukanal-Spaziergang auf der gelben Couch im Wohnzimmer des Mordopfers niedergelassen hatte. »Was hast du getan, dass dich jemand umbringt?«

Drei Wochen später war für Vera klar, dass sie der Lösung des Rätsels in diesem Moment sehr nahe gewesen war.

DONNERSTAG, 10. NOVEMBER 2016

»Ich finde das richtig gut«, sagte Rauschebart Tepser. »Jetzt kann so jemand wie der Trump endlich mal zeigen, was er drauf hat.«

»Ich bin mir nicht sicher, ob ich wirklich erleben will, dass er das zeigt«, antwortete Moritz. »Wenn er nur die Hälfte von dem umsetzt, was er im Wahlkampf versprochen hat, dürfte es auf der Welt ziemlich ungemütlich werden.«

»Wahlkampf ist Wahlkampf«, wischte Rauschebart Tepser Moritz' Bedenken vom Tisch. »Da wird schnell mal in der Emotion etwas gesagt, was dann nachher genauso schnell vergessen ist.«

»Können wir uns dann bitte wieder den wichtigen Themen zuwenden«, sagte Ermittlungsbereichsleiterin Andrea Zelinka und schlug mit ihrem Teelöffel nicht gerade dezent an den Rand ihrer Teetasse. Der Platz zu ihrer Linken, auf dem traditionell Chihuahua-Hündin Cleopatra zu thronen pflegte, blieb an diesem Donnerstag im Besprechungsraum der *Backstube* verwaist. Zum ersten Mal, soweit Moritz sich erinnern konnte, fand eine Teestunde ohne Cleo statt. Dementsprechend sah auch die Priorität der *wichtigen Themen* von Andrea Zelinka aus. »Wir haben die Cleo immer noch nicht aufgefunden. Draußen ist es bitterkalt. Es schneit ja schon fast. Ich mache mir langsam wirklich ernsthafte Sorgen«, sagte Zelinka.

Moritz nahm seiner obersten Chefin diese Sorge ab. Er konnte sich in diesem Moment besonders gut in Zelinka hineinversetzen, da auch der Platz neben ihm leer geblieben war. Vera war noch nicht erschienen, was im Rahmen der üblichen Teestunden ebenfalls eine Premiere gewesen sein dürfte. Seit dem Tod von Lucca kam es Moritz so vor, als ob Vera neben sich stehen würde. Er hatte seine unmittelbare Vorgesetzte noch nie in einem solchen Zustand erlebt, deshalb tat sich der Kommissar schwer damit, die Situation einzuschätzen. Hatte sie sich umgebracht und lag tot in ihrer Küche, wo Moritz sonst sonntags das Kaiserschmarrn-Frühstück einzunehmen pflegte? Oder hatte sie im Angesicht dieses grauen Wetters einfach nur verschlafen? In dieser Bandbreite bewegten sich die Sorgen, die in Moritz' Kopf um Chefinspektorin Vera Rosen kreisten.

»Schön, dass du auch noch mal vorbeischaust«, beantwortete kurz darauf Andrea Zelinka Moritz' Frage nach dem Verbleib von Vera.

Die Chefinspektorin kam zur Tür herein. Dem Zustand ihres zerknautschten Gesichts und der strubbeligen Kurzhaarfrisur nach dürfte der Grund für ihre Verspätung eher unter der Rubrik »Verschlafen« zu finden gewesen sein. Moritz war erleichtert.

»Also, ich bitte euch wirklich inständig, die Augen weiterhin offenzuhalten. Die Cleo wurde zum letzten Mal gesehen, als sie unten im Foyer beim Topf des Oleanders Pipi gemacht hat. Da sie es mit ihren süßen Füßchen alleine nicht die Stiege hinauf schafft, ist die Wahrscheinlichkeit groß, dass sie sich im Erd- oder Kellergeschoss aufhält. Oder irgendwie nach draußen gelangen konnte.«

Vera schien die Suche nach Cleo nach wie vor nicht sonderlich zu interessieren. Sie hatte sich in der Zwischenzeit Kaffee in ihre Tasse geschüttet und war nun damit beschäftigt, eine Ladung Zucker in das schwarz gefärbte heiße Wasser zu verfrachten.

»Wie ist der Stand der Dinge in der Causa Bednar?«, fragte Andrea Zelinka.

»Wir haben mittlerweile alle Zeugen befragt«, beantwortete Vera die Frage. Dann nahm sie einen großen Schluck von ihrem Zuckerkaffee. »Großartige Erkenntnisse konnten wir dabei nicht gewinnen, außer dass sie sich verfolgt gefühlt haben dürfte. Zumindest hat das einer ihrer Arbeitskollegen in der Agentur *Mindtwister* zu Protokoll gegeben. Genauere Angaben darüber, wer oder was sie verfolgt hat, konnte die Person aber nicht machen. Und auch sonst hat niemand dazu etwas sagen können. Die Teilnehmer des Workshops waren alle eher damit beschäftigt, sich gegenseitig die Schwangerschaftsbäuche zu befühlen und zu bemalen, als auf vermeintlich komische Dinge zu achten.«

»Das heißt, wir haben nichts Konkretes, das ich Landespolizeivizepräsident Fockhy heute Abend beim Jour fixe berichten kann?«, fragte Zelinka.

»So schaut es wohl aus, ja«, antwortete Vera.

Zelinka hielt für einen Moment inne und dachte nach. »Wir informieren die Öffentlichkeit und bitten die Bevölkerung um Mithilfe. Vielleicht hat ja jemand etwas gesehen oder mitbekommen. Wir haben doch so eine Hotline-Nummer?«, fragte die Ermittlungsbereichsleiterin und sah zu Moritz.

»Null sechs sechs null acht eins zwei drei fünf zwei null«, sagte Moritz auswendig die Telefonnummer der Hotline auf.

»Dass heutzutage noch jemand Telefonnummern auswendig kann«, zollte ihm Rauschebart Tepser Respekt.

»Da staunst du, gell?«, freute sich Moritz über das positive Feedback. »Also geben wir diese Nummer an und die Leute sollen uns dann via WhatsApp eine Nachricht zukommen lassen, wenn ihnen etwas aufgefallen ist?«, fragte Moritz zur Sicherheit nach.

»Ja, genau so machen wir das«, antwortete Zelinka. »Und vergessen Sie nicht, auch die E-Mail-Adresse vera.rosen@gmx.at anzugeben. Es verwendet ja nicht jeder heutzutage WhatsApp.«

Moritz bestätigte den Erhalt des Auftrags mit einem Nicken.

»Und wie willst du nun weiter vorgehen?«, richtete sie im Anschluss eine Frage an Vera.

»Wie immer, wenn wir nicht weiterkommen. Ich werde mit den Kollegen am Nachmittag noch mal alles genau durchgehen. Die Abläufe, die Zeugenaussagen und den Background von Carola Bednar durchleuchten. Irgendwo muss es ja wohl eine Unstimmigkeit oder etwas Auffälliges geben«, sagte Vera.

»Gut«, sagte Andrea Zelinka, zur Überraschung von Moritz. Und wohl auch von Vera. Stand ein Rapport Zelinkas bei Daniel Fockhy auf dem Programm, war die Ermittlungsbereichsleiterin im Normalfall alles andere als entspannt. Gab es keine Fortschritte in der aktuellen Ermittlung zu verkünden, war sie für gewöhnlich nicht auszuhalten. Als die Kollegen bereits ihre vor ihnen auf dem Tisch platzierten Akten zurechtrückten und sich zum Aufstehen bereit machten, ergriff Zelinka nochmals das Wort. »Ich habe noch ein Anliegen«, sagte die Leiterin und setzte eine ernste Miene auf. »Ich habe das Gefühl, dass wir hier alle unter großem Druck stehen und dass wir zu wenig auf unsere Work-Life-Balance achten.«

Rauschebart Tepser sah Moritz, der ihm direkt gegenüber saß, leicht panisch an. Er befürchtete offensichtlich gemeinsame Teambuilding-Events, bei denen er sich von Andrea

Zelinka beim Abseilen im Klettergarten sichern lassen musste. Und so ganz falsch lag er mit dieser Befürchtung nicht.

»Deshalb habe ich mir überlegt, dass uns ein Coaching gut tun würde. Und zwar ein professionelles Coaching von einem anerkannten Fachmann, der die Dynamiken in solchen Gruppen gut einschätzen kann«, fuhr Zelinka fort. »Ich habe mir daher erlaubt, für morgen einen Termin auszumachen, bei dem wir uns in ungezwungener Atmosphäre austauschen und auch Probleme offen ansprechen können. Das wäre mir ein wirklich großes Anliegen. Ich bitte euch daher, euch den Nachmittag freizuhalten.«

Moritz sah zu seiner Kollegin hinüber, die mit ihrem Beinahe-Vulkanausbruch am Vortag wohl entscheidend dazu beigetragen haben dürfte, dass die komplette Abteilung jetzt eine Gruppentherapiesitzung verordnet bekam.

Euch den Nach-mit-tag frei-zu-hal-ten. Neun Silben. Vera konnte mit ihren Fingern nur neun Silben zählen. Eine zu wenig. Kein gutes Zeichen.

»Das hast du uns ja toll eingebrockt«, sagte Moritz zu Vera, als bis auf Tepser und Hipster Franz alle anderen Teilnehmer der Teestunde das Besprechungszimmer verlassen hatten.

»Wieso denn ich?«, antwortete die Chefinspektorin. »Ich war es doch nicht, die uns ein Coaching gebucht hat. Außerdem«, fuhr Vera mit ihrer Verteidigung fort, »hat die Zelinka das ja wohl schon länger geplant gehabt. Oder wie hat sie sonst so schnell einen Termin für morgen mit dem Coach bekommen?«

»So, wie du der Zelinka gestern fast an die Gurgel gegangen bist, müssen wir wohl froh sein, dass sie uns nicht sofort für ein Drei-Tage-Intensivcoaching irgendwo in den Bergen verhaftet hat«, sagte Tepser.

»Du warst doch gar nicht dabei, woher willst du das wissen?«, fragte Vera ihren Assistenten.

Dieser beließ es bei einem vielsagenden Blick zu Moritz.

»Du bist ja vielleicht eine Tratschtasche«, sagte Vera zu Moritz. Dieser sah verstohlen an Vera vorbei zum im Grau liegenden künstlich angelegten See hinaus.

»Mir geht die E-Mail nicht aus dem Kopf«, beeilte er sich, das Thema zu wechseln.

»Das E-Mail«, korrigierte ihn Tepser. Der neben ihm sitzende zweite Assistent, Hipster Franz, lächelte in seinen gepflegten Schnauzbart hinein.

»Ich sollte dir wohl mal eine E-Mail über die korrekte Verwendung von Artikeln schicken«, sagte Moritz.

»Kein Mensch auf der Welt sagt *die* E-Mail«, antwortete Tepser.

»Typisch Österreicher. Hält sein kleines Land für die große weite Welt und hat keinen Plan davon, was außerhalb eurer Acht-Millionen-Einwohner-Insel geschieht«, hielt Moritz dagegen.

»Jetzt fangt mir aber nicht mit diesem zwischenstaatlichen Schwachsinn an. Mir reichen die Ermittlungen rund um die Ermordung von Charlène und die angespannte Stimmung hier im LKA mit Zelinkas Hundesuchaktion, da brauche ich nicht eure depperten Kindergartenspielereien«, mischte sich Vera ein.

»Wäre es dir lieber, wir würden uns so an die Gurgel gehen wie du gestern fast bei der Zelinka?«, fragte Moritz.

»Mir wäre es lieber, wenn wir uns um unseren Mordfall kümmern könnten. Sonst hat die Zelinka mit ihrer gruppendynamischen Therapie wohl gar nicht mal so unrecht«, erklärte Vera mit ernstem Ton in der Stimme. »Also Moritz, was wolltest zu dem E-Mail sagen?«

Tepser legte ob der Artikel-Wahl von Vera einen zufriedenen Gesichtsausdruck auf.

»Warum verschickt jemand eine solche E-Mail? Doch wohl nur, wenn er dem Adressaten der Mail damit etwas sagen, gleichzeitig aber nicht zu deutlich sein will. Was will er oder sie uns mit dem Ausschnitt der Fassade vom Haus am Karmelitermarkt und dem Spruch *Es wird passieren* sagen?«

»Na ja, eigentlich wollte der Absender ja nicht uns etwas sagen, sondern diesem Dachverband der Fotografen. Das E-Mail ging ja schließlich an die und nicht an uns«, sagte Vera.

»Sollte wohl aber indirekt über *Igersaustria* die Öffentlichkeit erreichen«, gab Moritz zu bedenken.

Die Ratlosigkeit der Runde wurde abrupt von der Sängerin Suzanne Vega unterbrochen. Vera hatte den Achtziger-Jahre-Song *Luka* seit neuestem als Klingelton.

»Das war zu befürchten«, sagte Vera und legte nach nur wenigen Sekunden wieder auf.

»Was ist passiert?«, fragte Moritz.

»*Igersaustria* hat ein weiteres Foto zugeschickt bekommen. Wieder anonym. Wieder mit einem Ausschnitt von einem Gebäude. Dieses Mal zeigt es eine Art Dach«, berichtete Vera vom Inhalt des Telefonats.

»Da kündigt jemand einen zweiten Mord an«, sagte Moritz.

Vera nickte mit dem Kopf. Und allen Beteiligten war klar, dass das angesetzte Coaching von Andrea Zelinka nicht ihr größtes Problem in den folgenden Wochen sein würde.

FREITAG, 11. NOVEMBER 2016

Die Eierspeise nur noch ein bisschen anrichten, den Tomatensalat fein drapieren und den Schnittlauch in Form bringen. Sollten die anderen doch alle dieselben Fotos vom Essen im Neni am Naschmarkt posten. Daniela würde sich mit ihren Bildern davon deutlich abheben. Es hatte sich ausgezahlt, schnell noch mal über die neunzehn Stufen in den ersten Stock des Restaurants zu gehen, während alle anderen unten beim Showcooking dem Koch über die Schulter sahen.

Wie ein langgezogenes Igludach kam ihr der erste Stock des Restaurants vor, der von einem gewölbten Wellblechdach überspannt wurde. Im Giebel des Daches verliefen drei graue Röhren. Aus den Lautsprechern erfüllte Loungemusik den Raum. Hier oben war kurz zuvor eine Gruppe von Instagrammern zusammengesessen und hatte von Mandelmilch-Porridge über Shakshuka bis hin zu Bagels allerlei Variationen verkostet. Anschließend sollte im Rahmen eines Instawalks der angrenzende sechste Bezirk erkundet werden. Durch das Wellblechdach und die an Schreibtischlampen erinnernden Tischleuchten ergab sich eine unwirkliche Spiegelung, die Daniela mit ihrer Kamera einzufangen versuchte.

Sie positionierte Salz- und Pfefferstreuer direkt neben der gelben Tischblume, daraus sollte sich ein schöner Farbakzent ergeben. Das Gelb der Blume passte einfach perfekt zum Farbton der Eierspeise. Es war eine gute Idee gewesen, die eigentlich auf einer Anrichte stehende Topfpflanze neben dem Essen zu positionieren. Kein anderer der Foodblogger war darauf gekommen. Schnell noch den Löffel auf der Kaffeeuntertasse so platzieren, dass sich in diesem das Wellblechdach nicht blöd spiegelte. Das Messer auf die rote Serviette legen. Und dann folgte der schwierigste Teil in Danielas Vorhaben: Die Gabel mit der linken Hand zum Teller führen und gleichzeitig aus einiger Höhe den Auslöser der in der rechten Hand befindlichen Kamera drücken. Ohne dabei das Bild zu verwackeln.

Die ersten Versuche fielen mäßig gelungen aus. Auf einem Foto war der untere Rand des Tellers mit der fein säuberlich drapierten Eierspeise abgeschnitten. Ein anderes Mal fehlten Teile der gelben Blumendeko. Der siebente Versuch schließlich saß: Das Foto war im Kasten und Daniela war mehr als zufrieden.

Doch mit der Freude war es schnell vorbei. Daniela wurde von hinten gepackt. Eine Hand hielt ihr ein Tuch ins Gesicht. Ein leicht süßlicher Geruch stieg in ihre Nase und sorgte dafür, dass der sich vor ihren Augen bildende Nebel innerhalb kürzester Zeit mit dem Wellblechdach verschwamm. Daniela verlor ihr Bewusstsein. Und kurz darauf ihr Leben.

»Ihr solltet sofort herkommen«, sagte Denise zu Moritz am Telefon.

Der Kommissar war an diesem Freitagmorgen noch gar nicht richtig wach. Er saß gerade an seinem kleinen Küchentisch und wollte sich ein Glas Mangosaft gönnen, als er das Foto von Denise und ihren Namen auf seinem Handydisplay erblickte. Den ganzen Donnerstagabend und die halbe Nacht hindurch war er gemeinsam mit Assistent Hipster Franz am Naschmarkt unterwegs gewesen. Am Tag zuvor war erneut ein Hinweisfoto des vermeintlichen Täters per E-Mail an *Igersaustria* geschickt worden. Da der darauf abgebildete Dachgiebel von niemandem im LKA lokalisiert werden konnte, hatte Andrea Zelinka grünes Licht dafür gegeben, das Foto auf dem *Instagram*-Account von *Igersaustria* zu veröffentlichen. Im LKA erhoffte man sich, mit Hilfe der Community Hinweise auf den Aufnahmeort des Fotos zu erhalten. Der erste Ratschlag eines Users namens @gugmarvienna, der auf den Naschmarkt getippt hatte, hatte sich rasch als korrekt herausgestellt. Die User @chriswaikiki und @oliveroth bestätigten den ersten Tipp, und so machten sich Kommissar Moritz Ritter und Jakob Tepser am späten Donnerstagabend auf den Weg zum Naschmarkt. Das betreffende Dach und der dazugehörige Pavillon waren schräg gegenüber vom *Café Drechsler* schnell ausgemacht. Es gehörte zu einem im Nachbarpavillon befindlichen Restaurant, das hier einen kleinen Extra-Gastraum eingerichtet hatte. Moritz übernahm die erste Schicht und machte es sich im gegenüber geparkten Dienstauto gemütlich. Um fünf Uhr früh war er von Franz Purck abgelöst worden. »Alles unauffällig«, hatte ihm Moritz anlässlich der Übergabe mitteilen können. Doch so unauffällig war es offensichtlich nicht geblieben.

»Was ist denn los?«, fragte Moritz. »Und wen meinst du mit *ihr*?«

»Ihr müsst sofort zum Naschmarkt kommen. Deine Chefin und du. Hier ist jemand ermordet worden.«

Obwohl Moritz in dieser Nacht lediglich zwei unruhige Stunden Schlaf abbekommen hatte, dauerte es keine fünf Minuten, bis er angezogen und aus seiner Wohnung im Stuwerviertel gestürmt war. Zurück blieb ein bis oben gefülltes Glas Mangosaft auf dem Küchentisch mit der karierten Tischdecke.

Unten auf der Straße angekommen, rief der Kommissar seine unmittelbare Vorgesetzte an. Im Gegensatz zu ihm schien

Chefinspektorin Vera Rosen schon längere Zeit wach gewesen zu sein.

»Fahren wir gemeinsam zum Naschmarkt?«, fragte Moritz.

»Nein, ich bin …«, Vera machte am anderen Ende der Leitung eine kurze Pause. »Ich bin schon nicht mehr zu Hause. Treffen wir uns am besten gleich dort«, lautete ihre Antwort.

Vera Rosen war also am frühen Morgen bereits außer Haus. Was früher, als Vera mit Lucca morgens in Augarten und Prater unterwegs gewesen war, nicht verwunderte, kam Moritz nun, nach dem Tod ihres Golden Retrievers, komisch vor. Sehr komisch sogar. Wo trieb sich seine Chefin herum?

Moritz hätte auch ohne Hinweis von Denise, wo die Leiche gefunden worden war, gewusst, welches Ziel am Naschmarkt er an diesem Morgen anzusteuern hatte. Aber warum war Denise vor Ort gewesen? Ihr Einsatzgebiet beschränkte sich doch eigentlich auf die Gegend rund um den Prater.

Auf dem Markt herrschte an diesem Morgen bereits eine gewisse Betriebsamkeit. Die Händler riefen Moritz aktuelle Angebote zu. »Super frisches Obst« wurde auf der einen Seite geboten, ein paar Meter weiter pries eine ältere Frau mit grauen Haaren ihre gerade eingetroffenen Gewürze an. »Huhn, Schwein, Lamm, beste Qualität, nur bei uns«, rief ein Händler einige Meter weiter. Erst im hinteren Bereich des Naschmarktes, wo die Lebensmittelstände schon von Restaurants verdrängt worden waren, wurde es ruhiger um Moritz. Kurze Zeit später sah er bereits das Absperrband, das Polizisten rund um einen Pavillon gezogen hatten.

»Guten Morgen«, begrüßte er Vera.

»Servus«, sagte diese.

Ihre Augen waren von deutlichen Ringen unterlaufen. Allzu viel Schlaf konnte sie also nicht bekommen haben, dachte sich Moritz.

»Ich dachte, ihr habt das Objekt seit gestern Abend überwacht?«, fragte sie in strengem Ton.

»Der Franz hat mich heute Morgen abgelöst. Aber eigentlich hatten wir nur den Nachbarpavillon im Auge, dessen Dach auf dem Foto zu sehen war. Was ist denn passiert?«, fragte der Kommissar.

»Oben, im ersten Stock. Daniela Bucher, zweiunddreißig Jahre alt. Wieder eine von diesen Fotografinnen«, sagte Vera. »Die Tote wurde von einer Angestellten des Restaurants aufgefunden, die sofort den Notarzt verständigte. Dieser konnte jedoch nur noch den Tod feststellen.«

Moritz betrat gemeinsam mit seiner Chefin das zweistöckige Lokal. Im Innenraum roch es nach frischem Kaffee. In der Mitte des nach außen verglasten Restaurants befand sich eine Bar, an die seitlich eine Stiege anschloss. Ein Mitarbeiter schob Dienst hinter der Theke. In der hinteren Ecke des Lokals standen einige Personen, die von Rauschebart Tepser und Hipster Franz befragt wurden.

Moritz folgte seiner Chefin hinauf in den ersten Stock. Die Form des niedrigen, gewölbten Daches im Obergeschoss erinnerte Moritz an ein an der Nordsee gelegenes Katenhaus. Die Decke reichte an den Seiten fast bis hinunter zum Boden der Etage, was an der Nordsee den Vorteil hatte, dass das Haus weniger anfällig für die im Herbst und Winter tobenden Stürme war. Stürme, die das Restaurant *Neni* hier am Naschmarkt in der Regel nicht zu befürchten hatte.

An der Längsseite standen mehrere kleine Tische aus hellem Holz. In deren glänzender Lackierung spiegelte sich der Schein der Tischlampen. Dicht an dicht standen die Tische hier beisammen, vielleicht fünfzig Zentimeter breit war der Gang, durch den Moritz sich nun langsam fortbewegte. Vor einem der Tische stand ein Sessel mit dem leblosen Körper einer Frau. Ihr Kopf hing nach hinten über, der rechte Arm schlaff am Körper herab. Was man von ihrem linken Arm nicht behaupten konnte. Denn von diesem war nur die obere Hälfte dort, wo er von Natur aus vorgesehen war: am Körper. Der Unterarm lag abgetrennt auf dem Tisch. In der Hand befand sich eine Gabel.

»What the fuck«, sagte Moritz leise, als er den abgetrennten Arm sah. »Wie krank ist das denn?«

»Das kannst laut sagen«, erklärte Vera.

»Wer macht denn so einen Scheiß?«

»Jemand, der oder die ziemlich wütend ist«, antwortete der dürre Schorsch. »Und obendrein einen ziemlichen Knall hat. Wenn ihr mich fragt. Aber ich bin ja nur der Kriminaltechniker.«

»Dein erster Eindruck?«, fragte Moritz.

»Eine ziemliche Schweinerei«, antwortete der dürre Schorsch. »Ansonsten würde ich schätzen, dass der Täter den Arm mit einer Säge abgetrennt und dann fein säuberlich auf dem Tisch in Position gebracht hat.«

»Also eine Inszenierung, wie wir sie auch beim ersten Opfer Carola Bednar vermutet haben?«, fragte Moritz nach.

Der dürre Schorsch nickte.

»Blut ist ein ganz besond'rer Saft«, sagte sodann Doktor Faust, der neben dem dürren Schorsch stand und aufgrund seines imposanten Körpervolumens den Kopf einziehen musste, damit er nicht in Konflikt mit der flachen Decke geriet.

»Sie ist also verblutet?«, fragte Moritz.

»Allwissend bin ich nicht, doch viel ist mir bewusst«, antwortete der Gerichtsmediziner.

»Das heißt genau was?«

»Sie ist in Folge der Armamputation verblutet«, übersetzte ihm Vera die Worte des Gerichtsmediziners.

»Welch profane Ausdrucksweise«, betonte dieser und rümpfte die Nase. »Aber ja, sie dürfte verblutet sein, nachdem sie zuvor betäubt worden war. Dem süßlichen Geruch in ihrem Gesicht zufolge würde ich auf Chloroform tippen.«

Moritz machte einen Schritt auf das Opfer zu und roch am Gesicht der jungen Frau. Einen süßlichen Geruch konnte er dabei nicht vernehmen.

»Das Opfer dürfte einige Zeit unbemerkt hier gelegen haben. Genaueres wird es, wie immer, erst nach der Untersuchung auf meiner Evelyn zu verkünden geben. Bis dahin muss sich das Fußvolk in Geduld üben«, sagte Doktor Faust.

»Von der Eierspeise hat sie jedenfalls nicht mehr viel gehabt«, stellte Moritz nach einem Blick auf den Tisch fest.

»Nur ein paar Fotos«, sagte der dürre Schorsch. »Haben wir auf ihrer Kamera gefunden«, fuhr er fort und hielt Moritz das Gerät mit eingeschaltetem Display unter die Nase. Darauf war eines jener typischen Essensfotos zu sehen, wie sie Moritz schon so oft auf *Instagram* zu sehen bekommen hatte.

»Foodporn«, murmelte der Kommissar.

»Was für ein Horn?«, fragte Vera, deren Augenringe im diffusen Licht der ersten Etage noch stärker zu Tage traten.

»Kein Horn«, antwortete Moritz. »Foodporn nennen Blogger solche Fotos, die besonders schön hergerichtete Mahlzeiten dokumentieren. Eine Mischung aus den englischen Begriffen für Essen und Porno.«

»Aha«, sagte Vera. »Muss man nicht verstehen, oder?«

»Muss man nicht«, erklärte Moritz, »könnte man aber.«

»Sie war gemeinsam mit anderen Instagrammern hier?«, fragte Moritz.

»Ja«, antwortete Vera. »Unten steht eine ganze Gruppe von diesen Fotografen, die vor Öffnung des Lokals hier gegessen haben und dann durch die Stadt ziehen wollten.«

»Dafür ist ihnen nun wohl die Lust vergangen.«

»Jetzt wissen wir wenigstens, dass wir es tatsächlich mit einem Serienmörder zu tun haben, der es auf Mitglieder dieser Fotocommunity abgesehen hat«, sagte Vera.

»Und, könnt ihr schon was sagen?«, fragte Denise, als Moritz die Stiege herunterkam.

»Nein«, antwortete der Kommissar. »Aber wie kommt es, dass du hier bist?«

»Ich war bei dem Event heute Morgen dabei«, sagte die Streifenpolizistin mit den langen dunklen Haaren, die nun in zivil vor dem Kommissar stand.

»Und wie kommst du dazu?«, fragte Moritz.

»Eine Freundin hat mich spontan gefragt, ob ich mitkommen mag. Sie hatten wohl noch einen Platz frei. Außerdem hat mich das Restaurant interessiert, das Essen hier ist so gut, das wollte ich mir nicht entgehen lassen. Und heute ist mein freier Tag. Warum also nicht?«

Moritz warf einen Blick zu den Instagrammern im hinteren Bereich des Lokals, die immer noch von Tepser und Purck befragt wurden.

»Und hast du die Tote gekannt?«

»Moment mal, verhörst du mich etwa?«, drehte Denise nun den Fragenspieß um. Ihr gefiel Moritz' sachlich nüchterner Ton nicht. Ein Ton, den sie zuvor noch nicht allzu oft von ihm zu hören bekommen hatte.

»Du bist Zeugin eines Mordes, da muss ich dir einige Fragen stellen. Das wirst du ja wohl am besten von allen hier nachvollziehen können«, sagte Moritz. »Also, hast du sie gekannt?«

»Nicht wirklich«, antwortete Denise. »Also nur über *Instagram*, in real habe ich sie heute das erste Mal gesehen.«

»Und ist irgendwas Besonderes passiert?«

»Nein. Wir sind zuerst oben gesessen, haben ein Frühstück serviert bekommen und Fotos gemacht. Dann sind wir runter ins Erdgeschoss, weil uns der Koch noch ein bisschen Showcooking vorführen wollte. Mir ist gar nicht aufgefallen, dass Daniela noch oben war.«

»Also hast du auch nicht bemerkt, ob zwischendurch mal jemand hinaufgegangen oder heruntergekommen ist?«, fragte Moritz.

»Nein, ich war zu sehr auf die Küche konzentriert. Tut mir leid«, sagte Denise. »Außerdem sieht man von der Küche gar nicht zum Stiegenaufgang, weil die Treppe und die Bar dazwischenliegen.«

Moritz warf einen Blick zur Stiege und der danebenliegenden Tür. Durch diese hätte man sich problemlos Zutritt zum Lokal und zum ersten Stock verschaffen können, ohne dass es jemandem im Bereich der Küche aufgefallen wäre.

»Schon okay«, antwortete der Kommissar, der in diesem Moment gerne ihre Hand ergriffen hätte. Doch nach wie vor war niemand in die Liaison eingeweiht und das sollte sich auch nicht ausgerechnet an einem Tatort wie diesem ändern.

Moritz ging zu der Gruppe von Instagrammern, die darauf warteten, nacheinander von Rauschebart Tepser und Hipster Franz vernommen zu werden. Aufgrund seiner privaten Teilnahmen an solchen Treffen kannte er bereits einige Mitglieder der Szene. Doch hier schien niemand dabei zu sein, dem Moritz bereits über den Weg gelaufen war. »Habt ihr alle durch?«, fragte er Jakob Tepser, der sich gerade mit einer älteren Dame unterhielt.

»Fast alle, nur der Bursche dort fehlt noch«, sagte Tepser.

Er zeigte auf einen jungen Mann, der einen grauen Kapuzenpullover trug und an einem Ecktisch saß. Der Schrifzug *Durham University* prangte auf der Vorderseite seines Pullovers.

»Wie heißen Sie?«, fragte Moritz den Mann und setzte sich zu ihm an den Tisch.

Dieser stellte sich als David Kirchgeßner vor, siebenundzwanzig Jahre alt, erst im Oktober aus Heidelberg des Publizistikstudiums wegen nach Wien übersiedelt.

»Haben Sie zum ersten Mal an solch einem Treffen teilgenommen?«, fragte der Kommissar.

»Ja«, lautete die knappe Antwort. »*Instagram* ist ganz nice, weil ich dadurch schon vor meinem Umzug nach Wien viel von der Stadt mitbekommen habe. Jetzt ist es ein gutes Medium, um Leute kennen zu lernen. Aber dass auf meinem ersten Instameet so etwas passiert, habe ich mir natürlich nicht gedacht.«

Moritz kam die hochdeutsche Aussprache des Zeugen sehr vertraut und zugleich sympathisch vor. Außer bei den regelmäßigen Telefonaten mit seiner Mutter hatte er seit seinem Umzug nur wenig Kontakt zu Deutschen gehabt.

»Gab es einen bestimmten Grund, warum Sie sich ausgerechnet für diese Veranstaltung angemeldet haben?«

»Nein, nicht wirklich. Es hat halt heute ganz gut in meinen Zeitplan gepasst.«

»Haben Sie die Tote gekannt?«, fragte Moritz zur Sicherheit nach.

»Nein, die habe ich heute zum ersten Mal gesehen. Sie ist mir gleich aufgefallen, weil ich sie recht hübsch fand. Aber ich bin nicht dazu gekommen, mit ihr zu sprechen.«

»Ist Ihnen während der Veranstaltung etwas aufgefallen?«

»Ich war während des Frühstücks so in die Gespräche mit den Leuten an meinem Tisch vertieft, dass ich eigentlich gar nicht groß auf die anderen geachtet habe. Und dann war ja das Showcooking.«

»Also nein?«

»Nein. Zumindest nicht im Lokal«, sagte Kirchgeßner.

»Aber außerhalb schon?«

»Ja. Als ich heute früh hierher gekommen bin, ist mir auf der anderen Straßenseite ein Mann in einem Auto aufgefallen. Der sah so aus, als ob er jemanden beobachten würde.«

»Kann das dieser Mann gewesen sein?«, fragte Moritz und zeigte auf Hipster Franz, der die Frühschicht bei der Observierung des Objekts übernommen hatte.

»Puh«, sagte Kirchgeßner. »So genau kann ich das nicht sagen. Als ich mich noch mal zu dem Auto umgedreht habe, war er schon ausgestiegen und dann habe ich ihn nur noch von hinten gesehen.«

»Er ist ausgestiegen?«, fragte der Kommissar. »Wo ist er denn hingegangen?«

»Weiß ich nicht. Die Straße entlang in Richtung Karlsplatz.«

Da hatte sich die Überwachung ja ausgezahlt, wenn einer der Kollegen mittendrin seinen Posten verließ, ärgerte sich Moritz.

»Wie lautet Ihr Nickname auf *Instagram*?«, fragte Moritz abschließend.

»@alias_vulgo«, antwortete Kirchgeßner.

»Klingt verdächtig.«

Kirchgeßner lächelte, Moritz war sich nicht sicher, ob aus Unsicherheit oder weil er seinen Nickname in diesem kriminellen Zusammenhang tatsächlich amüsant fand.

»*Vulgo* und *Alias* sind beides Pseudonyme für *Nickname*. Das fand ich von der Kombination her spannend«, antwortete der junge Mann.

»Kommst du?«, rief Vera. »Madame Zelinka bittet zur Teestunde.«

»Ja klar«, sagte Moritz, zu seiner Chefin gewandt.

Der Kommissar dankte dem Zeugen für seine Aussage, erhob sich und winkte zu Denise hinüber, um sich von ihr zu verabschieden.

»War das nicht die Kollegin aus der Inspektion in der Ausstellungsstraße?«, fragte Vera, als sie das Lokal verlassen hatten.

»Äh, ja, kann sein«, antwortete Moritz.

»Wie, ja, kann sein? Du hast ihr doch gerade eben zugewunken?«, fragte Vera.

Sie warteten bei einer Ampel, die ihnen den gefahrlosen Übergang über die Linke Wienzeile ermöglichen sollte.

»Ja, das war die Kollegin«, sagte Moritz schließlich.

»Hübsch«, sagte Vera, als sie über den Zebrastreifen gingen.

»Kann sein«, antwortete Moritz.

Der 37-jährige Kommissar kam sich vor wie bei einem Verhör durch seine Mutter. Kurz nachdem diese ihren Sohnemann mit einem Mädchen beim Knutschen im Kinderzimmer erwischt hatte.

»Kein Grund nervös zu werden«, sagte Vera und lächelte ihren Kollegen an.

»Wo warst du eigentlich heute Morgen?«, wechselte Moritz das Thema, als sie am *Theater an der Wien* vorbeimarschierten. Ein Plakat an der Außenwand des Gebäudes kündigte für diesen Abend eine *Macbeth*-Vorstellung an.

»Das geht dich nix an«, wies ihn Vera zurecht.

»Kein Grund, nervös zu werden«, bemerkte Moritz schnippisch, was gleichzeitig das Ende der Unterhaltung bedeutete. Und so hatte Moritz genug Zeit, sich zu überlegen, ob er es nun komisch finden sollte, dass Denise zufällig am Ort des

Geschehens gewesen war. Jene Denise, mit der er seit dem Sommer am Herumturteln war, und die auch bereits das erste Todesopfer gekannt hatte.

»Die geht mir so dermaßen am Zeiger, des kann ich euch gar net sagen«, wurden sie von der Empfangsdame im Foyer der *Backstube* begrüßt.

»Lass mich raten«, sagte Vera. »Es geht um einen kleinen, verschollenen Handtaschenwauzi?«

»Bingo. Die Töle ist immer no net auf'taucht. Und ich könnt no immer net behaupten, dass ich des Vieh vermissen würd'.«

»Diese Meinung hast du ganz sicher nicht exklusiv«, sagte Vera.

»Vera, Ritter, sofort in mein Büro«, hörten die Chefinspektorin und der Kommissar von der Galerie im ersten Stock die soeben angesprochene Ermittlungsbereichsleiterin rufen.

Vera warf einen vielsagenden Blick in Richtung der Empfangsdame, die sich sofort wieder ihrem Computerbildschirm zuwandte. Auf dem Weg nach oben vernahm Moritz, der hinter seiner Chefin die Stufen emporging, immer wieder leises Gemurmel aus Veras Mund. Der Kommissar konnte nicht ausmachen, was sie vor sich hin sagte. Dass es keine freundlichen Worte waren, das konnte er sich jedoch an einer Hand abzählen. Die beiden Ermittler betraten das geräumige Büro der Ermittlungsbereichsleiterin, die sie an ihrem Schreibtisch sitzend empfing.

»Wir müssen die Teestunde vorziehen und ihr gebt mir bitte jetzt einen kurzen Überblick über die aktuelle Situation. Ich muss gleich zu einem wichtigen Termin.«

»Das ist unmöglich, wir haben ja noch nicht mal eine realistische Ersteinschätzung von Kriminaltechnik und Gerichtsmedizin«, erwiderte Vera. »Vor den Mittagsstunden werden wir nicht mehr dazu wissen, als dass eine tote Frau in einem Restaurant am Naschmarkt gefunden wurde.«

»Was dauert denn da so lange?«, fragte Zelinka, die eigentlich wissen musste, dass manche Untersuchungen einfach eine gewisse Zeit in Anspruch nahmen.

»Dass wir ein bisschen mehr Zeit für eine Lageeinschätzung benötigen, wird doch wohl auch Landespolizeivizepräsident Fockhy verstehen«, sagte Vera.

»Ich treffe mich nicht mit Fockhy«, antwortete Zelinka und stopfte ein Stück Beruhigungsschokolade in ihre Hamsterbacken. Irgendwann in den vergangenen Wochen hatte Vera aufgehört, Gummibärchen in ihrer Schreibtischlade zu horten. Ein Vorrat an Süßigkeiten, der von Andrea Zelinka nur zu gerne für eigene Zwecke missbraucht worden war. Nun, da der Gummibärchennachschub versiegt war, hatte Zelinka sich ein eigenes Depot mit Süßigkeiten angelegt. »Ich habe gleich einen Termin bei einer Wahrsagerin, von der ich mir Aufschlüsse über den Verbleib der armen Cleo erwarte.«

Vera und Moritz sahen einander ungläubig an.

»Jetzt schaut's net so. Ich will halt nichts unversucht lassen. Und leider war heut' kein anderer Termin mehr frei. Deswegen muss ich gleich los.«

»Und wenn wir die Teestunde für den Nachmittag ansetzen? Dann wüssten wir auch schon mehr von den Zeugenbefragungen durch Jakob und Franz«, versuchte Moritz einen Ausweg aus der misslichen Situation aufzuzeigen.

»Das wird sich nicht ausgehen«, antwortete Zelinka. Was war das denn nun für eine Antwort, wunderte sich der aus Deutschland stammende Kommissar. War nicht Österreich das Land, in dem sich immer alles irgendwie ausging? Zumindest wenn man wollte? »Nach dem Mittagessen bin ich leider auch schon verplant. Und am Nachmittag steht doch dann die Coachingeinheit auf dem Programm.«

Es folgte ein erneuter gegenseitiger Blick von Vera zu Moritz. Neben der Chefinspektorin, die sich mit den Händen auf die Lehne eines Sessels stützte, stand das auf einem Podest befindliche, verwaiste Körbchen von Chihuahuadame Cleopatra. Für einen kurzen Augenblick ertappte sich Vera dabei, wie sie einen Funken Schadenfreude entwickelte. Selbst schuld, du blöde Kuh, dachte sich die Chefinspektorin. Jetzt merkst du mal, wie es sich anfühlt, wenn man einen geliebten Hund verliert.

»Dann machen wir die Teestunde am Nachmittag eben alleine«, schlug Moritz vor. »Und anschließend informieren wir Sie telefonisch über den Stand der Dinge.«

»Aber das geht doch nicht«, übte sich Zelinka in gespielter Zurückhaltung. »Sie können doch hier nicht meine Arbeit erledigen. Ohne mich läuft doch der ganze Laden nicht.«

Vera musste in diesem Moment an eine seltsame Begegnung mit Landespolizeivizepräsident Fockhy im vergangenen Jahr zurückdenken. Jeder sei ersetzbar und Andrea Zelinka werde nicht ewig auf ihrem Posten verharren, hatte er damals während der abendlichen Zusammenkunft auf einem Hundeübungsplatz in Korneuburg sinngemäß erklärt. Eine Teestunde ohne Andrea Zelinka wäre eine gute Gelegenheit für Vera, um unter Beweis zu stellen, dass die Abteilung nicht unbedingt auf die Ermittlungsbereichsleiterin angewiesen war.

»Zur Not würden wir das schon irgendwie schaffen«, erklärte Vera. »Es weiß ja jeder, dass du aufgrund der vermissten Cleo in einer Ausnahmesituation bist. Da hat doch wirklich jeder Verständnis«, sagte die Chefinspektorin.

Erneut folgte ein verwunderter Blick von Moritz zu Vera, der dieses Mal jedoch unerwidert bleiben sollte.

»Meinst du nicht, dass sie sich vorhin verarscht vorgekommen ist?«, fragte Moritz, als er den Dienstwagen über die Meiereistraße durch den Prater lenkte.

»Mir doch egal«, antwortete Vera. »Hauptsache, wir können unsere Ermittlungen in Ruhe fortführen. Und das können wir ohne eine aufgeregte Andrea Zelinka wesentlich besser als *mit* ihr.«

Moritz wusste immer noch nicht so recht mit Veras Art umzugehen. Stimmungsschwankungen waren nach dem Tod ihres Hundes genauso an der Tagesordnung wie vermeintliche Gehässigkeiten, bei denen der Kommissar sich nicht sicher war, ob nicht tatsächlich eine gewisse Bösartigkeit dahintersteckte. Eine Bösartigkeit, die Moritz als nicht sehr sympathisch empfand. Dazu ihr seltsames Verhalten. Wo war sie an diesem Morgen unterwegs gewesen, warum machte sie darum so ein Geheimnis? Moritz war auf das Kaiserschmarrnfrühstück gespannt. Ihr Sonntagsritual würde der ultimative Test im Hinblick auf Veras Gefühlslage werden.

Über die Stadionallee und die Stadionbrücke fuhren Moritz und Vera im dunkelblauen Dienstwagen in Richtung Simmering. Dort, in einem Hochhaus am Simmeringer Platz, bewohnte das jüngste Mordopfer Daniela Bucher ein kleines Ein-Zimmer-Appartement. Moritz parkte den Dienstwagen direkt vor dem Eingang am Fuße des Gebäudes. Nachdem Vera ausgestiegen war, blickte sie nach oben. Dieser Hochhaus-Solitär kam ihr genauso seltsam vor wie jener an der Endstation der U3 in Ottakring. Auch dort stand seit der Verlängerung der orangenen Linie gen Westen ein einzelnes Hochhaus inmitten von Vorstadtbauten. Offensichtlich gehörte es zum Entwicklungsplan der Wiener Stadtverwaltung, jeweils am Ende einer U-Bahn-Linie ein Hochhaus zu platzieren. Das erinnerte sie an einen Bericht, den sie im Lokalfernsehen über den Startschuss zum Bau des weltweit höchsten Holzhochhauses gesehen hatte. In der Seestadt Aspern. Am Endpunkt der Linie U2.

»In den wievielten Stock müssen wir?«, fragte Vera in der Aufzughalle.

»Nicht so hoch, neunte Etage«, antwortete ihr Kollege, der sogleich im Aufzug den Knopf mit der Zahl neun drückte.

Vera wollte das Schicksal an diesem Tag erst gar nicht entscheiden lassen, ob sie zu Fuß gehen oder mit dem Aufzug fahren sollten. Eine Wohnung im neunten Stock eignete sich definitiv nicht für ein solches Vorhaben. So schnell warf sie ihre Vorsätze also über Bord, dachte sich Moritz.

Die mit silbernem Blech verkleidete Aufzugskabine beherbergte einen schmalen Spiegel, der vom Aufzugboden bis zur Decke reichte. Vera betrachtete sich darin auffallend intensiv. Sie hielt ihr Gesicht ganz dicht an den Spiegel, besah ihre immer noch vorhandenen Augenringe. Hob die Oberlippe hoch, um zu sehen, ob sich in ihren Zähnen etwas verfangen hatte, was jedoch nicht der Fall war. Wie sollte es auch, hatte sie doch seit dem Abend des Vortages, als sie auf ihrem Nachhauseweg zur Wohnung des ersten Todesopfers Carola Bednar bei *Berliner Döner* in der Westbahnstraße Halt gemacht hatte, keine feste Nahrung mehr zu sich genommen.

»Lange Nacht gehabt?«, fragte Moritz seine Chefin nach Verlassen der Aufzugskabine. Als sie die Tür zur Wohnung des zweiten Mordopfers erreicht und Moritz diese mit dem bei der Toten am Naschmarkt gefundenen Schlüssel aufgesperrt hatte, hatte er noch keine Antwort auf seine Frage erhalten.

Irgendwie konnte sich Chefinspektorin Vera Rosen nicht gegen das seltsame Gefühl wehren, dass die Einrichtungsstile moderner Wohnungen in der heutigen Zeit ziemlich ähnlich waren. Da war jenes Kurzzeit-Appartement am Karmelitermarkt, in dem Carola Bednar alias Charlène ihren Workshop abgehalten hatte. Dies sah optisch genauso aus wie die Wohnung der Toten im siebenten Bezirk, in der Vera Rosen die vergangenen Nächte verbracht hatte. Da war die Wohnung in der Dampfschiffstraße am Donaukanal, in der die Bloggerin Viola Lex wohnte, die sich bis auf das Vorhandensein eines Schlafzimmers nicht großartig von den Büroräumlichkeiten in der Agentur *Mindtwister* unterschied, in der Carola Bednar gearbeitet hatte. Alles durchaus geschmackvoll eingerichtet, daran bestand kein Zweifel. Aber alles auch sehr einheitlich, auch das stand für die Chefinspektorin außer Frage. Und die Wohnung von Daniela Bucher, in diesem Simmeringer Hochhaus am Ende der U-Bahn-Linie 3, tanzte in dieser Hinsicht nicht gerade aus der Reihe.

Das Ein-Zimmer-Appartement verfügte über eine Küchenzeile, direkt angrenzend an die Wohnungstür. Der sonst in der Wohnung vorherrschende Laminatboden wurde hier von grauem Linoleum abgelöst. Neben dem Kühlschrank, der den Abschluss der Küche bildete, gelangte man zu einer Mini-Kombination aus Dusche und WC. Das schmale Bett war durch einen großen quadratischen weißen Raumteiler vom Rest der Wohnung abgetrennt. Darüber befanden sich drei Fenster, durch die man auf den Simmeringer S-Bahnhof sowie die Simmeringer Hauptstraße blicken konnte. Vera beobachtete die Autos und Menschen, die dort unten wie von Geisterhand via Funk gesteuert durch den grauen Novemberregen wandelten. Scheinbar ohne höheren Sinn wurden Straßenseiten gewechselt, Blinker gesetzt und Kinder vor dem Überqueren der Straße an die Hand genommen.

»Willst du dich nicht auch ein bisschen umschauen?«, fragte Moritz seine Chefin.

»Dazu ist später noch genug Gelegenheit«, antwortete Vera, leicht geistesabwesend.

Für die Chefinspektorin gab es keinen Grund zur Eile. Sie würde noch genug Zeit in dieser Wohnung verbringen.

Die Möglichkeit, dank des Dienstwagens direkt vor dem Eingang eines Hauses parken zu können, bot sich Moritz beim nächsten Tagesordnungspunkt nur bedingt. Denn das *25hours Hotel* am Beginn der Lerchenfelder Straße, direkt neben dem Palais Auersperg, verfügte über keinen Vorplatz, auf den sich der Kommissar mit seinem Dienstwagen hätte stellen können. Also musste er in den Quergassen nach einem Parkplatz Ausschau halten.

»Du wolltest doch eh ein bisschen öfter zu Fuß gehen«, sagte Moritz zu Vera, als sie schließlich nach erfolgreichem Abschluss der Parkplatzsuche die Lerchenfelder Straße hinuntergingen.

»Aber nicht im kalten November«, stellte diese ihren Missmut überdeutlich zur Schau und zog sich ihre dünne graue Jacke aus Ballonseide noch etwas höher zu.

»Dir kann man es zurzeit aber wirklich nicht recht machen«, sagte Moritz.

Durch die Lobby des modernen Hotels gelangten die beiden Ermittler in das Restaurant *Foodmakers*, in dem sie an einem großen, eckigen Tisch bereits von Aurelio Przemysl erwartet worden waren.

Aurelio, einer der Macher von *Igersaustria*, war auch an diesem frühen Nachmittag ganz in Schwarz gekleidet. Als er vom Tisch aufstand, um Vera Rosen und Moritz zu begrüßen, fiel dem Kommissar aus Deutschland erneut auf, wie groß Aurelio war. Und er war wirklich verdammt groß.

»Wir wissen, wo das Foto aufgenommen wurde, das Sie gestern per E-Mail erhalten haben«, begann Vera die Unterhaltung.

»Das Restaurant am Naschmarkt«, unterbrach Aurelio die Chefinspektorin.

»Ja«, sagte diese mit einiger Verwunderung. »Woher wissen Sie das?«

»Wenn so was wie heute Morgen passiert, spricht sich das relativ schnell herum. Vor allem, wenn es sich dabei um den zweiten Mord in der Szene innerhalb so kurzer Zeit handelt.«

»Ich verstehe«, sagte Vera. »Haben Sie die Tote gekannt?«

»Ja, sie war ab und zu auf einem Instawalk von uns dabei. Aber ich hatte keinen näheren Kontakt zu ihr«, antwortete Aurelio und strich sich eine Strähne seiner halblangen dunklen Haare aus dem Gesicht.

»Wir müssen wohl wirklich davon ausgehen, dass es sich um einen Serientäter handelt«, fuhr Vera fort. »Haben Sie nun vielleicht irgendeine Vermutung, die uns bei den Ermittlungen weiterhelfen könnte? In der Szene spricht man doch sicher darüber. Vielleicht irgendwelche Gerüchte?«

Der Kellner unterbrach das Gespräch und servierte einen Cappuccino für Vera und – mangels Mangosaft – einen Apfelsaft für den Kommissar.

»Gerüchte gibt es immer«, gab sich Aurelio geheimnisvoll.

»Geht es vielleicht auch etwas konkreter?«, fragte Moritz, während am vollbesetzten Nachbartisch ein älterer Mann plötzlich laut auflachte.

»Nein, nichts Konkretes. Aber ich wüsste vielleicht jemanden, der Ihnen behilflich sein könnte. Der Herr beschäftigt sich sehr ausführlich mit sozialen Medien und ihren Auswirkungen und ist ein ausgezeichneter Kenner der Szene«, sagte Aurelio. Der junge Mann schrieb einige Zeilen auf einen Zettel und reichte diesen der Chefinspektorin, die ihn nach kurzer Begutachtung in ihrer Jackentasche verschwinden ließ.

»Hat Ihr *Instagram*-Verband die Veranstaltung von heute Morgen organisiert?«, fragte Vera.

»Nein, das ging auf das Restaurant zurück«, antwortete Przemysl.

»Also kann jeder so ein Treffen organisieren?«

»Ja, natürlich. Wir sind eine offene Community, jeder kann einen Instawalk oder ein Instameet veranstalten.«

»Und was ist der Unterschied zwischen einem Instameet und einem Instawalk?«, tastete Vera sich vorsichtig durch das *Instagram*-Universum.

»Hm«, sagte Aurelio. »In der Theorie findet ein Instameet wahrscheinlich an einem Ort statt und bei einem Instawalk trifft man sich und geht gemeinsam fotografieren. Das sind halt zwei so Begriffe, die sich in der Community etabliert haben.«

»Und neben Instameet und Instwalk gibt es nun also auch noch den Instamord«, philosophierte Moritz.

»Auf den könnten wir gut und gerne verzichten«, sagte Aurelio mit ernster Miene.

»Das heißt aber auch, wenn ich Sie richtig verstehe, dass es kein allgemeines Verzeichnis kommender Veranstaltungen gibt. In der Theorie könnte jetzt gerade irgendwo so ein Instatreffen stattfinden und Sie wüssten es gar nicht.«

»Ja, natürlich. Es kann sich jeder mit jedem verabreden, wie auch außerhalb des *Instagram*-Netzwerks«, erklärte Aurelio. »Aber natürlich bieten wir auch immer wieder solche Veranstaltungen an.«

»Gut, dann würde ich Sie um eine Zusammenstellung der kommenden Treffen bitten. Ist es möglich, dass jemand von uns bei diesen Walks und Meets dabei ist?«

Beim Wörtchen *jemand* wanderte Veras Blick zu ihrem Kollegen Moritz Ritter.

»Selbstverständlich«, antwortete Aurelio.

So selbstverständlich war das für Moritz nun wiederum gar nicht.

»Ich habe ehrlich gesagt nicht schon wieder Bock auf einen Undercovereinsatz«, sagte Moritz, als sie das Lokal verlassen hatten. »Mein wochenlanges Dasein als so genannter Fußballer bei *RB Wien* im Frühjahr reicht mir eigentlich für dieses Jahr.«

»Es wird ja kein Undercovereinsatz. Du gehst einfach nur zu diesen Treffen. Was ich so mitbekommen habe, machst du das doch eh immer wieder mal. Du müsstest dich also nicht mal groß verstellen.«

»Aber die treffen sich teilweise am Wochenende oder um acht Uhr in der Früh«, versuchte Moritz einen Ansatz von Gegenwehr.

»Und du hast keinen Wecker?«, stellte Vera eine rein rhetorische Frage.

»Sehr witzig«, sagte Moritz.

»Sieh es doch mal positiv, vielleicht geht ja die Kollegin von der Inspektion in der Ausstellungsstraße auch mal mit?«

»Was soll daran denn positiv sein?«, fragte Moritz zurück. Und auch dabei handelte es sich um eine rein rhetorische Frage.

Das graue Novemberwetter wollte an diesem Tag einfach nicht verschwinden. So trostlos, wie es in Veras Kopf seit dem Tod von Lucca aussah, so trist gestaltete sich der Wiener Himmel.

»Kennst du sie schon lange?«, fragte Vera, als sie mit dem Dienstwagen an einer Ampel in der Ausstellungsstraße zu halten kamen.

»Wen?«, fragte Moritz.

»Die Kollegin von der Wachstube«, sagte Vera und deutete zum an der Ecke befindlichen Gebäude, in dem jene Polizeiinspektion untergebracht war, in der Denise arbeitete.

Moritz seufzte im selben Moment, als der Motor des Dienstwagens wieder ansprang.

»Sie war im Juli bei dem Baumeister-Mord hinten in der Kafkastraße eine von den Kollegen vom Streifendienst«, sagte er schließlich.

»Ah ja. Ist mir damals gar nicht aufgefallen«, sagte Vera. »Und wie ist das so?«, fuhr sie mit der Befragung fort, nachdem Moritz von der Ausstellungs- in die Vorgartenstraße in Richtung *Viertel Zwei* abgebogen war.

Moritz versuchte so zu tun, als ob er die Frage überhört hätte. Doch die Chefinspektorin sah ihn so lange an, bis dieser das Negieren nicht mehr aushielt.

»Wie ist was?«

»Na, mit deiner Freundin?«

»Sie ist nicht meine Freundin«, sagte Moritz und betätigte den elektrischen Fensterheber, damit er mit der kreditkartenförmigen weißen Karte die Schranke der Garage zum *Viertel Zwei* öffnen konnte.

»Aha«, sagte Vera. Und für einen kurzen Moment schien sie diese Art der Antwort nicht nur inhaltlich zufriedenzustellen, sondern auch zu beruhigen. Was auch Moritz in diesem Moment nicht gerade unangenehm war. Auf weitere Frage-Antwort-Spielchen zu diesem Thema hatte er nun wirklich keine Lust.

»Ach Mist«, sagte Vera, als Moritz in der dem Dienstwagen zugewiesenen Parkbucht mit der Nummer vierundzwanzig eingeparkt hatte und sie aus dem Auto gestiegen war. »Das hatte ich ja schon total vergessen.« Sie zeigte auf einen gelben Renault Twingo, der auf einem der Gästeparkplätze stand. Dieser trug an seiner Außenseite die Aufschrift … *mit Coaching wird alles gut.* »Heute ist ja der Psycho-Heinzi bei uns zu Gast.«

Während Moritz die angekündigte Anwesenheit des Coaches mit Blick auf Veras labile Konstitution gar nicht mal so schlecht fand, hatte er selbst nur mäßiges Interesse daran, sich zwei Stunden lang von einem Coach belabern zu lassen. Er hatte auch nicht das Gefühl, dass er sich mit gewissen Dingen nicht auseinandersetzen wollte. Mit ihm konnte man über alles reden. Bis auf seine Beziehung zu Denise natürlich.

»Ist er das?«, fragte Vera die Empfangschefin, als sie in der Lobby des LKA angekommen waren.

Diese beantwortete Veras Frage per Kopfnicken, während sie weiterhin auf ihren Überwachungsmonitor starrte, wohl um sich gegenüber dem Coach nicht irgendwie verdächtig zu äußern. Die Chefinspektorin betrachtete den Herrn auf der violetten Couch dagegen ganz ungeniert. Sollte er doch von ihr denken, was er wollte. Sie hatte nichts zu verbergen. Und vor allem hatte sie kein Interesse daran, sich mit ihm an einen Tisch zu setzen. Die Chefinspektorin sah einen Mann mittleren Alters, dessen Bauchansatz auf den übermäßigen Verzehr von Schnitzeln oder Bier schließen ließ. Oder von beidem. Er trug eine braune Hose und ein genauso braunes Jackett. Die Haare saßen recht unorthodox auf seinem Haupt und passten dadurch optisch bestens zu Veras nicht sitzender Kurzhaarfrisur. Die gutmütigen Augen in seinem breiten Gesicht wurden von einer eckigen Brille eingerahmt. Durch diese betrachtete er Vera Rosen genauso ungeniert wie sie ihn.

»Dann wollen wir mal«, sagte Vera und ging, ohne den Coach zu grüßen, an ihm vorbei hinauf in den ersten Stock. Moritz trottete in einigem Respektabstand hinter ihr her und warf dem Coach auf der Couch zumindest eine freundliche Miene zu. Dabei bemerkte er, dass in der hinter der Couch an der Wand hängenden Vitrine ein Pokal fehlte. Dieser war ihm im Sommer als Anerkennung überreicht worden, nachdem er im Rahmen seines Undercovereinsatzes einige Spiele als Fußballer für *RB Wien* bestritten hatte.

Nach einem Blick in das verwaiste Büro von Ermittlungsbereichsleiterin Andrea Zelinka trommelte Vera die gesamte Mannschaft zur Teestunde im Besprechungsraum zusammen. Fünf Minuten später saßen Rauschebart Tepser, Hipster Franz und der dürre Schorsch im Saal rund um den Tisch versammelt. Moritz kam es so vor, als ob die Kollegen bei einem für Freitagnachmittag angesetzten Termin wesentlich schneller erschienen als zu einem anderen Tageszeitpunkt unter der Woche. Es lockte wohl das nahende Wochenende. Gerichtsmediziner Doktor Faust wurde mittels Videoübertragung aus der Gerichtsmedizin im neunten Bezirk zugeschaltet. Als wenn es das Selbstverständlichste der Welt wäre, nahm Vera auf jenem Sessel Platz, der sonst für Andrea Zelinka reserviert war. Statt mit einem Löffelgong gegen die Teetasse, eröffnete sie die Besprechung mit einem freundlichen »Hallo zusammen«.

»Wo ist denn die Zelinka?«, fragte Hipster Franz.

»Verhindert«, erklärte Vera kurz und knapp. »Darf ich Sie bitten, Herr Doktor?«, erteilte die Chefinspektorin dem aus dem Fernseher blickenden Gerichtsmediziner das Wort.

»Sie dürfen, Gnädigste, Sie dürfen«, sagte Doktor Faust. »Also, wie heute Morgen bereits vermutet, trat der Tod von Daniela Bucher zwischen acht und neun Uhr ein. Ursächlich für das Ableben war ein großer Verlust von Blut durch das Abtrennen des linken Armes.«

»Man kann einfach so einem anderen Menschen den Arm abschneiden, ohne dass dieser aufwacht und wie am Spieß schreit?«, fragte Rauschebart Tepser.

»Nein«, antwortete Doktor Faust. »Deshalb hat unser Täter Chloroform verwendet. Das Opfer bekam also von alldem nichts mit. Das ist wohl die gute Nachricht in dieser doch eher unschönen Angelegenheit.«

»Aber das Abtrennen eines Armes muss doch irrsinnige Schmerzen verursacht haben. Da reicht ein bisserl Betäubung aus, damit man davon nichts mitbekommt?«, hakte Vera nach.

»Chloroform wurde bereits im Ersten Weltkrieg eingesetzt, um Soldaten vor Amputationen zu betäuben. Glauben Sie mir, Chloroform reicht voll und ganz aus, um einer Person ein paar schöne Träume zu verschaffen.«

»Danke«, sagte Vera und schaltete den verdutzten Doktor Faust mit der Fernbedienung aus. »Was sagen die Spuren?«, fragte sie nun den dürren Schorsch.

»Sie sagen uns, dass der Täter darauf bedacht war, keine zu hinterlassen. Die Tatwaffe, wahrscheinlich eine Säge, dürfte vom Täter mitgenommen worden sein. Auch Chloroform haben wir außerhalb der Leiche nicht gefunden.«

»Irgendwelche Faserreste? Unter den Fingernägeln? Vielleicht wieder blaue Baumwolle, so wie beim ersten Opfer?«

»Nein, dieses Mal nicht.«

»Der Täter ist also, unbemerkt von der Gruppe im Erdgeschoss, hinaufgegangen, hat geräuschlos sein Werk verrichtet und ist dann unerkannt wieder aus dem Restaurant spaziert? Ohne dass sie oder er von einem der anderen Fotografen entdeckt wurde?«

»Sieht so aus, ja«, gab Moritz seiner Chefin recht. »Und dass unser werter Kollege Franz Purck während der Observierung seinen Posten verlassen hat, hilft uns bei der Suche nach dem Täter leider auch nicht wirklich weiter.« Moritz blickte zu Hipster Franz, der auf der anderen Seite des ovalen Besprechungstisches saß und ihn nun verblüfft ansah.

»Was meinst du denn damit? Ich habe doch nicht den Posten verlassen«, erklärte er baff.

»Der junge Mann mit dem grauen Kapuzenpullover hat ausgesagt, dass du gerade aus dem Auto gestiegen bist, als er an dir vorbeigegangen ist.«

Hipster Franz wusste für einen Moment nicht, was er darauf erwidern sollte. »Na, da war ich vielleicht einmal kurz auf der Toilette oder Zigaretten kaufen. Aber das heißt ja noch lange nicht, dass der Täter genau in diesem Moment das Restaurant betreten hat«, versuchte sich der Assistent zu rechtfertigen.

»Das macht die Sache für uns jedenfalls nicht gerade einfacher«, fasste Vera die Situation zusammen und schenkte Franz Purck einen missbilligenden Blick. »Was haben die Zeugenaussagen ergeben?«, fragte sie nun Rauschebart Tepser.

»Die Fotografen sind, bis auf Daniela Bucher, nach dem Essen in das Erdgeschoss des Lokals gegangen, um dem Showcooking des Kochs beizuwohnen und Fotos davon zu machen. Keiner will mitbekommen haben, was in der Zwischenzeit im ersten Stock vor sich gegangen ist«, antwortete der Assistent. »Aber uns fehlt noch eine Zeugin, die bei unserem Eintreffen nicht mehr vor Ort war. Eine Katinka Kärcher. Sie erscheint hier morgen um vierzehn Uhr zur Befragung.«

»Was wissen wir über das Umfeld der Toten?«

»Sie kommt ursprünglich aus Grünbach am Schneeberg in Niederösterreich, wohnte aber bereits seit einigen Jahren in einer kleinen Wohnung in Simmering. Bucher arbeitete als Assistentin an der Universität Wien. Soweit wir bis jetzt wissen, war sie alleinstehend. Es gibt eine Schwester namens Barbara Kubik.«

»Danke, Jakob«, sagte Vera. »Wir müssen so viel wie möglich über ihr Umfeld in Erfahrung bringen. Vielleicht ist ja jemandem aufgefallen, dass sich auch Bucher verfolgt gefühlt hat, so wie es bei Carola Bednar der Fall war. Uns muss es unbedingt gelingen, mögliche Gemeinsamkeiten zwischen den beiden Opfern herauszuarbeiten«, sagte Vera mit nachdrücklicher Stimme an die beiden Assistenten Tepser und Purck gerichtet. »Hat sich jemand auf unseren Aufruf in den sozialen Medien gemeldet?«

»Ja, die Kollegen haben mir das gerade erst auf den Tisch gebracht. Aurelio Przemysl soll eine Affäre mit Carola Bednar gehabt haben«, antwortete Tepser.

Vera sah ihn verdutzt an. »Das hat er uns gegenüber seltsamerweise mit keinem Wort erwähnt«, sagte sie schließlich. »Da werden wir uns mit ihm nochmal zusammensetzen müssen.«

»Wissen wir, von wem der Hinweis kommt?«, fragte Moritz.

»Die WhatsApp-Nachricht kam von einem Prepaid-Handy, das seither nicht mehr in Verwendung war.«

»Gut. Oder auch nicht gut«, sagte Vera. »Dann treffe ich mich morgen mit diesem Jugendkulturforscher, der uns vorhin von Aurelio Przemysl empfohlen wurde. Vielleicht kann der ein bisschen mehr Licht ins Dunkel bringen.«

»Welcher Jugendkulturforscher?«, fragte Moritz verwundert. Er hatte in dem Gespräch keinen Hinweis Przemysls auf einen Wissenschaftler bemerkt.

»Friedrich Koblischke«, antwortete Vera und zeigte Moritz jenen Zettel, der ihr zuvor von Przemysl übergeben worden war.

»Und wie werden wir jetzt den dort draußen los?«, fragte Moritz. Der Kommissar zeigte mit seiner Hand zur Tür, die in das Foyer der *Backstube* führte.

»Du meinst den Coach? Keine Ahnung. Wann kommt denn die Zelinka?«, fragte Hipster Franz.

»Sie hat heute Vormittag, als sie gegangen ist, angedeutet, dass sie es nicht mehr in die *Backstube* schafft. Sie wollte dann von zu Hause aus arbeiten«, berichtete Vera. »Und ohne die

Ermittlungsbereichsleiterin macht ein solches Coaching wohl keinen Sinn. Dann werden wir den Herrn auf einen anderen Tag vertrösten müssen.«

Moritz bildete sich ein, dass er in diesem Moment den einen oder anderen erleichterten Seufzer im Raum hören konnte. »Eine Frage hätte ich noch«, bat der Kommissar um Aufmerksamkeit. »Hat jemand den Pokal gesehen, der unten in der Vitrine stand? Ihr wisst schon, das kleine silberne Ding, das ich von *RB Wien* als Anerkennung für meine Dienste bekommen habe.«

»Du hast für deine stümperhaften Einsätze einen Pokal bekommen?«, fragte Hipster Franz belustigt.

»Wahrscheinlich hat ihn die Putzfrau für Müll gehalten und entsorgt«, äußerte sich auch Rauschebart Tepser nicht wirklich inhaltlich wertvoll.

»Danke für eure Unterstützung«, sagte Moritz beleidigt.

»Ich garantiere dir, der Vater von der blonden Sängerin war es«, sagte Moritz.

Der Kommissar hatte gerade erst vom Länderspiel zwischen San Marino und Deutschland zum Freitagabendkrimi im ZDF umgeschaltet, als er bereits eine Prognose über den möglichen Täter abgab. Denise, die neben ihm auf der Couch saß, hatte um eine Änderung des Fernsehprogramms gebeten, als Deutschland nach wenigen Minuten bereits das zweite Tor gegen den Underdog aus Südeuropa erzielt hatte. Ihre zuvor getätigten Versuche, Moritz zu einem Besuch des an diesem Abend eröffneten Christkindlmarktes auf dem Rathausplatz zu verführen, waren fehlgeschlagen. Der Kommissar hatte erklärt, dass er an diesem Tag bereits genug draußen unterwegs gewesen sei und obendrein viel zu wenig Schlaf in der Nacht zuvor gehabt habe.

»Ist das nicht ein bisschen früh für eine Prognose, Herr Kommissar?«, fragte Denise.

»Nö. Hätte ich in die Fernsehzeitung geguckt, hätte ich dir schon bei der Besetzung des Films sagen können, wer der Täter ist. Es wäre also auch noch früher gegangen«, sagte Moritz. Der Kommissar richtete sich auf und griff bei den in einer Schüssel auf dem Couchtisch liegenden Brezelchips in die Vollen. »Die sind wirklich superlecker. Wo hast du die noch mal her?«

»Mein Nachbar ist hin und wieder dienstlich in Israel und dann bringt er mir eine Packung mit. Eigentlich sind sie aus den USA. Aber kannst du mir vielleicht einen Gefallen tun?«, fragte Denise.

»Welchen denn?«

»Sag bitte nie wieder, wenn du in meiner Wohnung bist, das Wort *lecker*.«

»Aber wenn sie doch lecker sind«, erwiderte Moritz.

»Trotzdem, bitte tu' mir den Gefallen«, sagte Denise und sah Moritz dabei mit ihren hübschen braunen Augen an.

»Mal sehen«, sagte Moritz.

»Und woher weißt du jetzt schon, dass der Vater der Sängerin die Tat begangen hat? Könnte doch auch der Radiomoderator gewesen sein, der mit der Toten ein Verhältnis hatte«, kehrte Denise zum Ausgang der Diskussion zurück.

»Weil der Typ neben den beiden Ermittlern der berühmteste Schauspieler ist. Der hat mal bei den *Rosenheim-Cops* mitgespielt.«

»Oh nein, nicht schon wieder diese blöde Theorie«, sagte Denise und rollte mit den Augen. »Und unter berühmt verstehe ich auch etwas anderes als eine Rolle in einer Vorabendserie.«

»Wart's nur ab, du wirst es schon sehen«, sagte Moritz und biss genüsslich in eines der größeren Brezel-Stücke hinein. »Honey Barbecue ist wirklich eine grandiose Sorte.«

Nach einem Fernsehkrimi war Chefinspektorin Vera Rosen an diesem Abend nicht zumute. Sie stand am Fenster und betrachtete die Ameisen, wie sie die Simmeringer Hauptstraße entlanghetzten oder -schlenderten. Die Wohnung von Daniela Bucher lag vollkommen im Dunkeln. Vera zählte die kleinen Regentropfen, die an der Außenseite der Scheibe landeten, langsam das Fenster hinabperlten und dabei eine Spur von mikroskopisch kleinen Tröpfchen hinterließen. Sie wusste nicht mehr, wie lange sie schon an dem Fenster im neunten Stock des Hochhauses an der Endstation der Linie U3 gestanden hatte. Sie wusste nur, dass sie froh war, dass sie nach der verwaisten Wohnung von Carola Bednar nun einen neuen Unterschlupf gefunden hatte. Einen Unterschlupf, der es ihr ermöglichte, nicht in den eigenen vier Wänden übernachten zu müssen. Dort, wo immer noch der Fressnapf von Lucca am Boden der Küche stand und die Hundeleine des Golden Retrievers an der Garderobe hing.

Das Bett der verstorbenen Instagrammerin, das zwischen Fenster und Wandteiler direkt neben Vera stand, sah um einiges gemütlicher aus als die Couch in der Wohnung von Carola Bednar, auf der Vera die vergangenen Nächte verbracht hatte. In Bednars Wohnung hatte Vera sich nicht getraut, im Bett der Verstorbenen zu schlafen. Das kam ihr dann doch ein bisschen zu respektlos vor. Doch in der Wohnung des zweiten Todesopfers sah das anders aus. Hier bot sich mangels Couch lediglich das Bett als Schlafmöglichkeit. Die Chefinspektorin hoffte also auf einen etwas entspannteren Schlaf. Für den nächsten Tag war sie um zehn Uhr mit Friedrich Koblischke verabredet. Der Jugendforscher hatte sich zu einem Treffen in seinem Büro in der Alserbachstraße bereit erklärt.

So richtig müde fühlte sich Vera noch nicht. Die Chefinspektorin knipste die kleine weiße Schreibtischlampe an und begann, die Schubladen des Schreibtisches nacheinander herauszuziehen. In der untersten Lade befanden sich Briefumschläge, Klarsichtfolien und sonstiges Büromaterial. Darüber folgten Stifte, ein brauner Locher sowie diverser Bürokleinkram. In der obersten Schublade, die Vera nun öffnete, dasselbe Bild: Büromaterial, garniert mit einem Taschenrechner. Ein Modell, das Vera mal bei den Schulsachen ihrer Nichte Sandra gesehen zu haben glaubte.

Vera ließ den Schreibtisch Schreibtisch sein und wandte sich den einzelnen Fächern des quadratischen Raumtrenners zu. Irgendwas musste doch in diesen ganzen Fächern, Alben und Büchern zu finden sein. Etwas, das einem normalen Kriminaltechniker nicht sofort ins Auge stach, einer mit dem Fall intensiv vertrauten und zudem erfahrenen Polizistin wie Vera aber auffallen würde. Sogar die auf verschiedene Fächer verteilten Dekoelemente nahm Vera genau unter die Lupe. Sie hob Stumpenkerzen in der Hoffnung in die Höhe, dass sich darunter eine geheime Botschaft verstecken könnte. Sie fuhr mit einem kleinen Kamm durch einen Zen-Garten aus Sand, der vielleicht einem geheimen Zettel die perfekte Deckung bot. Und sie nahm die in einer Schachtel verstauten Lippenstifte einzeln auseinander, um auch dort jedem noch so kleinen Geheimnis auf die Spur zu kommen. Doch es gelang der Chefinspektorin nicht, einen für die Ermittlungen wertvollen Hinweis zu finden. Einen Hinweis, der es ihr darüber hinaus ermöglicht hätte, ihr aktuelles Dasein als Wohnungsnomadin auch unter einem professionellen Aspekt zu rechtfertigen.

Wenn die Ermittlungen weiterhin so schleppend verliefen, würde sie noch genug Zeit dafür haben, sich mit den restlichen Habseligkeiten von Daniela Bucher zu beschäftigen.

Vera zog ihre Schuhe aus, stellte diese ordentlich, so wie sie es von ihrer Mutter gelernt hatte, in Reih und Glied neben das Bett, und legte sich in ebenjenes.

»Hab' ich es doch gewusst. Es war der Vater der blonden Castingshow-Teilnehmerin«, freute sich Moritz, als der Täter im Fernsehkrimi entlarvt worden war. »Na, wer hat es schon von Anfang an geahnt?«, stellte er eine nach Lob heischende Frage an Denise, die neben ihm auf dem Sofa schon fast eingeschlafen war.

»Ich bin sehr stolz auf dich. Und weil ich mir das jetzt mit dir angeschaut hab', gehen wir Sonntagabend zum Christkindlmarkt«, antwortete Denise wenig begeistert. »Du weißt, wo du mich findest«, sagte sie, stand auf und bewegte ihren Körper wie ferngesteuert in Richtung Schlafzimmer.

»Aber das geht nicht, Sonntag muss ich beim Instawalk in der *Kunsthalle* mitgehen. Das ist doch quasi ein dienstlicher Einsatz. Und am Abend kommt die tausendste Tatort-Folge im Fernsehen!«

Doch der Kommissar wartete vergebens auf eine Reaktion.

SAMSTAG, 12. NOVEMBER 2016

Es war, als wenn nie etwas gewesen wäre. Keine Krebsdiagnose, kein Humpeln. Lucca rannte über die Wiesen des Augartens, als wenn bei ihm nie Krebs festgestellt worden wäre. Vera atmete auf. Sie fühlte sich erleichtert. War es nur ein Traum gewesen, der ihr Lucca entrissen und sie in diese seltsame, schwankende Stimmung versetzt hatte? Egal, nun war endlich wieder alles gut und der wochenlange Alptraum, all das Leiden von Lucca hatte ein Ende gefunden. Sie war wieder mit ihrem Golden Retriever vereint. Wenn er nur nicht immer so weit weglaufen würde. Das war eigentlich gar nicht seine Art gewesen.

Vera stand an der in die Jahre gekommenen Backsteinmauer neben dem Schlosscafé und blickte in Richtung des Flakbunkers, der sich mit seiner Fassade perfekt in diesen grauen Tag schmiegte. Unter der dichten Nebeldecke lag die riesige Rasenfläche, die im Sommer von Scharen von Sonnenanbetern als Liege- und Ballspielwiese in Beschlag genommen wurde. Das war zwar eigentlich genauso verboten wie das Herumtollen des Golden Retrievers im Winter, aber wen kümmerte das? Jetzt, nachdem endlich wieder alles gut war.

Doch was Lucca nun tat, war der Chefinspektorin ganz und gar nicht recht. Auf der anderen Seite der Rasenfläche, in gut hundert Metern Entfernung, stand ein älteres Ehepaar. Dort, wo die Baumreihen den Übergang zu jenem Teil der barocken Gartenanlage markierten, in dem sich auch der mächtige Flakbunker aus dem Zweiten Weltkrieg befand. Lucca war schnurstracks auf dem Weg zu ihnen, was der Chefinspektorin gar nicht gefiel. Vera rief den Namen ihres Hundes, sie hatte ihn eigentlich nicht so erzogen, dass er Fremden gegenüber so zutraulich war. Aber hin und wieder, wohl seiner Rasse geschuldet, passierte es dann doch. Also machte sich Vera auf den Weg, ihren Hund dabei stets im Blick, der schwanzwedelnd seine Runden um die beiden Herrschaften drehte.

Je näher Vera kam, desto vertrauter erschienen ihr die beiden Personen, deren Umrisse nun mit jedem ihrer Schritte größer wurden. Vera rief erneut nach ihrem Hund, doch Lucca reagierte nicht. Er saß vor den beiden Menschen, die sich seltsam unbeteiligt zeigten. Ihr Blick schien über die weite Rasenfläche den Horizont anzupeilen. Für den vor ihnen um Aufmerksamkeit heischenden Golden Retriever hatten sie keinen Sinn. Sehr ungewöhnlich, wunderte sich Vera. Wer konnte denn sonst dem süßlichen Getue ihres Hundes widerstehen? Es waren keine zehn Meter Entfernung mehr, als sie schließlich realisierte, wer dort stand und sich Luccas Werben um Aufmerksamkeit entzog. Das Knirschen der kleinen Steinchen unter Veras Schuhen endete abrupt. Sie blieb wie zu Eis erstarrt stehen.

»Vater? Mutter?«

Die beiden Personen reagierten nicht auf Veras Ansprache. Sie starrten weiterhin nach vorne, fixierten einen Punkt, der für Vera nicht ersichtlich war.

»Was macht ihr hier?«

Wie konnte das sein? Es war dreißig Jahre her, dass Vera die beiden leblosen Körper im Keller der von Rosen'schen Villa entdeckt hatte. Drei Jahrzehnte, die sie ohne ihre Eltern verbringen musste. Drei Jahrzehnte, in denen sie ihre Eltern nicht einen Tag vermisst hatte. Und nun standen sie hier. Vor ihr. Im grauen Augarten. Mit dem schwanzwedelnden Lucca zu ihren Füßen. Die beiden Personen, die sie am meisten in ihrem Leben gehasst hatte, gemeinsam mit jenem Hund, der ihr in den vergangenen zehn Jahren das Wichtigste auf der Welt gewesen war. Was passierte hier gerade? Geräusche von Krähen näherten sich. Sie blickte nach oben, konnte jedoch keinen der schwarzen Vögel ausmachen. Und trotzdem wurde das Geräusch immer lauter. Veras Blick senkte sich wieder. Doch ihre Eltern standen nun nicht mehr vor ihr. Sie bewegten sich im Gleichschritt durch die Baumreihen in Richtung des Flakbunkers. Lucca trottete langsam hinter ihnen her.

»Nein, bleib stehen!«, rief Vera ihrem Hund hinterher und sie hoffte inständig darauf, dass nicht ihre Eltern dies als Aufforderung missverstehen würden. »Bitte, bleib bei mir!«, rief sie verzweifelt. Sie versuchte sich aus ihrer eisigen Starre zu lösen, doch nun schienen ihre Beine mit dem Kiesweg des Augartens verschmolzen zu sein. Sie konnte sich nicht rühren. Sie konnte nicht ihrem geliebten Hund hinterherrennen, um ihn davor zu bewahren, bei diesen Unmenschen leben zu müssen. Bei diesen Kreaturen, die für all das standen, was die von Rosens in den Dreißiger- und Vierzigerjahren des vergangenen Jahrhunderts angerichtet hatten. Lucca durfte einfach nicht mit ihrer Mutter mitgehen, die keine Gelegenheit ausgelassen hatte, Vera in ihrer Kindheit und Jugend zu demütigen. Und auch nicht mit dem Vater, der kaum eine Woche verstreichen ließ, ohne seine Tochter zu schlagen.

Plötzlich vernahm die Chefinspektorin ein lauter werdendes Geräusch aus der anderen Richtung. Vom anderen Ende der Rasenfläche, wo sie noch bis vor wenigen Minuten an der Backsteinmauer gestanden hatte. Es hörte sich wie ein rasch näher kommender Zug an. Vera drehte ihren

Kopf und erblickte Gleise, die mitten durch den Rasen des Augartens verlegt waren. Aber das konnte doch nicht sein! Das war unmöglich! Vera wusste, dass zum Bau des Bunkers an dieser Stelle im Jahr neunzehnhundertvierundvierzig ein Eisenbahngleis verlegt worden war. Doch dieses war schon kurz nach Ende des Krieges wieder entfernt worden. Hier konnte gar kein Zug fahren. Und all diesem Wissen und Veras Bedenken zum Trotz kam hier in diesem Moment eine Lokomotive mit hoher Geschwindigkeit auf sie zugerast. Und je näher der Zug kam, dessen erbärmliche Geräusche jede Krähe im Umkreis von zehn Kilometern aufgeschreckt haben mussten, desto deutlicher erkannte sie, wer im Führerstand den Zug lenkte: Anton Lumpert.

Der Zug raste mit voller Geschwindigkeit auf Vera zu, in ihrer Verzweiflung rief sie einmal mehr den Namen ihres verstorben geglaubten Hundes, sie wollte einfach nicht, dass er mit ihren Eltern mitging, dass er bei diesen schlimmen Menschen leben sollte. Sie rief, sie rief immer lauter. Lucca, Lucca, Lucca!

Und dann war da auf einmal das Quietschen von einsetzenden Bremsen. Es war kein abruptes Geräusch, es war keine Notbremsung. Eher ein sanftes Bremsen, als wenn ein Zug in einen Bahnhof einfährt. Aber warum bremste der Zug nur so sanft ab, es musste doch eine Notbremsung sein, allein schon, um das Leben der Passagiere zu schützen. Und dann war auf einmal alles weiß. Sah so der Übergang vom Leben zum Tod aus? Hatte der Zug sie völlig schmerzlos überfahren und bewegte sie sich in völliger Stille nun durch den berühmten Tunnel, von dem Menschen immer wieder sprachen, die dem Tod in letzter Sekunde von der Schippe gesprungen waren? Doch es war kein reines Weiß, in das Vera sah. Es war ein heller Farbton, in dem sich ein kleiner schwarzer Punkt bewegte. Kein Zug mehr zu hören, keine quietschenden

Bremsen. Doch da war eine Stimme. Es klang wie die Lautsprecherdurchsage auf einem Bahnhof. Aber hier im Augarten gab es doch keine Haltestelle. Vera konzentrierte sich auf den dunklen Punkt, der sich im Weißraum langsam von rechts nach links bewegte. Sie versuchte ihre Augen zu schärfen. War dies etwa ein Käfer?

Es war eine Fliege. Eine Fliege, die bis in den trüben November hinein überlebt zu haben schien. An der Decke in der Wohnung von Daniela Bucher, hoch oben über dem Simmeringer S-Bahnhof, in dem soeben ein Zug anfuhr, um sich auf die Reise in Richtung Stadlau zu machen.

Vera hatte sich noch immer nicht ganz von dem Alptraum erholt, der sie an diesem Samstagmorgen heimgesucht hatte. Das einzig Gute an dem unfreiwilligen Wiedersehen mit ihren Eltern und Anton Lumpert war, dass sie rechtzeitig wach geworden war, um sich pünktlich auf den Weg zum Treffen mit dem Jugendforscher Friedrich Koblischke zu machen. Um den Preis, dass sie ihren zu Beginn der Woche eingeschläferten Golden Retriever Lucca noch ein bisschen mehr vermisste. Sie hoffte, dass er im Hundehimmel vornehmlich mit anderen Hunden herumtollen und nicht von ihren Eltern heimgesucht werden würde. Aber deswegen hieß es ja Hundehimmel. Menschen waren darin nicht vorgesehen. Zumindest nicht in Veras Hundehimmeldefinition.

Der Nachteil an Veras nomadenartiger Wohnsituation war an diesem Morgen, dass sie einen ziemlich weiten Weg zu Koblischkes Büro in der Alserbachstraße zurückzulegen hatte. Von ihrer Wohnung in der Vorgartenstraße wären es mit der U-Bahn nur wenige Stationen bis in den neunten Bezirk gewesen. Von Simmering war es dagegen eine kleine Weltreise von Ost nach West.

Das Institut, in dem der Jugendforscher Friedrich Koblischke tätig war, befand sich in einem in die Jahre gekommenen Bürogebäude. Von hier war es nicht weit bis zum Donaukanal. Der einstmals mondäne Franz-Josefs-Bahnhof mit seiner verspiegelten Außenfassade im typischen Stil der 1970er lag, nur einen Steinwurf entfernt, auf der anderen Straßenseite.

Vera bediente den Knopf der Aufzuganlage und war nicht gerade traurig darüber, dass sich die Türen sofort auseinanderschoben und den Eintritt in die Liftkabine freigaben. Im dritten Stock angekommen, wurde sie von einem im Türstock stehenden Mann bereits erwartet. Vera hatte keine genaue Vorstellung davon, wie alt ein Jugendforscher war. Aber intuitiv brachte sie dieses Berufsbild mit jugendlichen Menschen in Verbindung. Der Mann, der sie nun in Empfang nahm, schien nur unwesentlich jünger als sie selbst zu sein.

»Ich begrüße Sie in unseren bescheidenen Räumlichkeiten«, sagte Koblischke und hielt der Chefinspektorin die Hand entgegen. Seine große, fast schlaksige Erscheinung, sein mit wuscheligen Haaren versehener Kopf, die Fliege und die Brille erinnerten sie an einen gutmütigen Märchenonkel. Vielleicht war er das ja auch.

Koblischke führte Vera durch einen langen Gang in sein Büro. An den Wänden hingen Fotos von wahrscheinlich wichtigen Menschen, wie sie auf wichtigen Veranstaltungen vermutlich wichtige Dinge von sich gaben. Neben der Tür zu Koblischkes Büro hing ein Bild, auf dem dieser als Mitdiskutant bei einer Podiumsdiskussion zu sehen war. Egal, auf was für einer Veranstaltung Vera eines Tages zu Gast sein würde, ein Foto davon würde sie für kein Geld der Welt in den Räumlichkeiten der *Backstube* aufhängen.

Bücher, Dokumente und Ordner bildeten die zentralen Einrichtungselemente im Büro des Jugendforschers. Dazwischen hingen Fotos, die Koblischke beim Wandern und bei anderen Outdooraktivitäten zeigten. Die Kästen und Tische, in und vor denen die Ordner verstreut waren, kamen kaum noch zum Vorschein. Alles schien seine feste Ordnung zu haben. Und wenn sich Vera nicht täuschte, dann hatte diese etwas mit der Farbe des jeweiligen Ordners zu tun.

Die Chefinspektorin nahm auf einem roten Ledersessel Platz, der sich auch gut in einem der letzten verbliebenen Erotiketablissements im Stuwerviertel gemacht hätte. *Wie soziale Medien unsere Jugend verändern* lautete der Titel jener Broschüre, die vor ihr auf dem Couchtisch lag. Wer die Studie verfasst hatte, war überdeutlich zu erkennen. Name und Foto des im Raum anwesenden Studienautors prangten fast größer auf dem bunten Cover als der Titel des Werkes.

»Wie kann ich Ihnen helfen?«, stellte Koblischke die Eingangsfrage.

»Sie haben sicherlich schon von den beiden Morden gehört, die sich im Umfeld dieser jungen Fotografen ereignet haben?«, fragte Vera.

»Sicherlich. Die Zeitungen sind ja voll davon«, sagte Koblischke und lächelte Vera an.

»Herr Przemysl hat Sie uns als *Instagram*-Kenner empfohlen, Sie kennen sich angeblich ganz gut in dieser Szene aus. Warum sollte jemand diese Leute umbringen, haben Sie dazu eine Idee?«

Koblischke nahm von seinem Schreibtisch einen Bleistift in die rechte Hand und ließ diesen zwischen den Fingern zirkulieren.

»Das heißt, Sie vermuten, dass der Täter sich gezielt seine Opfer unter den Instagrammern sucht und dass das die Verbindung zwischen den Morden ist? Der Kit, der Ihre Theorie zusammenhält, der Mörtel, der die einzelnen Steine einer Wand vereint, der Klebstoff der Mordserie?«

»Wenn Sie so wollen, ja«, bestätigte Vera den vergleichenden Wissenschaftler.

Dessen Bleistift zirkulierte weiterhin gekonnt zwischen seinen Fingern. Eine Runde nach der anderen legte das Schreibgerät zurück, ohne dabei auf die olivgrüne Schreibtischunterlage zu fallen.

»*Instagram*, das Fotografieren, das Ablichten von anderen Menschen als Mordmotiv? Die Selbstdarstellung des eigenen Lebens, das Festhalten von schönen Momenten, das Knipsen besonderer Erlebnisse als Anlass für ein Kapitalverbrechen? Das Abkonterfeien von Höhepunkten des eigenen Lebens als Ursache für eine Bluttat?«

Vera war sich für einen kurzen Moment nicht sicher, ob sie soeben unfreiwillig in einen Synonyme-Workshop geraten war. Und was Koblischke mit dem Wörtchen *abkonterfeien* überhaupt meinte.

»Genau das vermuten wir«, sagte sie kurz und knapp.

»Sehen Sie, Frau Chefinspektorin. Wir leben in einer Welt, in der die sozialen Medien immer mehr an Bedeutung gewinnen. Menschen lieben es einfach, ihr Leben zu dokumentieren. Und zwar so zu dokumentieren, wie es für diese Menschen der Idealzustand ist. Wie sie wollen, dass sie von anderen Leuten gesehen werden. Auch wenn es sich dabei um total fremde Menschen handelt. Soziale Medien wie *Facebook* oder *Instagram* geben ihnen diese wunderbare Möglichkeit. Doch so wie überall im Leben, folgt auf jede Aktion eine Reaktion. In sozialen Medien ist dies im Idealfall positives Feedback. Jemand mag Ihr gepostetes Bild auf *Instagram* oder Ihre Meldung auf *Twitter* und drückt auf *gefällt mir*. Aber«, holte Koblischke aus und achtete dabei auf das weiterhin reibungslose

Zirkulieren seines Bleistiftes, »es besteht natürlich immer die Möglichkeit, dass Sie in diesen Kanälen auf Menschen treffen, die es nicht so zu schätzen wissen, was Sie posten. Bei denen zum Beispiel Neid geweckt wird. Das ist wie im richtigen Leben. Sieht ein arbeitsloser Familienvater, der nicht genug Geld verdient, um seine drei Kinder und die kranke Frau zu ernähren, den Sohn eines reichen Unternehmers in seinem Ferrari auf der Grinzinger Straße herumfahren, entsteht Neid. Die Werte und Normen unserer Gesellschaft hindern unseren wütenden und arbeitslosen Familienvater im Normalfall daran, sich dem Buben in den Weg zu stellen, ihn aus dem Ferrari zu zerren und seinen Frust über die ungerechte Welt an ihm auszulassen. Es gibt aber immer wieder Fälle, in denen psychisch auffällige Subjekte sehr wohl ihrer Wut freien Lauf lassen. Worauf ich hinaus will …«, holte Koblischke nur kurz Luft, um dann fortzusetzen.

Vera hoffte inständig auf eine kurze und bündige Zusammenfassung seines Vortrages.

»… soziale Medien spiegeln in dieser Hinsicht unsere Charaktere so wider, wie wir sind. Wenn also eine psychisch labile Person online etwas sieht, das sie zu einer unverhältnismäßigen Reaktion motiviert, kann sich dies in einem negativen Kommentar genauso äußern wie in einer blutrünstigen Tat. Wenn Sie mich also fragen, ob sich ein soziales Medium wie *Instagram* per se als Klebstoff für Ihre Mordtheorie eignen würde, dann würde ich mit einem kurzen und knappen *Ja* antworten.«

Vera stimmte dem Wissenschaftler in aller Kürze und Bündigkeit innerlich zu. Ein kurzes und knappes *Ja* hätte ihr allerdings tatsächlich ebenso gereicht.

»Wobei das natürlich kein Motiv sein kann«, schränkte sich Koblischke sogleich wieder ein. »Soziale Medien sind nur das

Medium, über das der Täter oder die Täterin sowohl mit den Opfern als auch mit Ihnen kommuniziert. Die dahinterliegenden Motive können ganz banaler Natur sein.«

»Also so was wie Neid auf einen Ferrari?«, fragte Vera.

»Zum Beispiel. Oder Eifersucht. Stellen Sie sich nur vor, dass jemand von seiner Freundin verlassen wurde. Für jemanden, den besagte Freundin auf *Instagram* kennengelernt hat. Was läge da näher, die eigenen Unzulänglichkeiten, die Unzufriedenheit der Freundin in der Beziehung zu verleugnen und seine Wut auf das Medium, also quasi den Boten der schlechten Nachricht zu lenken?«

Eifersucht oder Neid als Motiv. Vera grübelte über das, was sie zuvor gehört hatte. Der Aufzug befand sich nicht im dritten Stockwerk des Hauses in der Alserbachstraße. Also entschied sich die Chefinspektorin für die Stiegen.

»Wie kommst du denn jetzt auf den Anton Lumpert?«, fragte Moritz erstaunt.

Vera saß in ihrem Büro in der *Backstube* im zweiten Bezirk. Ihr Kollege sah sie entgeistert an. Sie ließ ihren Blick über die Pinnwand hinter Moritz streifen, an der die Fotos der bisherigen Mordopfer, Bilder der beiden Tatorte sowie allerlei Zettel und Notizen, Pfeile und Diagramme hingen.

»Ich habe heute Nacht von ihm geträumt«, antwortete Vera.

»Vom Lumpi Lumpert? Dem Mörder aus dem Karltheater? Wie kommst du denn auf den? Meinst du, der treibt aus dem Gefängnis heraus sein Unwesen nun auf *Instagram* und hat Carola Bednar und Daniela Bucher auf dem Gewissen?«

»So ein Schmarrn. Ich weiß nicht, warum ich von ihm geträumt habe. Lucca war auch dabei«, sagte Vera. Sie vermied es, die Anwesenheit ihrer Eltern im Traum zu erwähnen.

Alles musste ihr Kollege nun wirklich nicht wissen. »Der Lumpert sitzt aber nach wie vor im Häfn, oder?«, fragte Vera.

»Ich habe zumindest nichts Gegenteiliges gehört«, sagte Moritz. »Aber ich kann mich gerne mal erkundigen.«

»Ach nein, das muss nicht sein«, wiegelte Vera ab. Und nahm sich vor, diese Erkundigung selbst zu übernehmen.

»Die Zeugin ist da!«, rief Rauschebart Tepser vom Gang herein durch die offen stehende Tür.

»Wir kommen«, sagte Vera.

Katinka Kärcher saß bereits am großen ovalen Besprechungstisch im Erdgeschoss der *Backstube* und wartete auf die Ermittler. Neben Vera und Moritz nahm auch Rauschebart Tepser an der Befragung teil. Er war es, der die meisten der anderen Zeugen im Restaurant am Naschmarkt befragt und somit den besten Überblick über die verschiedenen Aussagen und die Rekonstruktion der Tat hatte.

Die Zeugin hatte lange blonde Haare, trug ein weinrotes Kleid und eine eckige Brille. Sie saß recht selbstbewusst auf ihrem Sessel. Moritz fiel sofort auf, dass in ihrer Stimme ein leichter Akzent lag. Der Kommissar tippte auf einen polnischen Einschlag in der Stimmfärbung.

»Warum sind Sie am Freitag so früh aus dem Restaurant am Naschmarkt verschwunden?«, begann Tepser die Befragung.

»Ich musste in die Arbeit, hatte dort eine Besprechung mit einem Klienten«, antwortete Kärcher.

»Was machen Sie beruflich?«, fragte Tepser.

»Ich bin Juristin in einer Anwaltskanzlei im ersten Bezirk«, gab Kärcher zu Protokoll.

»Dann sind Sie mit der Vorgehensweise einer solchen Befragung ja vertraut«, brachte sich nun Moritz in das Gespräch ein, während Vera sich nach wie vor bedeckt hielt.

»Ich bin spezialisiert auf Markenrecht, Morde kommen in meinen Verfahren eher selten vor«, antwortete Kärcher.

»Kommen wir zum gestrigen Tag«, lenkte Tepser die Befragung in Richtung Geschehen am Naschmarkt. »Können Sie uns aus Ihrer Sicht schildern, was passiert ist?«

Die Zeugin begann, das Instameet im Restaurant detailgetreu zu beschreiben. Ihren Ausführungen war deutlich anzumerken, dass sie wusste, worauf es inhaltlich in einer solchen Schilderung ankam. Sie beschrieb die Stimmung in der Gruppe während des Essens im ersten Stock des Gebäudes als sehr harmonisch. Es sei wie immer ein guter Mix aus bekannten und neuen Gesichtern gewesen, man habe sich gut verstanden, gute Gespräche geführt, gutes Essen konsumiert und – natürlich – ebensolche Fotos gemacht. Rund eine Stunde habe die Verkostung von verschiedenen Frühstücksvariationen gedauert. Dann sei die Gruppe eingeladen worden, dem Koch im Rahmen eines Showcookings im Erdgeschoss des Lokals über die Schulter zu schauen. »Da war die Daniela auf jeden Fall noch dabei«, betonte Kärcher mit Nachdruck. Wann das spätere Todesopfer dann zurück in den ersten Stock gegangen sei, daran könne sie sich nicht erinnern. »Vielleicht war es ihr unten in der Küche zu voll, g'scheite Fotos sind dabei sowieso nicht herausgekommen.«

»Haben Sie beobachten können, wie jemand nach oben gegangen oder von oben wieder heruntergekommen ist?«, fragte Tepser.

»Nein, ich habe mich eigentlich auf das Geschehen in der Küche konzentriert.«

»Eigentlich?«, hakte Tepser nach.

»Na ja, eigentlich hatte ich gehofft, dass sich der Koch ein bisschen beeilt, weil ich noch auf den anschließenden Instawalk zum Museumsquartier mitgehen wollte. Ich fotografiere für meinen Account @katinka_cat wesentlich lieber Architektur und Eindrücke aus dem Stadtbild. Lifestyle- und Foodporn-Fotos sind eher nicht so meins. Aber leider musste ich dann eh vorher abbrechen, weil ich in die Kanzlei musste.«

»Haben Sie die Tote näher gekannt?«, fragte Tepser.

»Ich habe sie auf jeden Fall schon einige Male bei Instawalks getroffen und hin und wieder natürlich auch mal ein Wort mit ihr gewechselt. Richtig gekannt habe ich sie nicht. Aber es gab da diese Gerüchte«, sagte Katinka Kärcher und richtete sich dabei ihre leicht in Schieflage geratene Brille.

»Welche Gerüchte?«, fragte Tepser.

»Na ja, halt so typischer Gossip-Talk. Sie war wohl eine Zeit lang mit Aurelio von *Igersaustria* zusammen.«

Vera und Moritz sahen einander an. Auch Tepser warf nun einen Blick zu den beiden leitenden Ermittlern.

»Aurelio Przemysl?«, fragte Vera nun erstmals nach.

»Ja, genau«, antwortete Kärcher.

»Mit wem war er zusammen? Mit Daniela Bucher?«

»Ja. Aber wirklich wissen tue ich das nicht, für diese Klatschgeschichten interessiere ich mich nicht.«

»Wissen Sie, warum die Beziehung gescheitert ist? Gab es jemand anderen in Daniela Buchers Leben?«, fragte Vera.

»Nein, die haben das ja auch nicht nach außen getragen, sonst hätte ich sie ja mal händchenhaltend gesehen.«

»Dann sollten wir uns auf jeden Fall nochmal mit Herrn Przemysl unterhalten«, sagte Vera, als die Zeugin den Raum verlassen hatte. »Erst der WhatsApp-Hinweis zu Carola Bednar. Und nun die Aussage der Zeugin über eine Affäre mit Daniela Bucher.«

Moritz und Tepser bestätigten dieses Vorhaben mit einem Kopfnicken.

SONNTAG, 13. NOVEMBER 2016

Wie kamen all die fremden Menschen nur auf ihn und seinen Quizduell-Nickname? Moritz verstand die Welt nicht mehr. Seit mehr als einem Jahr stellte er sich immer wieder gerne mal einer Raterunde in der Quizduell-App. In der Regel spielte er mit Leuten, die er auch im realen Leben kannte. Rauschebart Tepser hatte keine Chance gegen Moritz und auch Gerichtsmediziner Doktor Faust, der eine Zeit lang dem virtuellen Ratespiel verfallen war, zog meist den Kürzeren. Einzig gegen Denise wies Moritz eine negative Bilanz auf. Seit einigen Tagen jedoch erhielt er ständig Anfragen von ihm fremden Personen, die mit ihm in der App quizzen wollten. Einer dieser Quizduell-User hatte ihn am Vorabend sogar in der Chatfunktion der App angeschrieben und gesagt, dass er sich freue, dass Moritz zwischen den Ermittlungen auch noch Zeit finde, Quizduell zu spielen. Wie kamen all diese fremden Menschen nur auf ihn und seinen Account?

Es war ein seltsames Gefühl, mit dem sich Kommissar Moritz Ritter später an diesem erstaunlich schönen Sonntagmorgen auf den Weg zu Vera Rosens Wohnung in der Vorgartenstraße machte. Das traditionelle Kaiserschmarrnfrühstück bei Vera Rosen stand auf dem Programm. Von seinen eigenen vier Wänden in der Stuwerstraße waren es keine fünf Minuten bis zur Behausung seiner Chefin, die ihn nach seiner Übersiedlung von München nach Wien im

Frühjahr vorübergehend sogar bei sich hatte wohnen lassen.

»Hey!«, schrie Moritz auf einmal. »Das ist Diebstahl, dessen sind Sie sich schon bewusst, oder?«, fragte er einen älteren Herrn, der sich beim Gassigehen mit seinem Dackel erdreistet hatte, eine Zeitung aus den in der Gegend hängenden Zeitungstaschen zu nehmen. Das alleine war noch nichts Verwerfliches, doch hatte er es offensichtlich verabsäumt, für die soeben entnommene Zeitung auch einen Obolus zu entrichten.

»Aber das macht doch jeder«, versuchte sich der Mann herauszureden.

»Ich mache das nicht«, sagte Moritz.

Die Autorität des Kommissars reichte auch ohne Vorzeigen seines Ausweises dafür aus, dass der Mann ein paar Münzen in den Behälter stopfte und enttäuscht von dannen zog.

Zwar gab es auch in Paderborn und München, wo Moritz früher gewohnt hatte, die Möglichkeit, Zeitungen aus mobilen Ständern zu entnehmen. Doch dort ließen sich diese nur öffnen, wenn der Automat zuvor mit Geld gefüttert worden war. Oder wenn man, wie Moritz, sich erfolgreich mit seinem Lockpicking-Werkzeug an der Schließmechanik zu schaffen gemacht hatte. Natürlich nur zu Übungszwecken.

Zu Moritz' Überraschung öffnete ihm seine Chefin die Tür nicht unmittelbar nach Betätigen der Türglocke. Auch nach einem weiteren Versuch blieb der gewohnte Summton, der das Öffnen der Tür signalisierte, aus. Moritz wollte gerade in der Innentasche seiner Jacke nach seinem Handy greifen, als er Vera um die Ecke biegen sah.

»Wo kommst du denn her?«, fragte der Kommissar.

»Ich habe uns von der *Grünen Hütte* ein paar Semmeln geholt«, rief Vera aus einigen Metern Entfernung.

»Aha«, sagte Moritz. »Seit wann gibt es denn zu deinem berühmten Kaiserschmarrnfrühstück Semmeln?«

»Ich habe mir gedacht, dass ein bisschen Abwechslung ganz guttut«, antwortete Vera und öffnete nun mit ihrem Schlüssel den neben der Wand befindlichen Briefkasten mit der Nummer neun.

Die Chefinspektorin hatte ihre liebe Müh' und Not, die ihr entgegenquellenden Briefe und Werbematerialien vor dem Absturz auf den Boden zu bewahren.

»Wart, ich helfe dir«, sagte Moritz und nahm der Chefinspektorin das Sackerl mit den Semmeln ab. »Wie lange warst du denn schon nicht mehr daheim?«, fragte er verwundert.

»Ich muss wohl die vergangenen Tage vergessen haben, das Postkastl zu leeren«, antwortete Vera.

Der Briefkasten war augenscheinlich nicht das Einzige, um das sich die Chefinspektorin in den vergangenen Tagen nicht gekümmert hatte. Moritz staunte nicht schlecht, als er die Wohnung seiner Chefin betrat. Vor allem der Küche war deutlich anzusehen, dass hier schon längere Zeit niemand mehr etwas Kulinarisches zubereitet hatte. Oder die Überreste davon entsorgt hatte. Auf dem Küchentisch schimmelten zwei Bananen fröhlich vor sich hin und in der Abwasch stapelte sich dreckiges Geschirr. Kleine Fruchtfliegen hatten es sich im Hundenapf auf den Resten von Luccas letzter Mahlzeit gemütlich gemacht.

»Wie sieht es denn hier aus?«, fragte Moritz entsetzt.

Erst da fiel dem Kommissar auf, dass Vera noch immer im Vorraum stand. Sie hielt den kurz zuvor aus dem Briefkasten gefischten Inhalt krampfhaft mit beiden Händen fest und fixierte die der Wohnungstür gegenübergelegene weiße Wand. Es war weniger die Tatsache, dass Vera dort wie angewurzelt innehielt, die Moritz in diesem Moment schockte. Es war vielmehr die Art und Weise, wie die Chefinspektorin dort stand. Ihr Gesichtsausdruck vermittelte den Eindruck eines kleinen, überforderten Mädchens, das, von der Welt alleingelassen, nicht mehr weiter wusste.

»Komm«, sagte Moritz, ging auf Vera zu und nahm ihr Briefe und Werbematerial ab. »Wir können heute auch mal bei mir essen.« Er schob seine unmittelbare Vorgesetzte, die erst gestern so souverän die Teestunde im LKA geleitet hatte, nach draußen.

»Wo hast du denn in den vergangenen Tagen gewohnt?«, fragte Moritz.

Vera saß ihm gegenüber am kleinen quadratischen Küchentisch in seiner Wohnung und schob ein Stück des dieses Mal von Moritz zubereiteten Kaiserschmarrns in den Mund. »Schmeckt gar nicht so schlecht«, lautete ihr Urteil, das sie großteils ohne Zurschaustellung von Gefühlen von sich gab.

»Ist ja auch kein Wunder, entstand alles unter deiner Anleitung«, antwortete Moritz. »Aber jetzt mal wirklich, du kannst mir nicht weismachen, dass du in den vergangenen Tagen zu Hause gewesen bist. Wo warst du?«

Die Chefinspektorin sah Moritz an und kaute auf dem Stückchen Kaiserschmarrn herum, das schon längst seinen Aggregatzustand verändert hatte und nur noch als Brei in Veras Mund herumschwamm.

»Im Hotel«, log Vera ihren Kollegen an. »Ich habe es daheim einfach nicht ausgehalten. So ganz ohne Lucca.«

»Und Djibouti? Deinen Kanarienvogel musst du doch füttern. Den kannst du nicht sich selbst überlassen.«

»Das habe ich zwischendurch natürlich gemacht«, antwortete Vera. Sie ließ sich viel nachsagen, aber nicht, dass sie ein Tier vernachlässigen würde. Mal abgesehen von Andrea Zelinkas vermisster Chihuahuadame.

»Du weißt, dass du dich auch immer bei mir melden kannst, wenn du Hilfe oder Unterstützung brauchst.«

»Ich weiß, Moritz. Aber mach hier mal nichts dramatischer, als es ist. Ich bin zurzeit einfach nur ungern alleine zu Hause, das ist alles«, versuchte Vera, ihren zwanzig Jahre jüngeren Kollegen zu beruhigen.

»Und in welchem Hotel bist du abgestiegen?«

»Hotel Stefanie, Taborstraße«, log Vera erneut. Sie hatte den Namen des Hotels neulich irgendwo aufgeschnappt. In einem Artikel wurde das Hotel erwähnt, weil es das angeblich älteste der ganzen Stadt war. Ihr Gegenüber verzichtete auf weitere Nachfragen, was Vera überaus recht war. »Ich bin schon gespannt, was uns der Herr Przemysl morgen über die Gerüchte rund um seine Liebschaften mit den beiden ermordeten Frauen erzählen wird«, wechselte sie das Thema.

»Vielleicht haben er oder seine Freunde von *Igersaustria* ja auch schon ein neues Foto zugeschickt bekommen«, sagte Moritz.

»Du meinst, das hätte er sich dann quasi als Täter selbst zugeschickt? Um den Verdacht von ihm wegzulenken?«, fragte Vera.

»Wer weiß. Wäre doch eine gute Strategie, um uns auf eine andere Spur zu führen.«

Das Museumsquartier war bereits weihnachtlich hergerichtet worden. Die an kleine Flugzeughangars erinnernden Punschhütten standen bereits im großen Hof der ehemaligen kaiserlichen Reitstallungen verteilt. Das Leopoldmuseum wurde von einer Lichtinstallation weihnachtlich in Szene gesetzt.

So richtig in Weihnachtsstimmung war Kommissar Moritz Ritter noch nicht, als er an diesem frühen Abend vom Haupteingang des Museumsquartiers durch den großen Hof zur Kunsthalle marschierte. Angesichts des nur spärlich vorhandenen Besuchs in den Punschhütten war er mit diesem Gefühl wohl nicht alleine. Vor dem Eingang der Kunsthalle, unterhalb des breiten Aufgangs zum Museum Moderner Kunst, wartete bereits ein kleines Grüppchen Instagrammer, unter denen auch einige dem Kommissar bekannte Gesichter waren. Eine Person, die Moritz erwartet hatte, fehlte jedoch: Aurelio Przemysl, der führende Kopf von *Igersaustria*.

Nach einer kurzen Wartezeit wurden die rund dreißig Teilnehmerinnen und Teilnehmer an dem abendlichen Instawalk begrüßt. Gemeinsam ging es vom Eingangsbereich, in dem die Kassen und der großzügige Shop untergebracht waren, zum Vorraum der Ausstellung, in der Objekte und Bilder der französischen Künstlerin Nathalie Du Pasquier präsentiert wurden. Es handelte sich um die erste umfassende Einzelschau von Du Pasquier in einer internationalen Institution. Das war der einzige Inhalt, den der Kommissar während der kurzen inhaltlichen Einleitung aufgeschnappt hatte. Anschließend wurden den Instagrammern jene Hashtags mitgeteilt, mit denen sie ihre an diesem Abend geschossenen Fotos kennzeichnen sollten: *igersaustria, kunsthallewien, emptykunsthallewien* sowie *dupasquier*. Und dann strömte das Grüppchen hinein in den großen Ausstellungsbereich, der auf Moritz wie der überdimensionale Grundriss einer Wohnung wirkte. Teppiche lagen auf dem Boden verstreut, an den Wänden hingen Bilder. Auf einzelnen Podesten waren Skulpturen platziert worden. In der vermeintlichen Großraumwohnung waren wiederum einzelne abgetrennte quadratische und rechteckige Räume angelegt worden, die wiederum sehr wohnlich ausgestaltet waren. In einem dieser Zimmer befand sich sogar eine gemütlich wirkende bunte Couch. Am meisten begeistert war Moritz von rechteckigen Hockern, deren Design, von oben betrachtet, wie eine Musikkassette aussah.

Doch der Kommissar war an diesem Abend nicht zu diesem Event gegangen, um sich für seine eigenen vier Wände innenarchitektonisch inspirieren zu lassen. Moritz Ritters Aufgabe war es, sicherzustellen, dass an diesem Abend niemand zu Schaden kam. Und gleichzeitig darauf zu achten, ob sich ihm etwas Verdächtiges bemerkbar machte. Er fotografierte alle Teilnehmerinnen und Teilnehmer zumindest einmal mit seinem Handy. Ein Unterfangen, das er in dieser Runde so unauffällig wie noch nie umsetzen konnte. Denn im Rahmen eines Instawalks wäre der Kommissar eher aufgefallen, wenn er als Einziger keine Fotos gemacht hätte. Anschließend schlenderte er durch die Ausstellung und versuchte von der einen oder anderen Unterhaltung Wortfetzen aufzuschnappen.

Es war eine halbe Stunde vergangen, als die umherwuselnden Instagrammer plötzlich wie eine Herde aufgeschreckter Rehe auf ihren Positionen verharrten und aufmerksam nach Gefahren Ausschau hielten. Kurz zuvor hatte ein greller Schrei die Räumlichkeit durchdrungen. Moritz lief wie von der Tarantel gestochen los.

Der Schrei musste aus einem der abgeteilten Räume gekommen sein. Vor dem türlosen Eingang standen zwei jungen Frauen. Eine von beiden hielt sich vor Entsetzen die Hand vor den Mund. »Es ist schon wieder passiert«, sagte die andere zu Moritz und sah den Kommissar regungslos an. Moritz sah durch den Eingang in jenes Zimmer, in dem er eine halbe Stunde zuvor die gemütliche bunte Couch entdeckt hatte. Auf dieser lagen einige ebenso farbenprächtige Polster verstreut. Über dem Sofa hingen eine Reihe quadratischer Bilder in unterschiedlichen Größen an der Wand. Auf ihnen waren geometrische Formen und Muster zu sehen. Neben der Couch befand sich ein Blatt Papier, auf dem wiederum ein Handy lag. Dieses war offensichtlich jenem jungen Mann aus der Hand gefallen, der leblos auf der Couch lag.

Verdammt, dachte sich Moritz. Jetzt war er extra zu dieser Veranstaltung gegangen, um eine weitere Tat des Instamörders zu verhindern.

»Perfekt!«, hörte der Kommissar auf einmal eine Stimme neben ihm rufen. Ein Mann, der in seinem dunklen Anzug und mit dem Hut auf dem Kopf eher so aussah, als ob er zu einer Modenschau unterwegs wäre, stieg von einem Sessel herunter. Von diesem aus hatte er den leblosen, auf dem Sofa liegenden Körper fotografiert.

»Bin ich jetzt im falschen Film?«, schrie Moritz dem nun neben ihm stehenden Mann ins Gesicht. Doch noch bevor der Kommissar angemessene Schimpfwörter aus seinem breiten Repertoire auspacken konnte, bemerkte er, dass sich der steife Körper auf der Couch auf einmal zu bewegen schien.

»Haben s' dir ins Hirn g'schissen, mich so anzuschreien?«, fragte der Hutträger und zeigte ihm den Vogel. »Wir haben hier nur eine Aufnahme für meine #Instagrammerdown-Serie angefertigt. Und wir durften die Couch dafür benutzen, ich habe mich vorhin extra erkundigt. Also komm mal wieder runter!«

Der junge Mann ließ Moritz stehen. Und auch der zuvor noch leblose Instagrammer, den Moritz unter seinem Nickname @walmatwien von einer anderen Veranstaltung kannte, verließ kopfschüttelnd das Zimmer.

Gegen die Aufregung des Instawalks gestaltete sich die tausendste *Tatort*-Folge, die sich Moritz im Anschluss alleine in seiner Wohnung ansah, geradezu entspannt.

MONTAG, 14. NOVEMBER 2016

Das Geräusch des Teelöffels, der mehrmals an den Rand der Teetasse geschlagen wurde, läutete an diesem Montagmorgen den Beginn der Teestunde ein. Bis auf Chihuahuahündin Cleopatra war die Runde, zumindest physisch, vollzählig. Ob alle Anwesenden auch mit ihren Gedanken tatsächlich vor Ort waren, war für Moritz Ritter nicht wirklich festzustellen. Ermittlungsbereichsleiterin Andrea Zelinka schien sich immer noch hauptsächlich Sorgen um ihren entlaufenen Hund zu machen. Die Ermittlungen im Fall des von den Medien mittlerweile als *Instamörder* bezeichneten Serienkillers erschienen lediglich als nerviges Beiwerk. Chefinspektorin Vera Rosen wirkte so, als ob ein vollbeladener Schulbus die ganze Nacht neben ihrem Bett auf- und abgefahren wäre und sie keine Sekunde Schlaf bekommen hätte. Und Hipster Franz und Rauschebart Tepser schien das verlorene WM-Qualifikationsspiel gegen Irland vom Samstag noch in den Knochen zu stecken. Einzig Moritz machte einen halbwegs fitten Eindruck, obwohl ihm der Schreck vom vermeintlich nächsten Opfer des Instamörders während des gestrigen Instawalks in der Kunsthalle noch immer in den Knochen saß.

»Guten Morgen«, eröffnete Zelinka offiziell die Besprechungsrunde. »Bringst du mich bitte auf den neuesten Stand der Entwicklungen«, sagte Zelinka zu Vera.

Die Chefinspektorin fasste die Geschehnisse der vergangenen Tage zusammen und sprach dabei mit einer so monotonen, unaufgeregten Stimme, dass Rauschebart Tepser auf der gegenüberliegenden Seite des ovalen Besprechungstisches Mühe hatte, sich mit portionsweisen Koffeininjektionen aus seiner Kaffeetasse wach zu halten.

»Und wo ist nun die Verbindung zwischen dem ersten Opfer, Carola Bednar, und Opfer Nummer zwei, Daniela Bucher?«, unterbrach Zelinka die müde Erzählung der Chefinspektorin.

»Eventuell Aurelio Przemysl«, antwortete Vera. »Das werden wir aber erst nach dem heutigen Gespräch mit ihm sagen können.«

»Eventuell, eventuell. Und was sage ich dann Landespolizeivizepräsident Fockhy bei unserem Termin heute Nachmittag? Der wird sich mit einem eventuellen Verdächtigen nicht zufriedengeben.«

»Genau das, was ich dir soeben erzählt habe«, sagte Vera. »Du kannst aber natürlich auch gerne etwas erfinden, wenn du dich dabei besser fühlst.«

Da war sie wieder. Die latent aggressive Stimmung, die schon in der Vorwoche in der *Backstube* zwischen Zelinka und Vera zu spüren gewesen war. Moritz konnte nicht behaupten, dass er diese negativen Vibrations übers Wochenende sehr vermisst hätte. Und sie passten so rein gar nicht zu jener verletzlichen Vera, die er tags zuvor im Vorzimmer ihrer Wohnung gesehen hatte.

»Reiß dich zusammen«, sagte Zelinka sodann in scharfem Ton. »Wir haben alle Verständnis für deine Midlife-Crisis. Die kannst du auch gerne ausleben, aber trag deine Emotionen bitte nicht in unsere Arbeit.«

Ups, dachte sich Moritz. Es wäre ihm lieber gewesen, wenn er in diesem Moment nicht neben Vera gesessen hätte. Zu groß wurde nun die Gefahr, dass der Vulkan Vera ausbrechen und er einiges von der Lava abbekommen würde. Die Trauer der Chefinspektorin über den verstorbenen Lucca sowie ihre Unfähigkeit, damit umzugehen, als Midlife-Crisis abzutun, schien Moritz eine sehr gewagte Vorgehensweise zu sein.

»Gibt es eigentlich schon etwas Neues von Cleo?«, fragte Vera.

Kein Vulkan. Keine Lava. Nur eine hundsgemeine Frage.

»Nein«, antwortete Zelinka.

Eins zu null für die Chefinspektorin.

»Let the day begin«, sagte Moritz laut zu sich selbst, nachdem er sich beim Waschbecken des Büros Wasser ins Gesicht gespritzt und mehrere Male mit den Händen auf seine Wangen geklopft hatte.

»Was ist denn jetzt los?«, fragte seine verdutzte Vorgesetzte. »Stehst etwa jetzt erst auf?«

»Ich hab heute früh mein morgendliches Motivationsritual vergessen«, sagte Moritz, nachdem er sich zu Vera umgedreht hatte. Winzige Wasserperlen liefen seine Wangen entlang und setzten nach einer Sammlung die Reise gemeinsam bis zum Abschluss seines Gesichts fort, von wo sie einzeln auf den Boden tropften. »Hab irgendwie so einen Stress gehabt heute Morgen«, sagte Moritz.

»Mit deiner Denise?«, fragte Vera neugierig, nachdem sie sich an ihren Schreibtisch gesetzt hatte. Vor ihr stand das Foto ihres verstorbenen Golden Retrievers. Gleich daneben ein Bild, das ihre Nichte Sandra beim Spielen mit ebenjenem zeigte.

»Nein, kein Stress in dem Sinn«, erklärte Moritz. »Bin nur irgendwie nicht dazu gekommen.«

»Der Herr Przemysl ist jetzt unten beim Empfang. Soll er raufkommen?«, fragte Tepser durch die Tür.

»Ja, schick ihn hinauf«, antwortete Vera, während sich Moritz hastig das Gesicht abtrocknete.

Dem Kommissar kam es so vor, als ob Aurelio Przemysl, der großgewachsene Schlaks von *Igersaustria*, selbst im Sitzen noch größer war als die neben ihm stehende Vera Rosen.

»Gibt es etwas Neues aus dem Netzwerk?«, fragte Vera.

»Aus welchem Netzwerk?«, fragte Aurelio Przemysl verwundert zurück.

»Na von Ihren Fotografen. Haben Sie etwas gehört, das uns weiterhelfen könnte. Oder gibt es ein neues Foto, das Ihnen zugeschickt worden ist?«

»Ach so, das meinen Sie«, sagte Przemysl. »Nein, gehört haben wir nichts. Und Foto ist auch keines mehr gekommen.«

»Überrascht Sie das?«, fragte Vera.

Przemysl schien vor allem diese Frage zu verwundern.

»Warum sollte mich das überraschen?«, gab er sich irritiert.

»Es könnte ja sein, dass Sie erwartet haben, dass solche Fotos jetzt regelmäßig bei Ihnen auftauchen. Oder in bestimmten Abständen?«

»Ich fürchte, ich verstehe die Frage nicht ganz«, sagte Przemysl, der sich mit einem nach Hilfe rufenden Blick an Moritz wandte. Dieser beließ es dabei, die Augenbrauen hochzuziehen und Przemysl in die Augen zu sehen. Keine wirkliche Hilfe für den Zeugen, der nach Veras Ansicht auf der Kippe stand, seinen Beziehungsstatus zur Polizei in *Verdächtiger* umzuwandeln.

»Herr Przemysl, stimmt es, dass Sie eine Beziehung mit Carola Bednar hatten?«, kam Vera zum Punkt. Sie entschied sich dafür, ihn erst mal mit dem per WhatsApp eingegangenen anonymen Hinweis zu konfrontieren. Ob er von sich aus auch etwas über seine angebliche Liaison mit Daniela

Bucher erzählen würde, würde darauf schließen lassen, wie ehrlich er es in diesem Gespräch mit den beiden Beamten des LKA meinte.

Erneut blickte Przemysl zu Moritz, doch dieser machte auch dieses Mal keine Anstalten, ihn aus seiner Lage zu befreien.

»Es kommt drauf an, wie Sie Beziehung definieren. Wir wollten jetzt nicht unbedingt heiraten oder so«, sagte Przemysl schließlich.

»Sondern?«, fragte Vera weiter.

»Wir haben uns halt gut verstanden und gerne Zeit miteinander verbracht. Aber das ist mittlerweile schon länger her.«

»Wie lange?«

Przemysl überlegte und sah an die Decke. Dann wanderten seine Augen wieder zu Vera.

»Zwei Monate«, sagte er schließlich, wobei nicht ganz klar war, ob dies als Frage oder als Feststellung zu verstehen war.

»Sie sind sich nicht ganz sicher?«, hakte Vera nach.

»Doch, zwei Monate ist es jetzt wohl aus«, verlieh Przemysl seiner zuvor gemachten Aussage Nachdruck.

»Und wieso haben Sie sich getrennt?«

»Es hat halt einfach nicht mehr gepasst«, antwortete Przemysl. »Wir hatten eine nette Zeit. Aber wie vorhin schon gesagt, wir wollten jetzt nicht unbedingt heiraten.«

»Und das haben Sie beide so gesehen?«

»Ich denke schon, ja.«

»Denken heißt aber nicht wissen«, sagte nun Moritz.

»Ach, kommen Sie, Sie wissen doch, wie das ist. Solche Sachen haben, wenn man auseinandergeht, immer zwei Seiten. Wäre ich ums Leben gekommen und würde die Carola nun hier sitzen, würde sich ihre Geschichte vielleicht anders anhören. Aber von meiner Seite aus war es so, dass es keine gröberen Auseinandersetzungen gab und dass es auch für beide okay so war, wie es gekommen ist.«

Przemysl wirkte nun leicht aus der Ruhe gebracht. So cool und emotionslos, wie er bis dato auf die beiden Ermittler gewirkt hatte, war er nun definitiv nicht mehr.

»Hatten Sie nach dem Ende Ihrer Beziehung noch Kontakt zueinander?«, fragte nun wieder Vera.

»Nein, zumindest keinen näheren Kontakt.«

»Bei der Agentur *Mindtwister*, wo Carola Bednar beruflich tätig war, hat man uns aber gesagt, dass Sie dort auch nach dem Ende der Beziehung gesehen worden sind. Das spätere Mordopfer soll sich regelrecht verfolgt gefühlt haben. Was sagen Sie dazu?«

Das war eine nicht unspannende Finte, die Vera in diesem Moment gelegt hatte, dachte sich Moritz. Mit keinem Wort hatte der Empfangsmensch bei *Mindtwister* den Namen Aurelio Przemysl in den Mund genommen. Er hatte lediglich bemerkt, dass Carola Bednar sich in letzter Zeit verfolgt gefühlt hatte.

»Vielleicht sind wir uns ein-, zweimal auf der Straße über den Weg gelaufen. Das kann schon sein«, gab Przemysl zu.

»Wie bitte? Ich habe Sie nicht verstanden«, sagte Vera nun mit deutlich mehr Schärfe in der Stimme. Das Warm-up gegen die Zelinka bei der Teestunde zuvor schien sich nun auszuzahlen, dachte sich Moritz, der dem Schauspiel von seinem Platz aus gebannt zusah.

»Ja, wir sind uns mal auf der Straße begegnet«, sagte Przemysl nun mit deutlich klarerer Stimme. »Aber ich habe sie nicht verfolgt. Ich bin doch kein Stalker!«

Veras Plan war aufgegangen. Sie hatte sich Przemysl zurechtgelegt, in eine Ecke manövriert, ihn verunsichert. Nun war ihr Ehrgeiz geweckt.

»Und warum haben Sie uns das alles nicht schon bei unserem ersten Gespräch mitgeteilt?«

»Ich hielt es nicht für wichtig«, sagte Przemysl und erneut war sich Moritz nicht sicher, ob dies als Frage oder Behauptung einzuschätzen war.

»Sie waren sich also nicht sicher. Da wird Ihre Ex-Freundin umgebracht und Sie unterhalten sich mit Beamten des LKA. Sie beantworten allerlei Fragen, leiten uns sogar die Fotos des angeblichen Serientäters weiter, die dieser an *Igersaustria* geschickt haben soll. Und kommen aber nicht auf die Idee, uns von Ihrer Beziehung zum Mordopfer zu erzählen? Wenn Sie an meiner Stelle wären, was würden Sie nun über sich denken, Herr Przemysl?«

Der Delinquent wünschte sich in diesem Moment wahrscheinlich nur zu sehr, dass er den Platz mit der Chefinspektorin hätte tauschen können. Als sehr angenehm empfand Moritz die Situation Przemysls nicht gerade. Der Kommissar führte mit ruhiger Hand einen kleinen Löffel durch den Kaffee in seiner rot-weißen Tasse.

»Frau Inspektor, ich versichere Ihnen, dass ich das nicht mit Absicht unterschlagen habe. Es hat sich halt irgendwie nicht ergeben.«

»Das können Sie Ihrer Großmutter erzählen«, sagte Vera und erhob sich von ihrem Platz. Sie stellte sich zum kleinen runden Tisch, an dem der verschüchterte Aurelio Przemysl auf einem Sessel hockte. Dann stützte sie sich mit beiden Händen auf den Tisch auf und sah Przemysl direkt in seine grünen Augen. »Wo waren Sie am Abend des 7. November?«

Przemysl hielt dem Blick der Chefinspektorin stand und wich mit seinen Augen nicht aus. Nicht zum vor sich hin trocknenden Oleander, der neben dem großen grauen Kasten hinter dem Schreibtisch von Vera stand. Und er nutzte auch nicht den Ausblick auf den pittoresken See, der die *Backstube* im *Viertel Zwei* von den modernen Bürogebäuden gegenüber trennte. Er sah die Chefinspektorin mit ruhenden Augen an und sagte: »Auf einer Veranstaltung in der *Alten Börse*.«

Das passte Vera nun irgendwie nicht in den Kram. Ein Verdächtiger, der allein zu Hause gewesen sein wollte, hätte einen wesentlich schlankeren Fuß gemacht.

»Und das kann jemand bezeugen?«, blieb Vera trotzdem hartnäckig.

»Selbstverständlich. Dort waren genug Leute, die Ihnen meine Anwesenheit bestätigen werden«, sagte Przemysl.

Vera sah zu Moritz, der sich die Vernehmung nach wie vor erste Reihe fußfrei gönnte.

»Und wo waren Sie am vergangenen Freitag in der Früh?«, lenkte die Chefinspektorin das Thema nun in Richtung Daniela Bucher.

»Zu dem Zeitpunkt, als das mit der Daniela am Naschmarkt passiert ist? Da war ich im Büro. Das werden Ihnen meine Kollegen in der Firma gerne bestätigen.«

»Wo arbeiten Sie?«, fragte nun Moritz.

»Ich bin für ein Start-up-Unternehmen tätig, das vor kurzem einen Relaxation Drink auf den Markt gebracht hat«, antwortete Przemysl.

So ein Entspannungsdrink wäre vielleicht etwas für Andrea Zelinka und Vera, dachte sich Moritz.

»Sie halten sich zu unserer Verfügung«, sagte Vera in nach wie vor scharfem Tonfall. »Und geben uns einen Kontakt zu den Veranstaltern des Termins in der *Alten Börse* sowie von Ihrer Firma.«

»Selbstverständlich«, sagte Przemysl seine volle Kooperation zu.

»Haben Sie eigentlich einen blauen Pullover?«, fragte Vera, als Przemysl sich schon am sicheren Ufer gewähnt hatte.

»Kann sein«, sagte Przemysl schließlich.

»Bringen Sie diesen bitte so rasch wie möglich für eine Analyse vorbei. Und passen Sie gut auf ihn auf. Nicht, dass er Ihnen in der Zwischenzeit vielleicht blöderweise verloren geht.«

»Warum hast du ihn denn nicht auf seine angebliche Liebschaft mit Daniela Bucher angesprochen?«, fragte Moritz, nachdem Przemysl den Raum verlassen hatte.

»Weil ich ungerne Klatschgeschichten als Basis für meine Befragung heranziehe. Und wenn sein Alibi für Freitagmorgen bestätigt werden sollte, scheidet er als Täter sowieso aus«, antwortete Vera.

Vera ließ die Tür hinter sich ins Schloss fallen. Durch die Fenster waren die Lichter der Nacht schemenhaft zu erkennen. Mit jedem Schritt, den die Chefinspektorin in der ihr nach mehreren Übernachtungen nicht mehr so fremden Wohnung des zweiten Todesopfers in Richtung der Fenster zurücklegte, zeichneten sich die Lichter deutlicher und schärfer ab. Sie senkte ihre Augen. Die Simmeringer Hauptstraße war zu dieser späten Stunde nicht belebter als eine Hauptverkehrsstraße in irgendeinem Dorf. Lediglich die Straßenbahnen sorgten hin und wieder für Großstadtatmosphäre. Und natürlich die ein- und ausfahrenden blau-weißen S-Bahngarnituren. Hin und wieder war auch einer der neuen rot-weißen S-Bahnzüge darunter, ein so genannter Cityjet. In wenigen Minuten hätte sie mit einem solchen Cityjet zur Station Praterkai im zweiten Bezirk fahren können. Doch nichts zog sie in diesem Moment in ihren Heimatbezirk. Sie war froh um jeden Meter, den sie von den Erinnerungen an Lucca entfernt war.

Die Chefinspektorin legte ihre graue Handtasche auf den Sessel des Schreibtisches. Ihren Mantel hängte sie über dessen Lehne. Vera vermied es, sich im neben dem Schreibtisch an der Wand hängenden Spiegel anzusehen. Sie hätte eine Frau entdeckt, die sich seit einer Woche nur mit dem Nötigsten der Körperpflege beschäftigt hatte. Sie ließ sich auf das Bett gleiten, das zwischen Fensterfront und Raumteilerregal eingezwängt war. Die Chefinspektorin schaltete kein Licht an, die weiße Klemmlampe, die am Bettgestell befestigt war, blieb während ihrer Anwesenheit fast immer aus.

Das Alibi, das Aurelio Przemysl an diesem Vormittag für den Zeitpunkt der ersten Tat angeführt hatte, erwies sich als korrekt. Zumindest großteils. Niemand war ständig in seiner Nähe gewesen, aber mehrere Personen hatten angegeben, ihn zu unterschiedlichen Zeitpunkten in der *Alten Börse* gesehen zu haben. Moritz hatte mit seinem Einwand zwar recht gehabt, dass es von der *Alten Börse* am Schottenring nicht weit bis zum Appartement am Karmelitermarkt war. Ein trainierter Mensch hätte die Strecke im Laufschritt in maximal fünfzehn Minuten absolvieren können. Doch inklusive Verübung der Tat und Rückweg wäre Przemysl eine gute Stunde abwesend gewesen. Und das deckte sich nicht wirklich mit den Aussagen der Zeugen. Auch die Bürokollegen in dem von Przemysl erwähnten Start-up-Unternehmen hatten seine Angaben für die Zeit des Mordes an Daniela Bucher bestätigt. Przemysl musste aufgrund dieser Entwicklungen erst mal von der Liste der verdächtigen Personen gestrichen werden. Das stand für die Chefinspektorin außer Frage.

Vera schloss die Augen und hoffte darauf, in dieser Nacht von seltsamen Träumen rund um Lucca, ihre Eltern oder Anton Lumpert verschont zu bleiben. Sie wollte einfach nur zur Ruhe kommen.

DIENSTAG, 15. NOVEMBER 2016

»Ich bin mal die Anmeldungen durchgegangen«, sagte Tepser, als er das Büro von Vera und Moritz betrat.

Der Kommissar war gerade damit beschäftigt, auf Quizduell eine Frage zum Thema Getränke-Werbeslogans zu beantworten. Vera eignete sich im Internet Wissen zum Thema Social Media an. Im Hintergrund sorgte der von Vera eingeschaltete Klassiksender für eine beruhigende akustische Untermalung der Atmosphäre.

»Welche Anmeldungen?«, fragte Vera, die ihre Augen nur zu gerne von all der Theorie rund um Hashtags, Followerzahlen und Paid Content befreite.

»Ich habe die Anmeldungen für jene beiden Veranstaltungen der Vorwoche verglichen, bei denen Carola Bednar und Daniela Bucher ums Leben gekommen sind. Ich dachte ja eigentlich, dass das bereits jemand gemacht hätte. Aber wenn das schon passiert wäre, wäre wohl aufgefallen, dass lediglich eine Person bei beiden Veranstaltungen dabei war.«

»Nun mach es nicht so spannend«, sagte Vera ungeduldig.

»Eine Susanne Weißmann«, antwortete Rauschebart Tepser und setzte sein Siegerlächeln auf.

»Und das ist dir nicht bei den Befragungen der Zeugen aufgefallen?«, sorgte Vera dafür, dass sein Lächeln relativ schnell wieder aus dem Gesicht verschwand.

»Der Franz'l hat ja manche der Zeugen vom Event am Naschmarkt vernommen.«

»Reich mir mal die Unterlagen mit den Aussagen der Dame«, sagte die Chefinspektorin.

Vera und Moritz gingen die Akte gemeinsam durch. Auch Weißmann gehörte zu einer Gruppe von Bloggerinnen, die über den Event mit den Schwangeren am Karmelitermarkt berichteten, obwohl sie nicht selbst schwanger waren. Sie hatte bei der Befragung angegeben, dass ihr nichts Besonderes aufgefallen sei. Lediglich die Organisation des Events habe zu wünschen übrig gelassen, alles sei unkoordiniert abgelaufen, mokierte sie sich in ihrer Aussage. Auch beim zweiten Event im Restaurant am Naschmarkt, wo Daniela Bucher ums Leben gekommen war, war Weißmann anwesend gewesen. Dieses Mal mit ihrem Ehemann Armin. Wieder gab sie an, für einen Bericht auf ihrem Blog vor Ort gewesen zu sein. Wieder wollte sie nichts mitbekommen haben vom grausamen Mord in der oberen Etage. Erst durch den Schrei einer Mitarbeiterin des Restaurants, die die Leiche von Daniela Bucher gefunden hatte, war sie auf die Tat aufmerksam geworden. Zuvor hatte sie sich ausschließlich auf die Kochkünste des Küchenchefs beim Showcooking konzentriert und Fotos gemacht.

»Schau mal«, sagte Vera und machte Moritz auf die persönlichen Daten von Susanne Weißmann aufmerksam.

»Nicht gerade das klassische Alter eines Instagrammers«, stellte Moritz fest.

»Egal, ob klassisches Alter oder nicht. Der Dame sollten wir mal einen Besuch abstatten«, sagte Vera.

Für die Fahrt in den achtzehnten Bezirk entschieden sich Vera und Moritz, den Dienstwagen zu benutzen. Zwar wäre die Wohnung der Weißmanns in der Weimarer Straße auch öffentlich erreichbar gewesen, doch Vera hatte an diesem nasskalten Tag keine Lust auf Wartezeiten an einer Straßenbahnhaltestelle.

Die Weimarer Straße gehörte definitiv zu den feineren Adressen in Wien. Sie verlief parallel zum Gürtel und seinen Mietskasernen. Der Unterschied war jedoch wie Tag und Nacht. Hier gaben nicht stauende Kolonnen und von den Autoabgasen stark in Mitleidenschaft gezogene graue Hausfassaden den Ton an, sondern gepflegte Häuser aus der Gründerzeit in Kombination mit einem beruhigenden Alleencharakter. Auf einer Länge von mehreren Kilometern verband die Straße die beiden Vorstadtbezirke Währing und Döbling. Hier hatten in den Jahren vor und nach dem Ersten Weltkrieg bedeutende Wissenschaftler und Philosophen in Häusern verkehrt, die von den berühmtesten Architekten ihrer Zeit, wie Adolf Loos oder Robert Oerley, erbaut worden waren. Und in einem dieser herrschaftlichen Mehrparteienhäuser residierten die Weißmanns.

»Eine Wohnung in einem solchen Haus kann man sich als Blogger leisten?«, sagte Vera, während sie die Stiege hinaufgingen. Der Lift hatte nach Betätigen des Druckknopfes nicht sofort seine Türen geöffnet, sodass Vera, gemäß ihrem Gelübde, die Stufen in Angriff genommen hatte.

»Abwarten, vielleicht ist die Wohnung ja nicht halb so prachtvoll wie das Äußere des Hauses.«

Doch Moritz sollte mit seiner Vermutung nicht recht behalten. Nachdem den beiden Ermittlern von Susanne Weißmann die Tür geöffnet worden war, fanden sich Vera und der Kommissar in einem riesigen Wohnzimmer wieder, zu dem eine ebenso riesige Wohnküche gehörte. Dort lud Armin Weißmann gerade einen Braten in eine große rechteckige Bratenform. Moritz schätzte die Größe des Raumes auf mindestens siebzig Quadratmeter, wenn nicht sogar mehr. Seine gesamte

Singlewohnung hätte im Wohnzimmer der Weißmanns bequem Platz gefunden, soviel stand für den Kommissar fest.

»Grüß Gott«, sagte Armin Weißmann kurz angebunden, aber nicht unfreundlich. Dann widmete er sich wieder dem Fleischhaufen.

»Was können wir denn für Sie tun?«, fragte Susanne Weißmann und geleitete die beiden Beamten vom LKA zum großen Esstisch, der unmittelbar an die Wohnküche anschloss. Vera kam sich neben Susanne Weißmann fast ein bisschen schäbig vor. Laut Angaben zu ihrer Person war Weißmann nur wenige Jahre jünger als die Chefinspektorin, die im Oktober neunzehnhundertachtundsechzig das Licht der Welt erblickt hatte. Doch Weißmann wirkte trotz ihrer leicht ergrauten Haare wesentlich dynamischer als die Chefinspektorin.

»Uns ist aufgefallen, dass Sie in der vergangenen Woche sowohl am Montag als auch am Freitag anwesend waren, als eine Person im Rahmen von so genannten Instameets ums Leben gekommen ist«, sagte Moritz.

»Ja, ich war beide Male dabei, am Freitag war der Armin auch dabei. Aber ich habe Ihren Kollegen doch bereits alles erzählt?«

Als sein Name gefallen war, sah der Gatte der Dame kurz von seinem Braten auf und sagte in betont freundlichem Ton »Jaja, so war das«. Anschließend galt seine Aufmerksamkeit wieder dem Übergießen des Bratens mit einer bräunlichen Sauce.

»Es sind noch einige Fragen aufgetaucht«, sagte Vera. »Wie kam es, dass Sie bei beiden Veranstaltungen dabei waren?«

»Ach, der Armi und ich«, in diesem Moment winkte Armin freundlich aus der Küche, »sind bei so vielen Veranstaltungen wie möglich dabei. Wir führen den Blog *Vienna365*, der über das aktuelle Geschehen in der Stadt berichtet. Deshalb macht es für uns natürlich Sinn, bei so vielen Veranstaltungen wie möglich dabei zu sein.«

»Also so was wie ein Veranstaltungskalender?«, fragte Vera.

»Ja, so in die Richtung. Nur, dass wir über viele Veranstaltungen auch berichten und uns generell als Newsportal für die Stadt verstehen. Wir sind quasi ein Dienstleister für die Community.«

»Also sind Sie öfter bei Instawalks dabei?«

»Ja, eigentlich bei fast allen.«

»Aber ich dachte, dass es Beschränkungen bei den Teilnehmerzahlen gibt. Wie kann es dann sein, dass Sie immer dabei sind?«

Nun lächelte Susanne Weißmann milde. »Der Armi und ich sind halt auf Zack«, sagte Weißmann. Zur Bestätigung kam aus der Küche ein fröhliches »Jaja, das sind wir«.

»Und davon können Sie leben?«, fragte Vera neugierig. »So eine Wohnung im achtzehnten Bezirk ist doch sicher nicht ganz billig.«

»Wenn man gut in dem ist, was man tut, kann man es in jeder Branche und in jedem Metier zu bescheidenem Wohlstand bringen«, antwortete Weißmann. »Und der Armi und ich verstehen unser Handwerk halt.«

»Huhu«, machte Armin in der Küche, nachdem er den Braten endlich in den Ofen verfrachtet hatte. Als Begleitung zu seinem *Huhu* winkte er mit der rechten Hand, die in einem Ofenhandschuh steckte, auf dem Moritz eine Abbildung von Micky Maus zu erkennen glaubte. Der Schutzhandschuh kam dem Kommissar riesig vor. Wenn die Hände des engagierten Kochs nur halb so groß waren wie die Umrisse des Handschuhs, musste es sich um ordentliche Pranken handeln, vermutete der Kommissar.

»Kannten Sie eines der beiden Opfer näher?«, fragte Vera.

»Wir haben uns immer wieder bei solchen Foto-Veranstaltungen getroffen«, sagte Weißmann. »Aber was heißt schon näher.«

Vera kam diese Antwort bekannt vor. Anscheinend entstanden nur selten tatsächlich enge Verbindungen durch die Kontakte, die in der Szene der Fotografen geknüpft wurden.

»Wir müssen überprüfen lassen, ob den anderen Zeugen etwas in Bezug auf die Weißmanns aufgefallen ist. Ich nehme an, dass das bei den ersten Befragungen so nicht überprüft worden ist«, sagte Vera zu Moritz, als sie das Haus in der Weimarer Straße verlassen hatten. Auf der anderen Straßenseite schob eine junge Mutter einen blauen Kinderwagen vor sich her. Moritz dachte an die vermeintlich schwangere Carola Bednar. Was sie wohl in der Szene erzählt hätte, wenn sich nach ihrem errechneten Geburtstermin alle Bekannten und Freunde gewundert hätten, wo denn das Kind geblieben war? Ob sie den Leuten tatsächlich die Geschichte mit der Fehlgeburt aufgetischt hätte? Gleichzeitig war der Kommissar froh, dass er sich nicht mit Kinderwägen, vollgekackten Windeln und derlei Dingen auseinandersetzen musste. Dafür würde in ein paar Jahren noch genug Zeit sein.
»Ja, ich sage Tepser Bescheid, sobald wir wieder im Büro sind.«

Vera musste in der Sebastian-Kneipp-Gasse höllisch aufpassen, dass sie nicht auf den über den ganzen Gehweg verstreuten Herbstblättern ausrutschte. Diese hatten über Wochen hinweg bei schönem Wetter ein herrlich farbenprächtiges Schauspiel an den Bäumen abgegeben, für das die Chefinspektorin in ihrer an eine Depression erinnernden Phase nach Luccas Tod jedoch keinen Sinn hatte. Die nun über den ganzen Gehsteig verteilten zertrampelten und zermatschten Blätter entsprachen ihrem Gemütszustand da schon wesentlich eher.

In Windeseile hatte sie anschließend ihre Mission an diesem Abend erfüllt und Kanarienvogel Djibouti in ihrem

Wohnzimmer gefüttert und mit frischem Wasser versorgt. Anschließend hatte sie rasch Unterwäsche, Pullover und Hosen zusammengesucht. Einen kurzen Moment hatte sie dann im Vorraum verharrt. Sollte sie vielleicht doch in der Wohnung bleiben und nach dem Tod von Lucca langsam wieder in ihren Alltag zurückfinden? Die hinter ihr ins Schloss fallende Wohnungstür und ihr fluchtartiger Abgang ins Stiegenhaus beantworteten diese Frage innerhalb weniger Sekunden.

Die Chefinspektorin ging ziellos die Vorgartenstraße entlang. In die Wohnung des zweiten Todesopfers, also ihren derzeitigen Wohnsitz, wollte sie noch nicht wieder zurückkehren. Ein bisschen frische Luft würde ihr guttun, dachte sich Vera. Dass sie sich einige Minuten später plötzlich im *Dezentral* wiederfand, stand für die Chefinspektorin dazu in keinem Widerspruch. Denn trotz des leicht verrauchten Raumklimas empfand sie die Luft in diesem Lokal am Ilgplatz immer noch als wesentlich besser und frischer als in ihrer Wohnung oder in den vier Wänden von Daniela Bucher im Hochhaus bei der U3-Station Simmering.

Die im Lokal befindlichen Tische waren an diesem Dienstagabend nur spärlich besetzt. Im Eckseparee in unmittelbarer Nähe zur Bar saß ein älterer Mann. An einem der runden, orangefarbenen Tische hockte ein händchenhaltendes Pärchen. Die angrenzende Wand war über und über mit Veranstaltungsplakaten beklebt. Daneben führte ein Gang zur Toilette, auch dort wimmelte es nur so von großformatigen Hinweisen auf Konzerte und andere Termine. Für diese hatte die Chefinspektorin in diesem Moment jedoch genauso wenig übrig wie für die Bühne, auf der ein einzelner Mann in einem dunkelblauen Jackett einsam einen Text verlas. Veras Augen konzentrierten sich einzig und allein auf den gemütlichen Ofen und das darin flackernde

Feuer. Wie lange hatte sie schon nicht mehr das Knistern von brennenden Holzbriketts gehört. Fasziniert nahm Vera an einem Tisch Platz, über dem das Logo eines norddeutschen Brauseunternehmens den – vorerst gescheiterten – Versuch der Gentrifizierung des Stuwerviertels verkündete.

Keine der anderen drei im Lokal sitzenden Personen wirkte so, als ob sie dem Mann auf der Bühne, der vor sich auf dem Tisch einen Stapel loser Blätter liegen hatte, große Beachtung schenkte. Vera hörte auch gar nicht so genau zu, was dieser Mann dort oben von sich gab. Sie konzentrierte sich einzig und allein auf das Lodern der Flammen im Ofen. Die Chefinspektorin saß mit ihrem Weißen Spritzer eine ganze Weile so da, als auf einmal ein junger Mann mit einer Gitarre das Lokal betrat. Er sah sich um, grüßte sowohl das turtelnde Pärchen als auch Vera und begab sich zur Bühne. Dort wechselte er einige Worte mit dem Vorleser, der sich nicht von der plötzlichen Anwesenheit des Mannes aus der Ruhe bringen zu lassen schien. Beide reichten einander schließlich die Hand. Der Gitarrist entledigte sich seines Mantels und betrat die Bühne. Er entnahm seinem Gitarrenkoffer, auf dem der Name Martin Mikulik zu lesen war, den Inhalt. Und als ob all das von vornherein abgesprochen gewesen war, begann der Musiker zu spielen, während sich der Vorleser entspannt in seinem Sessel zurücklehnte. Vera verstand nicht sofort den Text, den sie nun mit musikalischer Untermalung zu hören bekam. Bis irgendwann eine Passage kam, in der der Musiker »*Feel like a bird in a cage with an open door*« sang. Diese Liedzeile verstand Vera in ihrer aktuellen Situation nur allzu gut.

MITTWOCH, 16. NOVEMBER 2016

»Schon schlimm«, sagte Moritz vor sich hin. Noch war Vera nicht im Büro erschienen. Der Kommissar war gerade dabei, sich auf der Website einer österreichischen Tageszeitung durch die Nachrichten des Morgens zu scrollen. Dabei war er auf den Bericht über ein Video gestoßen, in dem zu sehen war, wie eine 15-Jährige verprügelt wurde. Ihre Peiniger hatten das Filmmaterial online auf *Facebook* veröffentlicht, was viel Kritik nach sich gezogen hatte. Sowohl an den dafür verantwortlichen gewalttätigen Jugendlichen als auch an *Facebook*, das sich weigerte, das Video zu löschen. Ein guter Grund mehr, nicht auf *Facebook* aktiv zu sein, dachte sich Moritz.

»Ich habe mir mal diese Website von den Weißmanns angeschaut«, sagte Moritz, als Vera kurze Zeit später das gemeinsame Büro betrat. Im Nu hatte er die Seite mit den Nachrichten weggeklickt. »Dort schalten ziemlich viele Firmen Werbung. Ein bisschen Geld werden sie damit also schon verdienen.«

Vera deponierte ihren Mantel an der Garderobe.

»Du siehst müde aus«, sagte Moritz.

Doch Vera ging gar nicht näher auf die Bemerkung ihres Kollegen ein. »Das heißt, finanzielle Motive können wir bei ihnen ausschließen.«

»Wahrscheinlich«, sagte Moritz und drehte sich in seinem Drehstuhl zu Vera um.

Seine direkte Vorgesetzte betrachtete an der Pinnwand die Fotos der Todesopfer sowie die Aufnahmen, die an den Tatorten gemacht worden waren.

»Ich werde in den nächsten Tagen Herrn Vunetich einen Besuch abstatten. Du weißt schon, der Kriminalpsychologe, der morgen von seinem Aufenthalt beim FBI in den USA zurückkehrt. Vielleicht erkennt der ja ein Muster in den beiden Taten. Oder etwas anderes, das uns weiterhilft.«

»Gute Idee«, gab Moritz Vera recht.

Danach umrundete die Chefinspektorin das Ensemble der beiden Schreibtische und setzte sich auf ihren Sessel. Die ausgeprägten Augenringe, die sich wie Furchen in ihre oberen Wangen pflügten, fielen Moritz auch an diesem Morgen auf.

»Hast du gut geschlafen?«, versuchte er, die Befindlichkeit der Chefinspektorin in Erfahrung zu bringen.

»Gut geschlafen habe ich das letzte Mal vor gefühlt einem halben Jahr«, antwortete Vera.

»Ich kann natürlich nicht nachempfinden, wie es dir genau geht. Als mein Hund, mit dem ich in Paderborn aufgewachsen bin, gestorben ist, war ich gerade beim Bund.«

Vera sah ihren Kollegen mit unwissendem Blick an. Dieser erkannte das Problem der Verständigung.

»Bei der Bundeswehr«, präzisierte er seine Aussage. »Aber sieh es doch mal so, du hast noch Djibouti, um den du dich kümmern musst. Und wer weiß, vielleicht nimmst du dir irgendwann mal einen neuen Hund?«

Wenngleich selbst Vera innerlich zugeben musste, dass sie derzeit ziemlich durcheinander war, wusste sie eines doch ganz genau. Einen neuen Hund würde es nach Lucca nicht mehr geben. Konnte es nicht geben. Lucca war einzigartig und nicht zu ersetzen.

»Hallo«, sagte Rauschebart Tepser und klopfte an die offen stehende Bürotür. »Darf ich?« Anschließend berichtete er von den Ergebnissen, nachdem er jeden der Zeugen nochmals mit besonderem Blick auf die Anwesenheit der Weißmanns bei den beiden Veranstaltungen befragt hatte. »Alles ziemlich widersprüchlich«, fasste er das Gesagte zusammen. »Aber Katinka Kärcher, ihr erinnert euch, die Juristin, die im Restaurant dabei war, die konnte sich zwar entsinnen, dass Susanne Weißmann bei dem Shooting in der Küche dabei war. An ihren Mann, diesen Armin, konnte sie sich aber nicht erinnern.«

»Konnte jemand von den anderen Zeugen etwas zu Armin Weißmann sagen?«, fragte Vera.

»Alle haben bestätigt, dass er am Beginn der Veranstaltung dabei war. Aber niemand hat sich bewusst an ihn während des Showcookings erinnern können.«

»Also genau zu dem Zeitpunkt, als Daniela Bucher im ersten Stock getötet wurde«, sagte Moritz.

»Ganz genau«, hauchte Tepser und vollführte dazu mit dem linken Arm eine Sägebewegung.

»Geh bitte, Tepser. Halloween ist schon vorbei, spar dir den Gruselauftritt«, sagte Vera und lachte.

»Wenigstens hat er dich zum Lachen gebracht«, stellte Moritz zufrieden fest. Und auch Rauschebart Tepser schien Veras Gefühlsregung zufriedenzustellen.

DONNERSTAG, 17. NOVEMBER 2016

»Einen ziemlich feinen Ausblick hat man von hier oben«, sagte Moritz fasziniert.

»Ist doch alles dunkel«, stellte Vera nüchtern fest.

Vor den beiden Ermittlern schlängelte sich der Donaukanal die Grenze zwischen dem ersten und zweiten Bezirk entlang. Die Donaukanal-Skyline der Leopoldstadt ragte an seinem linken Ufer empor. Von hier oben, von dieser verglasten Eventplattform im obersten Stockwerk des Gebäudes am Franz-Josef-Kai, sah die Hochhaussilhouette ganz anders aus. »Wie sich die Stadt aus unterschiedlichen Blickwinkeln doch so unterschiedlich darstellen kann«, versuchte er Vera das Besondere dieses Panoramablicks näherzubringen.

»Das macht ja den Reiz des Fotografierens aus«, sagte plötzlich eine andere, ihm wohlvertraute Stimme hinter ihm.

Der Kommissar hatte gar nicht bemerkt, dass sich Denise genähert hatte. Die hübsche Polizistin vom Inspektorat in der Ausstellungsstraße lächelte Moritz an. Dieser musste sich zurückhalten, sich nicht in einer spontanen Reaktion hinunterzubeugen und sie zu küssen. Stattdessen beließ er es bei einem »Hallo« und lächelte zurück. Für einen kurzen Augenblick vergaß Moritz den ganzen Trubel um ihn herum, es gab nur Denise und den atemberaubenden Ausblick auf das vor ihnen liegende funkelnde Häusermeer in der ansonsten dunklen Stadt.

»Ah, hallo, Sie sind auch hier?«, begrüßte Vera die Frau an Moritz' Seite.

»Guten Abend«, sagte Denise. »Ja, aber nicht dienstlich. Die Veranstaltung hat mich einfach interessiert.«

Moritz, dem die Ménage-à-trois mit Vera und Denise sichtlich unangenehm war, blickte nervös zwischen beiden Frauen hin und her.

»Sie sind auch auf diesem *Instagram*, gell?«, fragte Vera.

»Ja. Heutzutage ist ja ohnehin fast jeder dort«, antwortete Denise.

»Da haben Sie recht«, sagte Vera und biss in eines der mit Lachsaufstrich verzierten Brötchen. »Sogar mein Hund Lucca war auf *Instagram*. Jetzt ist er tot«, fuhr Vera fort und steckte sich den Rest ihres Brötchens in den noch halb gefüllten Mund.

Denise sah Moritz an. Sie wusste sichtlich nicht, wie sie mit dieser Information umgehen sollte. »Das tut mir leid«, sagte sie schließlich.

»Muss Ihnen nicht leidtun, Sie können ja nichts dafür«, sagte Vera. »Oder?«

»Wollen wir uns vielleicht schon mal einen Platz suchen?«, versuchte Moritz, die etwas befremdliche Unterhaltung mit einer unverbindlichen Frage zu beenden. »Es sind ja ganz schön viele Besucher hier. Nicht, dass wir am Ende noch stehen müssen«, sagte der Kommissar und rang sich zu einem gequälten Lächeln durch.

Denise ergriff die sich bietende Fluchtmöglichkeit nur zu gerne und hängte sich mit ihrem Arm bei Moritz ein.

»Darf ich bitten«, sagte Moritz, begleitet von einer einladenden Armbewegung.

»Jaja, geht's mal ruhig vor«, schickte Vera den beiden hinterher.

Wenige Minuten später wurde die Veranstaltung von einem auf jugendlich machenden älteren Herrn eröffnet. Gekleidet in lässige Jeans und einen sehr großzügig sitzenden weißen Kapuzenpullover, begrüßte er das Publikum zum unter dem Titel *Gefahren im Internet* stehenden Diskussionsabend. Anschließend stellte er die drei Gäste auf dem Podium vor. Anwesend waren eine Frau in einem roten Kostüm, die als Cyberexpertin vorgestellt wurde, sowie der Mediensprecher einer der beiden Regierungsparteien. Und, last but not least, vom Pullover-Begrüßungskomitee als *Stargast* angekündigt, saß auch Friedrich Koblischke auf dem Podium. Es war das erste Mal, dass Moritz ihn in real sah. Vera hatte ihn am Samstag zuvor bereits bei dem Gespräch in seinem Büro in der Alserbachstraße kennengelernt. Nun bestätigte sich dem Kommissar ihre Beschreibung eines gutmütigen TV-Onkels mit Lockenpracht und Fliege. Geleitet wurde die Podiumsdiskussion von einem Journalisten der *Tagespost*.

Drehte sich die ursprüngliche inhaltliche Intention des Abends um Begriffe wie Cyberkriminalität, Hackerangriffe und Virenscanner, hatte die Veranstaltung durch die beiden Morde in der *Instagram*-Szene einen anderen inhaltlichen Schwung erhalten.

»Deine Chefin tut mir echt leid«, flüsterte Denise, im Anschluss an die Vorstellungsrunde, dem neben ihr sitzenden Moritz ins Ohr.

Der Kommissar sah sich möglichst unauffällig im Saal um. »Mir auch«, sagte er, nachdem er Vera am anderen Ende des Raumes stehend und somit außer Hörweite entdeckt hatte.

Super unauffällig, dachte sich Vera. Wenn Moritz seine Observationseinsätze genauso durchführte, wie er nun auf der Suche nach ihr seinen Teleskop-Kopf im Saal herumgedreht hatte, würde sie ihn bei Überwachungen wohl in Zukunft nicht mehr einsetzen. Wahrscheinlich hatte seine kleine Freundin ihm kurz zuvor etwas über mich ins Ohr geflüstert, schlussfolgerte Vera. In der Regel war es der Chefinspektorin egal, was Streifenpolizisten von ihr hielten. Ganz und gar nicht egal war es ihr jedoch, wenn dieses spezielle Exemplar ihrem Moritz einen Floh ins Ohr setzte.

Die Chefinspektorin hätte sich in diesem Moment lieber mit den Inhalten der Diskussion auf dem Podium abgelenkt. Doch die Teilnehmer drückten sich allesamt in ähnlich verschwurbelten Sätzen aus, wie es Friedrich Koblischke bei der Unterhaltung am Samstag zuvor zelebriert hatte. Das machte es Vera schwer, die Konzentration zu halten. Ein Problem, mit dem jedoch nicht nur die Chefinspektorin zu kämpfen hatte, wie sie bei einem Rundblick durch den Saal feststellen konnte. Lediglich Susanne Weißmann, die in der ersten Reihe saß und immer wieder eifrig Fotos knipste, schien die Diskussion anregend zu finden. Rechts neben ihr glaubte Vera, den Weißmann'schen Ehemann Armin zu erkennen.

Die Zeit verging mehr schlecht als recht und am Ende der Diskussion wurde es dann tatsächlich nochmal interessant. Zumindest für Vera. Denn der Mediensprecher der Regierungspartei brachte ein Positivbeispiel für die Nutzung von sozialen Medien, wie er sie sich wünschen würde. Er erzählte von einem Labrador, dessen Leben von seiner Besitzerin auf *Instagram* dokumentiert wurde. »Da macht es einfach Spaß zuzuschauen, was das drollige Hundsi so den ganzen Tag treibt«, schloss er seine Ausführungen mit einem Lachen. Es war das erste Mal, dass Vera in den Applaus des übrigen Publikums einstimmte. Wehmütig dachte sie einmal mehr an Lucca und den *Instagram*-Account, den ihre Nichte Sandra für den Golden Retriever angelegt hatte.

»Wenn nur alle Aktivitäten in sozialen Medien so friedlich und süß wären«, fasste der Moderator des Abends die Wortmeldung zusammen. Und gerade, als er zu seiner Verabschiedung ansetzen wollte, meldete sich nochmal Friedrich Koblischke zu Wort.

»Präsentieren Sie etwa auch einen Hund auf *Instagram*?«, fragte der Moderator neugierig. »Oder vielleicht eine Katze?«

Koblischke lächelte gutmütig. »Mitnichten«, erklärte er sodann und blickte ins Auditorium. »Aber vielleicht interessiert es Sie und das Publikum ja, dass der Instamörder heute unter uns ist. In diesem Saal!«

Vera sah Koblischke verblüfft an. Der Blitz von Susanne Weißmanns Fotoapparat flimmerte hektisch vor ihm auf. Dann wanderte Veras Blick zu Moritz. Dieser sah zu seiner neben ihm sitzenden weiblichen Begleitung.

FREITAG, 18. NOVEMBER 2016

»Was hätten wir denn tun sollen? Das gesamte Publikum festnehmen und verhören, nur weil sich der Koblischke für ein paar Sekunden im Glanz der Aufmerksamkeit sonnen will?«, fragte Vera in die Runde.

»Das weiß ich auch nicht«, giftete Andrea Zelinka die Chefinspektorin an. »Aber alles besser, als einfach nichts zu tun. Das weiß doch jedes Kind!«

Die Leiterin des Ermittlungsbereichs 11 des LKA klimperte heftiger als sonst mit ihrem Löffel gegen die vor ihr stehende Teetasse. Mit Andrea Zelinka war an diesem Tag definitiv nicht gut Kirschen essen. Jugendforscher Koblischke hatte am Vorabend im Rahmen einer Veranstaltung verkündet, dass der Instamörder unter den anwesenden Besuchern sei. Als Vera und Moritz sich durch die aufgebrachte Menge zur Bühne des Saals vorgekämpft hatten, war vom Jugendforscher schon keine Spur mehr gewesen. Sein Auftritt hatte aber dafür gesorgt, dass alle Tageszeitungen an diesem Morgen den Instamörder auf ihr Cover gehievt hatten. Natürlich zusammen mit einem Foto von Koblischke, der sich über die unbezahlbare PR in eigener Sache gefreut haben dürfte.

»Es waren mindestens zweihundert Menschen anwesend und wir waren nur zu zweit. Wie hätten wir allein schon sicherstellen sollen, dass sich nicht jemand ungefragt aus dem Staub macht?«, sprang Moritz der Chefinspektorin zur Seite.

»Zumindest die Personalien hätten Sie ja wohl aufnehmen können«, antwortete Zelinka dem Kommissar.

»Damit wir von dir eine auf den Deckel bekommen, wenn wir den Herrn Politiker auf dem Podium um seine Ausweisdaten bitten?«, fiel Vera Zelinka fast ins Wort und schob ein höhnisches Gelächter hinterher. »Du wärst die Erste gewesen, die uns zur Sau macht, wenn der Polit-Heinzi sich bei Landespolizeivizepräsident Fockhy über uns beschwert!«

»Vera, du bist doch keine Anfängerin! Von diesem Herrn hättet ihr natürlich selbstverständlich keinen Ausweis verlangen müssen. Auch der Herr Koblischke und der Moderator von der *Tagespost* sind natürlich über jeden Verdacht erhaben. Muss ich dir denn wirklich erklären, wie du deine Arbeit zu tun hast?«, geiferte Zelinka.

»Nein, denn das wurde mir auf der Polizeischule erklärt. Von jemandem, der sein Handwerk versteht. Außerdem wüsste ich nicht, was ich mir von dir erklären lassen sollte.«

»Ich glaube, dass hier niemand etwas lernen muss. Und dass wir alle unseren Job gut machen«, versuchte Moritz schlichtend einzugreifen. Niemandem war damit gedient, dass Zelinka und Vera sich andauernd in die Haare gerieten. Am wenigsten den Ermittlungen rund um den Instamörder. Rauschebart Tepser und Hipster Franz dankten Moritz für seinen Einsatz in Form eines zustimmenden Nickens.

»Wie wäre es, wenn wir uns die Teilnehmerliste von gestern organisieren und die Namen durchgehen. Vielleicht fällt uns jemand auf, der uns auch schon zuvor bei den Ermittlungen untergekommen ist?«, machte Moritz einen Vorschlag zur Versöhnung.

»Das ist ein guter Ansatz, Ritter«, bekam der Kommissar unerwartetes Lob von Zelinka. »So machen Sie das. Und Sie unterrichten mich sofort darüber, wenn Ihnen jemand ins Radar gegangen ist!«

»Wird gemacht«, sagte Moritz. Er hatte das Gefühl, dass Zelinka tatsächlich eine Meldung von ihm persönlich wünschte. Der Kontakt mit Vera schien ihr in der aktuellen Situation wohl zu explosiv.

»Ist die Cleo mittlerweile eigentlich aufgetaucht?«, fragte Rauschebart Tepser. Mit diesem Themenwechsel erhoffte er sich wohl, das Gespräch in eine friedvollere Richtung bugsieren zu können.

»Nein, keine Spur von ihr«, erklärte Zelinka mit bitterer Stimme. »Wir können nur noch hoffen und beten.«

In diesem Moment erhob sich Vera von ihrem Platz. »Mit den wichtigen Angelegenheiten sind wir dann wohl für heute fertig«, erklärte sie und verließ den Raum.

Die gelben Haltegriffe tanzten im Rhythmus, der der U-Bahn von den Schienen vorgegeben wurde. Moritz warf einen letzten Blick auf die Baustelle des Messecarrees. Dieses wuchs dort, wo die Ausstellungs- in die Vorgartenstraße mündete, jede Woche um einige Meter in die Höhe.

Vera hatte sich nach der Auseinandersetzung mit Andrea Zelinka bewusst für die U-Bahn entschieden, um zum Büro des Jugendforschers Friedrich Koblischke zu fahren. Ein bisschen Bewegung, so hatte sie zu Moritz gesagt, würde ihr ganz gut tun. Auch wenn die einzige Bewegung, die im Inneren des silbernen Waggons der neuesten U-Bahn-Generation von den im Takt schwingenden gelben Haltegriffen ausging. Vera saß still auf ihrem roten Sitz, der Platz neben ihr blieb frei. Die Aura der Chefinspektorin schien auf die übrigen Fahrgäste der U-Bahn nicht sehr einladend zu wirken. Moritz saß ihr gegenüber und beobachtete durch das Fenster die Menschen, die in der Station Messe/Prater auf die U-Bahn warteten. Dasselbe Bild bot sich ihm nach dem Wechsel in die U4 in der Station Schottenring, dort, wo zwei Jahre zuvor die Dreharbeiten für *Mission Impossible 5* stattgefunden hatten. Inklusive Schnittfehler, denn die US-amerikanischen Filmemacher brachten alte und neue U-Bahn-Garnituren durcheinander. Moritz hatte online darüber gelesen und musste jedes Mal daran denken, wenn er in der Station Schottenring unterwegs war.

Der Aufzug im Gebäude, in dem Friedrich Koblischke tätig war, wartete im Erdgeschoss. Selbst die Haustechnik schien geahnt zu haben, dass in Kürze eine mies gelaunte Vera Rosen das Haus betreten würde. Das Erklimmen des dritten Stocks über die Stiege wollte ihr das Gebäude ersparen.

Koblischke empfing die beiden Ermittler auch an diesem Tag mit einer einladenden Arm- und Körperhaltung am Eingang des Büros. Vera und Moritz traten ein und folgten dem Hausherrn anschließend durch jenen Gang, an dessen Wänden die Fotos der Institutsangestellten auf ihren öffentlichen Veranstaltungen zu sehen waren. Beim Betreten des Büros von Koblischke fiel Vera auf, dass jenes Foto, das bei ihrem letzten Besuch neben der Tür gehangen hatte, in der Zwischenzeit ausgetauscht worden war. Nun haftete in dem schwarzen Bilderrahmen ein Bild der Veranstaltung vom Tag zuvor. Darauf waren Koblischke und der Moderator von der *Tagespost* zu sehen. Der Moderator mit überraschtem Gesichtsausdruck, Koblischke mit seinem einnehmenden Lächeln. Es musste unmittelbar nach der Aussage Koblischkes aufgenommen worden sein, wonach sich der Instamörder an jenem Abend angeblich im Publikum befand. Vom Winkel her konnte es eines jener Fotos gewesen sein, die Susanne Weißmann aus der ersten Reihe aufgenommen hatte. Vera warf ihrem Kollegen einen vielsagenden Blick zu, nachdem auch dieser das Bild entdeckt hatte.

»Ich kann mir schon vorstellen, warum Sie gekommen sind«, sagte Koblischke, nachdem er sich an seinen Schreibtisch gesetzt hatte. »Aber beeilen Sie sich bitte, ich muss nachher noch heim nach Niederösterreich. Meiner Mutter geht's nicht gut.«

»An uns soll das nicht scheitern. Warum sind Sie gestern so übereilt von der Diskussionsveranstaltung verschwunden?«, fragte Vera, nachdem sie in einem der roten Puffsessel Platz genommen hatte.

Moritz musterte staunend die übervollen Bücherregale in Koblischkes Büro sowie die darin nach Farben sortierten Aktenordner. Die roten Ordner markierten den Beginn ganz links, es folgten Orange, Gelb und Grün, bis hin zu Blau in der äußersten rechten Ecke hinter Koblischkes Schreibtisch.

»Sie müssen sich meine Situation vorstellen!«, sagte der Jugendforscher ganz erregt. Seine Fliege saß an diesem Tag nicht ganz so akkurat wie bei Veras erstem Zusammentreffen mit Koblischke in dessen Büro. »Alle Reporter haben sich sofort auf mich gestürzt, ich musste Reißaus nehmen.«

»Aber zum Glück blieb noch Zeit für ein Foto mit dem Reporter der *Tagespost*«, spielte Vera auf das neben dem Eingang zu seinem Büro hängende Bild an.

»Das entstand vor der Veranstaltung«, merkte der Forscher an.

»Können Sie uns denn sagen, welche der gestern anwesenden Personen Ihrer Meinung nach der Instamörder sein soll?«

»Aber selbstverständlich kann ich das. Das kann jeder Mensch, der sich mit der Ursache von Wirkung und Gegenwirkung, von Aktion und Reaktion, auseinandersetzt.« Koblischke wartete mit seiner weiteren Ausführung, bis er auch Moritz' ungeteilte Aufmerksamkeit hatte. Als dieser seinen Blick von den Ordnern weg und hin zum Forscher bewegte, fuhr dieser mit seiner Erklärung fort. »Ich wusste, dass das eine polarisierende Aussage ist, die für Aufsehen sorgen würde. Und genau das war auch mein Ziel. Aufmerksamkeit! Aufmerksamkeit für zwei ungeheuerliche Morde, die in aller Öffentlichkeit einfach so geschehen konnten. In Wien, einer der sichersten Großstädte Europas. Wir alle haben einen Anteil daran, dass diese beiden unfassbaren Taten geschehen konnten.«

Moritz war sich nicht sicher, wie Koblischke das gemeint hatte. Inwiefern sollte sich der Kommissar an den Morden an Carola Bednar und Daniela Bucher mitschuldig gemacht haben?

»Was wollen Sie uns damit in Bezug auf den Täter sagen, Herr Koblischke?«, fragte Vera.

»Das habe ich doch soeben in aller Deutlichkeit gesagt. Wir alle sind schuld an den Geschehnissen! Wir alle mit unserem Medienverhalten, mit unserem Haschen nach Aufmerksamkeit, mit unserem idiotischen Interesse am Privatleben anderer, das erst dazu führt, dass diese Menschen einen Status erreichen, der sie als Opfer für andere Menschen attraktiv erscheinen lässt. Verstehen Sie? Ich habe meine Aussage als Metapher zum Ausdruck gebracht. Wir alle, mit unserer Zurschaustellung unseres privaten Daseins und der paparazziartigen Neugier am Leben anderer sind mitschuldig. Sie genauso wie ich und jeder andere Mensch im Publikum.«

»Herr Koblischke, es ist nicht unsere Aufgabe, mit Ihnen einen philosophischen Dialog über den höheren Sinn von neuen Medien und ihren Nutzern zu führen«, sagte Vera. »Unser Job ist es, einen Mörder zu finden. Und in dieser Hinsicht frage ich Sie nun noch mal ganz deutlich. Haben

Sie einen konkreten Hinweis auf den Täter für uns oder nicht?«

»Natürlich nicht«, sagte Koblischke und schüttelte dabei seinen Kopf. »Woher sollte ich einen solchen Hinweis auch haben?«

»Der ist doch nur geil auf Aufmerksamkeit«, sagte Vera zu Moritz, als beide wieder die Alserbachstraße entlang gingen. »Wie schnell er das Foto von der gestrigen Veranstaltung bei sich in den Gang gehängt hat. Der Mann scheint nicht viel Arbeit zu haben«, ereiferte sich die Chefinspektorin. Eine an ihnen vorbeifahrende Garnitur der Straßenbahnlinie 5 zeigte ihnen den Weg in Richtung Friedensbrücke. Es war eine der schönen alten roten Hochflurgarnituren, von denen die letzten Exemplare innerhalb der kommenden Jahre außer Dienst gestellt werden sollten.

»Ich habe Hunger«, sagte Moritz schließlich. »Magst du auch was essen?«

»Nicht wirklich«, antwortete Vera.

»Dann gehe ich schnell dort hinten zu *McDoof* und hole mir was.«

»Mach das. Ich fahre dann schon mal vor in die *Backstube*, den Geruch von diesem Fastfood halte ich nämlich nicht aus«, sagte Vera und verabschiedete sich von ihrem Kollegen.

Diesem war das ganz und gar nicht unrecht. Er sah seiner Chefin einige Sekunden hinterher, wie sie die Alserbachstraße entlang ging. Dann schlug er die entgegengesetzte Richtung ein. Kurz darauf stand er vor dem silbernen Glaskoloss namens Franz-Josefs-Bahnhof, in dessen Bauch sich auch eine Filiale der Fastfoodkette befand. Und wenn er schon mal hier war, konnte er auch gleich ein paar Fotos für seinen *Instagram*-Account machen.

»Ich habe hier diesen Aurelio Przemysl sitzen, er will zu euch«, sagte die Empfangsdame zu Moritz am Telefon. Der Kommissar war kurz zuvor erst wieder von seiner verlängerten Mittagspause in die *Backstube* zurückgekehrt.

»Wir kommen runter«, antwortete Moritz.

»Was will der denn?«, fragte er seine Kollegin auf dem Weg nach unten.

»Vielleicht ein Geständnis ablegen?«, erwiderte Vera.

»Hast du ihn gestern bei der Veranstaltung gesehen?«, fragte Moritz.

»Nein, mir wäre er nicht aufgefallen. Und dass dir außer deiner Denise niemand anderes aufgefallen ist, verwundert mich auch nicht.«

»Dann kann er laut Koblischke schon mal nicht der Täter sein«, kombinierte Moritz und beschloss, nicht näher auf Veras Bemerkung einzugehen. »Apropos gestrige Anwesende, die Weißmanns in der ersten Reihe sind mir durchaus aufgefallen.«

Przemysl erwartete die beiden Polizisten am Empfangsdesk in der Lobby der zweistöckigen *Backstube*. Auf ihrem Weg über die Galerie und die freischwebende Treppe wurden Vera und Moritz von ihm mit Argusaugen beobachtet. Sieht nicht aus wie jemand, der Tabula rasa machen will, dachte sich Moritz auf den letzten Stufen der Treppe.

Przemysl hielt den beiden Ermittlern ein weißes Stoffsackerl entgegen. »Das ist mein blauer Pullover, den Sie haben wollten«, sagte er. »Außerdem haben wir schon wieder ein neues Foto vom mutmaßlichen Täter zugeschickt bekommen«, fuhr er fort, noch bevor Vera und Moritz ihn begrüßt hatten.

Beide führten ihn ins nebenan befindliche Besprechungszimmer. Auf dem ovalen Tisch verteilt standen eine halbvolle Flasche Mineralwasser und drei Gläser. In einem der Gläser wartete ein letzter Rest Flüssigkeit darauf, konsumiert zu werden.

»Dann zeigen Sie mal her«, sagte Vera und nahm das Foto von Przemysl entgegen.

»Wollen Sie etwas zu trinken?«, fragte Moritz.

Als Przemysl diese Frage bejahte, ärgerte sich der Kommissar, denn jetzt musste er noch mal aufstehen und frische Gläser organisieren.

»Von derselben Absenderadresse?«, fragte Vera.

»Nein, aber es war ja schon zuvor immer wieder eine neue E-Mail-Adresse, von der aus das Foto an uns geschickt wurde.«

»Hat der Absender etwas dazu geschrieben?«

»Ja«, sagte der großgewachsene Mann mit den pechschwarzen Haaren. »Es wird wieder passieren«, las er laut von einem Stück Papier vor und reichte dieses anschließend zu Vera hinüber.

»Es wird wieder passieren«, wiederholte Vera den Satz.

»Das ist aus dem *Marienhof*«, sagte Moritz, als er mit frischen Gläsern erneut den Raum betrat.

Przemysl und Vera sahen ihn gleichermaßen verdutzt an.

»So ähnlich heißt es doch auch in der Titelmelodie der Fernsehserie«, erläuterte Moritz das zuvor Gesagte. Ohne damit wesentlich zur Aufhellung beigetragen zu haben, wie er an den Gesichtsausdrücken der beiden am Tisch sitzenden Personen feststellen konnte. »Das war so eine Vorabendserie im deutschen Fernsehen, die meine Mutter sich früher immer angesehen hat.«

»Aha«, sagte Vera. »Weder die Serie noch deine Mutter haben aber wahrscheinlich etwas mit unserem Fall zu tun, oder?«, vergewisserte sie sich.

»Wahrscheinlich nicht«, sagte Moritz und nahm wieder neben der Chefinspektorin Platz.

»Gut«, sagte diese.

Vera kam der Bildausschnitt auf dem Foto irgendwie bekannt vor. Zu sehen war eine Art Lampe, deren Leuchtkörper aus weißen und blauen LED-Röhren zu bestehen schien. Sie reichte Foto und Begleitsatz an Moritz weiter.

»Sagt Ihnen der Fotoausschnitt dieses Mal etwas?«, fragte Vera.

»Nein, keine Ahnung.«

Gemeinsam beschloss man, erneut die heimische *Instagram*-Community um Hilfe zu bitten. Keine zehn Minuten, nachdem *Igersaustria* das Foto gepostet hatte, trudelte auch bereits der erste Hinweis auf Moritz' Handy ein. Ein User namens @luisharmer teilte dem Kommissar via Direct-Message-Funktion der *Instagram*-App mit, dass sich besagte Lampe im Foyer der Halle D der Messe Wien befinde.

»Finden am Wochenende Veranstaltungen in der Messe statt?«, fragte Vera ihren Kollegen.

»Die *Comic Con*«, antwortete Aurelio Przemysl ungefragt. »Wir sind dort auch vertreten, mit Hashtagprinter und allem drum und dran.«

Moritz hatte den Begriff *Comic Con* schon mal gehört. Dabei handelte es sich um die Abkürzung für eine Comic Convention, ein Treffen von Comic- und Cosplay-Fans, das sich in den vergangenen Jahren immer größerer Beliebtheit erfreute. Was jedoch ein Hashtagprinter war, das wusste auch Moritz nicht zu beantworten.

»Würde ein toter Comic-Fan zu den beiden vorigen Morden passen?«, dachte Vera laut vor sich hin.

»Auf *Instagram* finden sich genug Leute, die ihre Verwandlungskünste gerne in Szene setzen«, sagte Moritz. »Aus der schüchternen Nachbarin von nebenan wird dann auf einmal Supergirl. Und wenn die Instagrammer vor Ort sind, würde das ja auch ins Schema unseres Täters passen.«

Während Moritz sich darüber Gedanken machte, was ein Hashtagprinter zu tun pflegte, stand für Vera eine ganz andere Frage im Raum: Wie sollte es den Ermittlern gelingen, eine riesige Menschenmenge auf dem Wiener Messegelände zu schützen?

»Wir müssen uns die Bänder der Videoüberwachung vom Messegelände organisieren. Vielleicht wurde unser Fotograf ja dabei gefilmt, wie er dieses Bild aufgenommen hat. Und du sagst Tepser und Purck Bescheid, dass sie sich am Wochenende lieber nichts vornehmen sollen«, sagte die Chefinspektorin, nachdem sie Aurelio Przemysl verabschiedet hatten.

Die Chefinspektorin konnte nicht behaupten, dass sie sehr viel von Kriminalpsychologen hielt. In ihren Augen handelte es sich dabei um Dampfplauderer, die mit Alles-kann-aber-nichts-muss-Behauptungen dafür Sorge trugen, dass sie stets im Mittelpunkt standen und Gehör fanden. Für sie gehörte Thomas Vunetich mit seinem gesamten Metier in dieselbe Schublade wie jene Wahrsager, die Andrea Zelinka bei der Suche nach Chihuahua-Hündin Cleo konsultierte. Auf der anderen Seite, was sollte schon groß passieren? Moritz und sie kamen bei den Ermittlungen ohnehin nicht wirklich weiter, vielleicht ergab sich ja doch ein neuer Blickwinkel.

Thomas Vunetich residierte mit seinem Institut für Kriminalpsychologie, dem er praktischerweise auch selbst vorstand, in der Währinger Straße, nicht weit entfernt von der Votivkirche. Die langgezogene Einfahrt des Gebäudes, gleich gegenüber dem Votivkino, war mit ihren goldenen Kronleuchtern und den rot-weiß getäfelten Wänden prachtvoller ausgestattet als so manche Wohnung, in der Menschen hausten, dachte sich Vera. Ein Prunk, der ihr grundsätzlich zuwider war und der ihr Vunetich nicht sympathischer machte. Auch wenn dieser für die Gestaltung des Hauses im ausgehenden neunzehnten Jahrhundert wohl nicht verantwortlich gemacht werden konnte. Dass er sein privates Institut jedoch hier in diesem Haus untergebracht hatte, reichte Vera voll und ganz, um sich in ihren Vorurteilen gegenüber diesem Ermittlungswahrsager bestätigt zu fühlen. Das Gebäude dagegen konnte bei der Chefinspektorin punkten, da der Aufzug bereits im Erdgeschoss auf sie wartete. Verzückt stellte Vera fest, dass die Liftkabine sogar über eine kleine eingebaute Bank aus Holz verfügte. Auch wenn es nur zwei Etagen bis zum Institut waren, erlaubte sich die Chefinspektorin den Spaß und nahm bequem Platz, während sie vom Aufzug hinauf transportiert wurde.

Im Gegensatz zum Jugendforscher Koblischke, der seine Gäste stets persönlich an der Tür abzuholen schien, musste Vera vor der braunen Doppelflügeltür des Instituts für Kriminalpsychologie ein weiteres Mal läuten, bis ihr ein Summton das Öffnen der Tür signalisierte. Eine Sekretärin geleitete die Chefinspektorin in weiterer Folge zum Ende des Ganges, wo sich das Büro des Hausherrn befand.

»Die Dame vom Landeskriminalamt«, stellte die Frau mit der Hochsteckfrisur und der weißen Bluse Vera ordnungsgemäß vor.

»Treten Sie ein«, sagte Vunetich, erhob sich von seinem Sessel und ging auf Vera zu. »Habe mir gedacht, dass Sie kommen werden. Der Instamörder, stimmt's?«

Dreizehn Wörter, aufgeteilt auf drei Sätze. Langatmige Ausführungen à la Koblischke waren Vunetichs Sache nicht, stellte Vera erfreut fest. Der Kriminalpsychologe holte einen blauen Ordner von seinem Schreibtisch und platzierte sich gegenüber von Vera in einem Sessel der Sitzgruppe.

»Notizen und Gedanken«, sagte er beiläufig, »zu Ihrem Fall.«

Auch wenn sich Vunetich anscheinend schon mit allen Details der Ermittlungen vertraut gemacht hatte, brachte Vera ihn trotzdem auf den aktuellen Stand.

»Wir wissen also noch gar nicht, ob es ein Serienmörder ist?«, fragte Vunetich verwundert.

»Das ist wohl eine Definitionsfrage«, erwiderte Vera. »Wir haben zwei Morde, die womöglich von derselben Person vorab angekündigt worden sind.«

»Die Fotos«, sagte Vunetich kurz und knapp.

»Ja«, bestätigte Vera ebenso knapp. »Und vorhin wurde uns bereits ein drittes Foto zugespielt, das mit der Messe Wien einen weiteren Tatort zeigen könnte.«

»Fix, dass diese vom selben Absender sind?«

»Nein, aber wir gehen mit hoher Wahrscheinlichkeit davon aus.«

»Auffälligkeiten beim Tathergang?«

»Nein, zweimal ein komplett unterschiedlicher Tötungsvorgang. Opfer Nummer eins wurde erwürgt. Opfer Zwei wurde betäubt und verblutete anschließend aufgrund des abgetrennten Armes.«

»Beide Opfer wurden nach der Tat in Szene gesetzt, oder?«

»Ja, bei beiden Opfern gehen wir aufgrund vorhandener Hämatome davon aus, dass der Täter sie in eine Haltung versetzt hat, die er als sinnvoll empfand.«

»Die Auffindesituation entsprach einer für die Person typischen Haltung oder Handlung?«

»Ganz genau«, sagte Vera. »Beide Frauen wurden in für sie üblichen Situationen vorgefunden, die sie immer wieder im Rahmen ihrer Aktivitäten auf ihren Blogs oder auf *Instagram* gewählt haben.«

»Wie lautet Ihre Theorie?«, fragte Vunetich die Ermittlerin.

»Der Täter oder die Täterin kennt die Opfer aus der *Instagram*-Szene, die er oder sie ganz offensichtlich verachtet. Die Opfer stehen stellvertretend für das, was solche Blogger ausmacht.«

»Hat er ein Muster?«

»Bis auf die Tätigkeit als Bloggerin und Instagrammerin haben wir bis jetzt keine Verbindung zwischen den Opfern finden können«, antwortete Vera. »Außer, dass beide Opfer weiblich sind. Ihr Kollege Friedrich Koblischke würde auf ein Motiv mit Beziehungshintergrund tippen.«

»Der Koblischke«, sagte Vunetich und lächelte. Anschließend hielt er für einige Sekunden inne. »Das Muster Ihres Täters ist, dass er außer dem Social-Media-Konnex keinem Muster folgt. Er will der Polizei unter Beweis stellen, dass er ihr überlegen ist. Deshalb die Fotos. In ihm schwelt schon lange eine Wut. Er hat sich alles sehr genau überlegt. Er hat einen Plan. Und er weiß schon jetzt, wen und wie viele es treffen wird.«

»Sie sprechen durchgängig nur in der männlichen Form. Mit Absicht?«, fragte Vera.

»Das Absägen eines Armes ist kraftaufwendig. Ebenso das Erwürgen. Das erste Opfer hat sich gewehrt. Ich tippe daher auf einen Mann. Einen Mann, der etwas, das vor langer Zeit geschehen ist, nicht verarbeitet hat. Etwas, das ihn so arg getroffen hat, dass er zu solchen Taten fähig ist.«

»Und warum schickt er uns die Fotos vorab?«

»Er weiß, dass er Unrecht tut. Und hofft insgeheim, dass Sie ihn vor weiteren Taten beschützen.«

»Ist das nicht widersprüchlich? Jemand plant einen Mord, hofft aber gleichzeitig darauf, dass die Polizei ihn abhält.«

»Das ganze Leben ist ein einziger Widerspruch«, sagte Vunetich und grinste.

Es ging also um einen Mann, dachte sich Vera, während sie mit dem Auto zurück in die *Backstube* fuhr. Ihre Gedanken wanderten zu Aurelio Przemysl und Armin Weißmann, den freundlich grüßenden Koch. Die Chefinspektorin musste grinsen, als sie sich vorstellte, wie dieser mit seinen Micky-Maus-Kochhandschuhen versuchte, eine andere Person umzubringen. Wobei in ihren Augen auch nichts gegen die Täterschaft einer durchtrainierten Frau sprach. Vera war schon in so viele Ermittlungen verwickelt gewesen, in denen sie zu Beginn niemals vermutet hätte, dass eine Person mit scheinbar perfekter Fassade zu einer grausamen Tat fähig gewesen sein konnte. Um zu dieser Feststellung zu gelangen, reichte bereits ein Blick in die Familiengeschichte der von Rosens. Eine Familiengeschichte, von der Vera eigentlich nicht den Hauch einer Ahnung hatte. Im Gegensatz zu Anton Lumpert.

SAMSTAG, 19. NOVEMBER 2016

Moritz hatte das unbestimmte Gefühl, dass er der jungen Frau nur nachzugehen brauchte. Die langen grünen Haare, das aus ihrer Stirn wachsende Horn und die seltsamen Schuhe, die an Hufe von Pferden erinnerten, wirkten nicht gerade so, als ob die Dame mal eben zum Supermarkt um die Ecke galoppieren würde. Der Kommissar folgte der märchenhaften Erscheinung bis zur U-Bahnstation Messe/Prater, wo sie sich mit Superwoman traf. Wobei sich Moritz bei genauerem Hinsehen ob des Geschlechts nicht mehr ganz so sicher war, denn die roten Strumpfhosen konnten nicht darüber hinwegtäuschen, dass das Gesicht von Superwoman mit seinen Bartstoppeln eher auf einen verkleideten Superman schließen ließ.

Punkt zehn Uhr traf Moritz vor der Halle D des Messegeländes ein. Schon hier wurde klar, dass das heutige Vorhaben einem Himmelfahrtskommando glich. Wie gern wäre Moritz von hier aus zu einem gemütlichen Bürotag im schräg gegenüber gelegenen *Viertel Zwei* aufgebrochen. Doch ihm war genauso bewusst, dass dies keine Option war, wie auch den anderen Anwesenden Jakob Tepser, Hipster Franz sowie zwei dienstzugeteilten Kollegen einer anderen Dienststelle.

Die Vienna Comic Convention rief und es versammelte sich alles aus der Superhelden- und Science-Fiction-Welt, was Rang und Namen hatte. Von Batman über Spiderman bis hin zu Poison Ivy. Und das waren nur jene Figuren, die dem normalsterblichen Moritz Ritter etwas sagten. Hinzu kamen unzählige weitere kostümierte Personen, die aus allen Phantasiewelten dieser Erde an diesem Tag zur Wiener Messe gekommen zu sein schienen. Männer in weißen Uniformen mit blauen Gesichtern, Frauen in roten Ganzkörperanzügen, auf denen schwarze Punkte versammelt waren. Personen in flauschigen Fellkostümen, genauso wie Figuren aus *Star Wars* oder nicht identifizierbare Krieger in Phantasieuniformen. Die Kostümierungen und Masken, die die Identitäten des Trägers und der Trägerin verschleierten, waren für die Ermittler dabei noch nicht mal das Schlimmste. Denn bei mehr als der Hälfte aller Kostümierungen schien eine Waffe unabdingbares Utensil zu sein.

»Das wird nicht einfach«, stellte Moritz fest.

»Wie sollen wir unter all diesen Leuten den Instamörder identifizieren?«, fragte Rauschebart Tepser ernüchtert, während Hipster Franz sehnsüchtig einer blonden Amazone in schwarzer Corsage und hochhackigen Stiefeln hinterherblickte. »Und wie sollen wir die Leute schützen?«, schloss sich dieser beiläufig mit einer Frage an.

»Es hilft nicht, wenn wir jetzt rumjammern. Wir müssen das jetzt irgendwie hinbekommen«, sagte Moritz und betrat, der Truppe voran, das Foyer der Messehalle.

»Warum ist Vera eigentlich nicht dabei?« fragte Rauschebart Tepser, als sie gerade das Gebäude betreten hatten.

»Vera ist im Büro und sieht sich seit gestern Abend die Videobänder der Überwachungsanlage an. Vielleicht wurde die Person, die das Foto des Kronleuchters aus dem Messefoyer an *Igersaustria* geschickt hat, während des Fotografierens gefilmt«, antwortete Moritz.

Schon im Foyer wuselte es wie in einem Ameisenhaufen, die Schlange an der Garderobe reichte bis draußen auf den Vorplatz, lange Personenreihen standen artig aufgereiht vor den Kassen.

Einzeldarsteller, Großfamilien und andere Menschen liefen quer durcheinander. Stets auf der Suche nach dem nächsten tollen Kostüm, das das zuvor gesehene in den Schatten stellen würde. Die Frequenz, in der Moritz in den ersten fünf Minuten angerempelt wurde, erinnerte ihn an das Gedränge in einem Fußballstadion. Und er konnte den Remplern nicht mal böse sein, auch er selbst kam aus dem Staunen und Gaffen nicht heraus.

Zwei der vier riesigen Messehallen standen an diesem Wochenende ganz im Zeichen der Vienna Comic Convention. Zwischen den Ständen schoben sich die Massen hindurch, immer wieder stehenbleibend, um Gandalf aus *Herr der Ringe* oder einen Stormtrooper aus *Star Wars* zu fotografieren. An eine geordnete Überwachung der einzelnen Gänge war nicht zu denken.

»Ich verschaffe mir mal von oben einen Überblick«, sagte Moritz und zeigte mit der Hand zum Panoramarestaurant, von dessen verglaster Fassade aus man einen guten Überblick über das Gewusel hatte. »Ihr patrouilliert durch die Gänge von beiden Hallen und achtet auf alles Verdächtige. Wenn ich von oben etwas beobachte, gebe ich euch sofort via Funk Bescheid«, sagte Moritz.

Der Kommissar marschierte in den ersten Stock und vertrieb mit der Autorität seines Dienstausweises ein Pärchen, das es sich an einem der direkt am Fenster gelegenen Tische gemütlich gemacht hatte. Von hier hatte Moritz in der Tat einen guten Überblick über das Geschehen. Und er war alles andere als unfroh darüber, dass er sich dem Treiben in der Halle nicht aussetzen musste.

»Mann mit vermummtem Gesicht und Schwert in Gang rechts«, hörte er Tepser über das Funkgerät berichten.

»Nicht identifizierbare Person mit Granatwerfer, Halle Mitte«, folgte Franz Purcks Statusmeldung.

»Männliche Person mit blauem Umhang und Ringelsocken mit blutverschmiertem Säbel in Gang links«, sagte einer der beiden weiteren Beamten.

»Homer Simpson mit Pfeil und Bogen soeben in Gang rechts gesichtet«, war nun wieder Rauschebart Tepser an der Reihe.

Meldungen dieser Art gingen nun im Sekundentakt bei Moritz ein und natürlich war dem Kommissar bewusst, dass ihnen diese Sichtungen beim Aufspüren des Instamörders keinen Deut weiterhalfen.

»Leute, konzentriert euch bitte auf wirklich verdächtige Personen. Was da alles an Superhelden herumläuft, sehe ich auch von hier oben«, gab er schließlich als Order an seine Kollegen in der Halle aus.

Eine halbe Stunde war vergangen, Moritz hatte es sich gerade mit einem Kaffee wieder an seinem Tisch gemütlich gemacht, als er erste Ermüdungserscheinungen bei seinem Personal feststellen konnte. »Das ist hier echt too much, totaler Overflow für den Kopf«, sagte Hipster Franz.

»Dann schau nicht den ganzen hübschen Supergirls hinterher, sondern konzentrier dich auf mögliche Verdächtige«, antwortete Moritz.

»Ich wäre ja schon froh, wenn ich mich nur auf die Supergirls konzentrieren könnte«, jammerte Franz.

In die Worte des Kollegen mischte sich ein Anruf von Vera Rosen.

»Ich hab ihn«, sagte sie mit aufgeregter Stimme. »Zirka ein Meter achtzig groß, schlanke Statur, blaues Kapperl mit rotgelbem Logo von Superman«, gab die Chefinspektorin an Moritz eine Beschreibung durch.

»Und wie sieht er aus?«, fragte Moritz.

»Kann man auf dem Video nicht erkennen. Man sieht nur, wie er am vergangenen Montag das Foyer der Messe betritt, unter einem der Leuchtkörper Aufstellung nimmt und mehrere Fotos macht. Offensichtlich hat er genau gewusst, wo sich die Videokameras befinden, denn er hat sein Gesicht stets gegenüber dieser Richtung abgeschirmt.«

Ein Meter achtzig groß und Superman-Kapperl. Keine perfekte Beschreibung für jemanden, den man auf einer Comic Convention zu identifizieren hoffte. Zumal es alles andere als gesichert war, dass der mysteriöse Fotograf auch ident mit dem Serientäter war. Moritz gab Vera seinen Standort durch, dann gab er die Personenbeschreibung an die in der Halle verteilten Kollegen weiter. Zwanzig Minuten später traf auch die Chefinspektorin im Panoramarestaurant ein.

»Schon jemand dabei gewesen?«, fragte Vera.

»Tepser hat jemanden im Visier, auf den die Beschreibung zutreffen könnte. Ich wollte nur auf dich warten und dann selbst runterschauen«, sagte Moritz.

Der Kommissar überließ Vera die Oberaufsicht im Restaurant und machte sich auf den Weg in Richtung Halle.

Assistent Jakob Tepser passte mit seinem Rauschebart und seinem alternativen Kleidungsstil optisch am besten von allen Kollegen zum Publikum der Comic Convention. Wie eine jugendliche Version von Gandalf aus *Herr der Ringe* schlich er durch die Gänge, einen Mann mit Superman-Kapperl dabei stets im Blick.

»Ist er alleine hier?«, fragte Moritz, als er zu Rauschebart Tepser gestoßen war.

»Nein, vorhin war ein junger Mann bei ihm, der sich jedoch kurz danach zu den Autogrammständen verabschiedet hat.«

»Hast du ihn von vorne gesehen?«, fragte Moritz.

»Nein, keine Chance. Bei dem Gedränge bin ich froh, dass ich ihn nicht aus den Augen verloren habe.«

Der Kommissar und Assistent Tepser folgten dem Verdächtigen mit einigen Metern Sicherheitsabstand. Hipster Franz bekam den Auftrag, sich von der anderen Richtung zu nähern. Die beiden dienstzugeteilten Beamten sollten die Seitengänge absichern.

»Wenn der Kerl tatsächlich unser Mann ist, haben wir jetzt ein Problem«, sagte Tepser plötzlich.

»Wieso?«, fragte Moritz.

»Weil er sich direkt auf die Katana-Schwerter zubewegt.«

Moritz warf einen Blick zu dem quadratischen Standplatz in der Mitte der Halle, auf dessen Tischen ein Schwert mit der charakteristischen, leicht geschwungenen Scheideform neben dem anderen aufgereiht lag.

»Aber die sind doch wohl hoffentlich nicht echt?«, fragte Moritz.

»In der Regel nicht. Die verkaufen Cosplay-Schwerter aus Fieberglas.« Moritz zeigte sich positiv überrascht von Tepsers Insiderwissen. Er schien in diesem Moment nicht nur optisch in diese Messehalle zu passen. »Aber in einer der Ecken des Standes habe ich ein Schwert liegen gesehen, das sich ziemlich realistisch anfühlte. Das sollte unser Freund lieber nicht in die Hände bekommen.«

Die verdächtige Person war nun an dem Stand angekommen und begutachtete interessiert die dort ausgestellten Schwerter. Der Kommissar und Assistent Jakob Tepser suchten hinter einem der angrenzenden Stände Deckung.

»Wollen Sie vielleicht eine Massage?«, vernahm Moritz auf einmal eine piepsige Stimme. Der Kommissar drehte sich zur Seite und blickte in die Augen eines kleinwüchsigen Mannes, der eine schwarze Wollhaube auf dem Kopf trug. Neben ihm wartete ein schwarzer Massagesessel auf potenzielle Kunden. »Kostet nur einen Euro, aber die Wirkung ist unbezahlbar!«

»Nein, danke«, sagte Moritz und drehte den Kopf wieder nach vorne. Er hoffte, dass der Mann mit dem Superman-Kapperl sein Gesicht zeigen würde, während er sich die unterschiedlichen Waffenimitate ansah. Und in der Tat, für einen kurzen Augenblick drehte der Mann seinen Kopf in die Richtung des Kommissars. Moritz konnte nicht glauben, wen er dort vor sich sah.

Vera begab sich nach Moritz' Funkspruch sofort auf den Weg in die große Halle. Jetzt brauchte es keine Oberaufseherin mehr, die vom Panoramarestaurant aus den Überblick behielt. Nun war jede Kraft gefragt, die bei der Festsetzung des Mannes behilflich sein konnte. Vera entschied sich gegen den Aufzug und nahm stattdessen die Stiege, deren zwanzig Stufen sie innerhalb kürzester Zeit zurücklegte. An den wartenden Comic- und Superhelden-Fans im Foyer vorbei, rannte die Chefinspektorin in einem für sie atemberaubenden Tempo zur Einlasskontrolle, an der zwei Männer in Anzügen die Eintrittskarten kontrollierten.

»Lassen Sie mich durch, ich bin vom Landeskriminalamt«, sagte Vera und schob dabei einen an ein Riesengummibärchen erinnernden Pikachu zur Seite.

»Das kann jeder behaupten«, sagte der kahlrasierte, bullige Kontrolleur. »Zeigen Sie mir mal Ihren Ausweis.«

»Die Messeleitung muss Ihnen doch von unserem Einsatz erzählt haben«, sagte Vera verärgert, während sie in der Innentasche ihrer grauen Jacke nach dem Ausweis kramte.

»Wir wissen von einem Einsatz des LKA«, sagte der Mann, »jedoch sind alle fünf Personen bereits an uns vorbei in die Halle gegangen. Von einer sechsten Person ist uns nichts bekannt. Und wenn ich eines kann, dann ist es zählen«, erklärte der stolze Zählmeister und lächelte Vera an. Diese hatte nun endlich ihren Ausweis gefunden und hielt ihn dem Rechenkünstler unter die Nase.

»Da habe ich heute aber schon bessere Polizeiausweis-Nachahmungen gesehen«, erklärte der Mann belustigt. »Schau dir den mal an«, sagte er zu seinem Kollegen und reichte diesem den Ausweis der Chefinspektorin.

»Wenigstens ein aktuelles Foto hätten Sie verwenden sollen, dann wäre es ein bisschen realistischer gewesen«, lautete sein launischer Kommentar.

»Ich bin nicht zu Scherzen aufgelegt, es geht um Leben und Tod. Entweder lassen Sie mich jetzt hier durch, oder Sie können schon mal die Tage bis zu Ihrem ersten Antrittsbesuch beim AMS zählen«, schrie Vera dem verdutzten Typen ins Gesicht. Die Chefinspektorin entriss seinem Kollegen ihren in die Jahre gekommenen Dienstausweis und marschierte schnellen Schrittes durch die Kontrolle.

»Hinterher!«, hörte sie einen der beiden Kontrolleure rufen, doch da hatte Vera bereits einige wertvolle Meter in Richtung der Katana-Schwerter zurückgelegt.

»Da bist du ja endlich«, sagte Moritz, als Vera neben ihm auftauchte.

»Tut mir leid, die Idioten am Eingang haben mich nicht reingelassen«, erklärte die Chefinspektorin. »Wie sieht es aus?«

»Du wirst nicht glauben, wen wir dort im Visier haben«, sagte Moritz.

Der Verdächtige unterhielt sich in diesem Moment angeregt mit dem Verkäufer, der hinter den Tischen mit den Schwertern stand. Auf dem grauen T-Shirt des Verkäufers konnte Vera den Spruch *It's not the size of the sword, it's how you use it* ablesen.

»Mach es doch nicht so spannend«, sagte Vera ungeduldig.

»Wollen Sie sich vielleicht massieren lassen?«, fragte auf einmal eine piepsige Stimme. Der junge Mann, der zu jenem Stand gehörte, hinter dem sich Vera und Moritz versteckt hielten, blickte die Chefinspektorin hoffnungsfroh an.

Diese sah verdutzt zu ihm hinüber. »In einem anderen Leben vielleicht«, sagte sie anschließend und widmete sich wieder der Beobachtung des Verdächtigen. »Also los, sag schon, wer ist es?«

»Kostet nur einen Euro, die Wirkung aber, die ist unbezahlbar!«, startete der Masseur einen weiteren Versuch.

»Nein, danke, kein Bedarf«, zischelte Vera ihm zu. »Sehen Sie nicht, dass wir hier gerade nicht gestört werden wollen?«

»Aber sehen Sie sich doch nur mal Ihre Körperhaltung an. So gebückt! Das schaut nicht gesund aus.«

»Sie sehen gleich nicht mehr gesund aus, wenn Sie mich jetzt nicht sofort in Ruhe lassen«, raunte Vera dem Mann zu. Anschließend hielt sie ihm ihren Dienstausweis entgegen.

»Die längeren Haare haben Ihnen besser gestanden«, gab der Mann zu Protokoll.

Vera steckte ihren Ausweis wieder ein und beschloss, nicht weiter auf den Beautytipp des Masseurs einzugehen. »Also, wer versteckt sich unter dem Superman-Kapperl?«, fragte sie erneut ihren Kollegen.

»Armin Weißmann.«

»Nicht dein Ernst. Unser freundlicher Grüßaugust aus der Weimarer Straße?«

»Genau der«, sagte Moritz. »Komischer Zufall, gell?«

»Irgendwann im Laufe meiner Karriere habe ich aufgehört, an Zufälle zu glauben«, erklärte die Chefinspektorin.

»Wann führen wir den Zugriff durch?«, fragte Moritz.

»Am besten sofort«, sagte Vera.

Genau in jenem Moment, als Moritz via Funk das Kommando an die Kollegen weiterleiten wollte, ergriff Armin

Weißmann mit seinen großen Händen das zuvor von Jakob Tepser angesprochene, ziemlich realistisch erscheinende Schwert, das in der Ecke des Ausstellungsstandes lag.

»Verdammt«, sagte Moritz. »Hat er uns entdeckt?«

»Keine Ahnung, ist jetzt aber auch egal. Zugriff, Zugriff!«, rief Vera in das Mikrofon.

Von allen Seiten stürmten die Ermittler nun auf Armin Weißmann zu, Vera gab parallel dazu lautstark zu erkennen, dass es sich um einen Einsatz des Landeskriminalamtes handelte. Der verdutzte Armin Weißmann drehte sich entgeistert um. In seinen Händen hielt er das zuvor erkundete Schwert. Er erinnerte Moritz mit seiner Körperhaltung an einen Samurai, der sogleich zum Kampf antreten wollte.

»Machen Sie jetzt keinen Scheiß und legen Sie das Schwert auf den Boden«, schrie Moritz dem immer noch verwirrten Armin Weißmann zu.

Doch dieser kam gar nicht erst dazu, der Aufforderung von Moritz Folge zu leisten. Denn kurz darauf wurde er von einem in voller Montur steckenden Soldaten gerammt und zu Boden geworfen. Der unheimliche Retter trug einen schwarzen Kampfanzug inklusive Vollvisierhelm. Auf einem Ärmel seines Kampfanzuges trug er ein rot-weißes Logo, das Moritz in seiner Form an einen aufgespannten Regenschirm erinnerte. Unterhalb des Emblems war der Schriftzug *Umbrella Corporation* zu lesen. Während alle involvierten Beamten des Landeskriminalamts aus dem Staunen nicht herauskamen, fixierte der schwarze Soldat Armin Weißmann auf dem Boden. Ringsum brach tosender Applaus aus. »Tolle Performance«, rief einer der Zuschauer. Zahlreiche Besucher zückten ihr Handy, um zumindest mit einem Foto die Endszene dieses vermeintlichen Schaukampfes zu dokumentieren.

SONNTAG, 20. NOVEMBER 2016

»Jetzt wissen wir wenigstens auch, was ein Hashtagprinter ist«, sagte Moritz, als er Vera an seinem kleinen Küchentisch den zweiten selbstgemachten Kaiserschmarrn seines Lebens servierte.

Die Chefinspektorin sah sich gerade zahlreiche Fotos an, die ihnen noch am Vortag von Aurelio Przemysl übergeben worden waren. Die Messebesucher, die das Schauspiel rund um Armin Weißmann und den schwarzen Soldaten gefilmt und fotografiert hatten, hatten beim Posten des Bildmaterials auf *Instagram* einen speziellen Hashtag verwendet. Alle Fotos, die unter diesem Hashtag im Rahmen der Vienna Comic Convention veröffentlicht worden waren, wurden an einem Stand in der Halle automatisch ausgedruckt. Przemysl sorgte dafür, dass Vera und Moritz jeweils einen zusätzlichen Ausdruck von der festgehaltenen Heldentat des schwarzen Rächers erhielten.

»Und was machen wir jetzt mit dem Weißmann?«, fragte Moritz, nachdem er das Fenster geöffnet hatte.

Von draußen strömte der warme Föhnwind in die kleine Küche des Kommissars und vermischte sich mit dem Duft des Kaiserschmarrns. Das Rascheln der wenigen noch an den Ästen hängenden Blätter sorgte für eine angenehme akustische Untermalung.

»Wir können ihm lediglich nachweisen, dass er sehr missverständlich mit einer Schwertimitation auf einer Comicmesse hantiert hat. Für die Zeitpunkte der beiden Morde hat er ein Alibi durch seine Frau. Richtig belastbar ist das natürlich nicht, aber es ist eben auch nicht so, dass er kein Alibi hätte«, sagte Vera.

»Und das Video von der Überwachungsanlage der Messe, auf dem die Person mit dem Superman-Kapperl das Foto des Kronleuchters macht?«, hakte Moritz nach.

»Das kann Armin Weißmann zeigen. Aber auch jeden anderen männlichen Erwachsenen. Und selbst wenn er zugegeben hätte, das Foto am Montag im Foyer der Messe geschossen zu haben, heißt das noch lange nicht, dass er es auch an *Igersaustria* geschickt hat, um damit den nächsten Mord anzukündigen.«

Moritz sah seiner Chefin dabei zu, wie sie ihre Gedanken wälzte.

»Wenn wir jetzt einen Haftbefehl beim Staatsanwalt beantragen, lacht der uns aus.«

»Dann sollten wir uns vielleicht mal die Wohnung der Weißmanns vornehmen«, schlug Moritz vor. Anschließend fischte er mit einem langen schmalen Löffel einige Preiselbeeren aus dem Glas heraus und platzierte sie auf seiner Portion Kaiserschmarrn. Ein bisschen Abwechslung zum traditionellen Zwetschkenröster konnte nicht schaden.

»Auf was hinauf sollten wir denn einen Durchsuchungsbeschluss bekommen? Weil Armin Weißmann so große Hände hat und damit spielend jemanden erwürgen könnte? Ich bitt dich, Moritz.«

»Was schlägst du stattdessen vor?«, fragte Moritz schließlich, bevor er sich den ersten Löffel mit dem Kaiserschmarrn in den Mund schob.

»Wir lassen ihn morgen laufen und hängen uns an seine Fersen«, antwortete Vera.

Durch das geöffnete Fenster drang der Lärm von spielenden Kindern von der verkehrsberuhigten Stuwerstraße nach oben. Fast konnte man an diesem sonnigen Tag meinen, dass der Frühling in der Leopoldstadt Einzug gehalten hätte.

»Und wer ist der Täter?«, fragte Denise den Kommissar.

Moritz war immer noch ziemlich erledigt vom zweitägigen Einsatz auf dem Messegelände. Der zweite Tag der Comic Convention war ruhig verlaufen und somit war ein Foto des mutmaßlichen Serientäters zum ersten Mal ohne Folgen geblieben. Ob sie die Tat durch die Überwältigung Armin Weißmanns verhindert hatten, ob der echte Täter durch den Aufruhr um Weißmann abgeschreckt worden war, ja ob das an *Igersaustria* gesendete Foto des Messekronleuchters überhaupt vom echten Täter stammte, all diese Fragen harrten der Beantwortung.

Dem Kommissar kam die Ausgabe des Tatorts an diesem Abend bekannt vor. Zu bekannt, nach seinem Geschmack. Denn der in dieser Folge in Wiesbaden ermittelnde Ulrich Tukur hatte es mit einem Serienkiller zu tun, der vom LKA gesucht wurde. Moritz hatte auf einen Tatort gehofft, der ihn ein wenig von seinen Gedanken rund um die Ermittlungen auf der Suche nach dem Instamörder ablenken würde. Und nicht auf eine Folge, die einen ganz ähnlichen Fall in das Wohnzimmer von Denise transportierte.

»Man weiß es doch eh schon«, antwortete Moritz. »Die Identität des Täters war doch von vornherein geklärt.«

»Ja eh, aber du hast gar nichts gesagt«, sagte Denise. »Sonst bist du doch immer ganz stolz auf dich, wenn du nach fünf Minuten sagen kannst, wer der Täter ist.«

Doch danach stand dem Kommissar an diesem Abend nicht der Sinn. Zu sehr beschäftigte ihn sein eigener aktueller Fall.

»Was sind das denn für Fotos?«, fragte Moritz.

Die Ermittlungen des Fernsehkrimis waren längst abgeschlossen, als der Kommissar im Schlafzimmer von Denise vor dem aufgeklappten Laptop stand.

»Was meinst du?«, rief Denise, die gerade im Bad war.

»Die Fotos auf deinem Laptop. Wo sind die her?«, wiederholte Moritz seine Frage mit etwas mehr Stimmkraft.

»Die habe ich neulich gemacht, als ich ein bisschen fotografieren war.« Denise setzte einen Schritt aus dem Bad und sah Moritz verwundert an. Mit einem Wattepad verteilte sie eine Flüssigkeit in ihrem hübschen Gesicht. »Warum fragst du?«

»Und wo hast du sie aufgenommen?«, ging Moritz nicht weiter auf ihre Frage ein.

»Bei der Messe«, antwortete Denise. »Sag mir doch mal, warum dich das jetzt so interessiert.«

»Nur so«, murmelte Moritz.

»Und was hast du überhaupt an meinem Computer zu suchen?«, fragte Denise irritiert, ging einige Schritte auf Moritz zu und klappte den Bildschirm des Laptops zu.

»Warum bist du eigentlich zur Polizei gegangen?«

»Der Herr Kommissar ist in seiner Themenwahl heute aber sehr sprunghaft«, sagte Denise und verschwand wieder im Bad.

Moritz hörte das Rauschen des Wasserfalls, der sich aus dem Wasserhahn kommend senkrecht auf den Weg zum Abfluss machte und nur hin und wieder von Denise' Händen abgelenkt wurde.

»Mein Vater war, draußen in Wiener Neustadt, bei der Gendarmerie«, sagte sie, als sie aus dem kleinen Badezimmer trat. Sie löschte das Licht, ging um das weiße Doppelbett herum, in dem Moritz nun auf der rechten Seite lag. Der Kommissar verfolgte Denise mit den Augen. Sah ihr dabei zu, wie sie ihren Armreifen neben dem Laptop auf dem ebenfalls weißen Tisch deponierte. Sie zog das braune Haargummi von ihrem Zopf und legte es neben den Armreifen. Dann drehte sie sich zu Moritz. Sie war so wandelbar. Er mochte ihre vermeintlich strenge offizielle Art, wenn sie in ihre Uniform und in ihre Rolle als Polizistin schlüpfte, genauso wie ihre legere private Art. Wenn sie mit offenen Haaren vor ihm stand, in ihren Shorts, die sie gemeinsam mit einem weißen Trägerleiberl anstelle eines Pyjamas trug. »Sind wir jetzt fertig mit der Fragestunde?«, erkundigte sie sich und legte sich neben ihn. Sie lächelte ihn an. Doch es war nicht das ungezwungene Lächeln, das er von Denise kannte. Und das er so mochte. Das Lächeln seiner Freundin wirkte an diesem Abend alles andere als ungezwungen.

»Und weil dein Papa bei der Polizei war, bist du auch zur Polizei?«, fragte Moritz weiter interessiert nach.

Nun verschwand auch das gezwungen ungezwungene Lächeln aus ihrem Gesicht. Mit einem Griff zog sie die Bettdecke hoch.

»Ich hab jetzt echt keine Lust, über meine Familie zu reden«, sagte sie mit angesäuerter Stimme.

»Ich wollte ja nicht über deine Familie reden. Mich interessiert einfach, warum du damals Polizistin geworden bist«, verteidigte sich Moritz.

»Und mich würde mal interessieren, warum du mit deinem *Instagram*-Account fast ausschließlich hübschen jungen Frauen folgst?« Moritz sah sie verwundert an. »Siehst du, es gibt Dinge, die einen interessieren, und trotzdem bekommt man keine Antwort.« Denise drehte Moritz den Rücken zu und knipste das Licht ihrer Nachttischlampe aus. »Gute Nacht, Herr Kommissar.«

Denise ließ Moritz mit seinen Gedanken auf seiner Hälfte des Bettes zurück. Es sollte einige Zeit dauern, bis auch er an diesem Abend einschlief.

MONTAG, 21. NOVEMBER 2016

Vera saß in einem grauen, kalten Kubus. Die Wände waren aus Sichtbeton, kein Bild, kein Spiegel, nichts war vorhanden, um die Atmosphäre ein bisschen freundlicher zu gestalten. Natürlich war das durchaus die Intention der Erschaffer dieses Raumes gewesen, das war der Chefinspektorin voll und ganz klar. Doch wann immer sie in einer solchen Räumlichkeit war, überkam sie aufs Neue ein wohliger Schauer. Es war ihr nicht unangenehm, hier zu sitzen, davon konnte keine Rede sein. Das freudlose Innenleben dieses Zimmers deckte sich mit dem Grau in Veras Kopf. Einem Gemütszustand, der dringender Sortierung und Ordnung bedurfte, wollte Vera nicht ganz zugrunde gehen an ihrer seit Wochen und Monaten anhaltenden Stimmung, die ihren Tiefpunkt nach der Einschläferung ihres Hundes zwei Wochen zuvor erreicht hatte. Sie musste etwas tun. Das wusste die Chefinspektorin. Und die neuerliche schaurige Begegnung mit Anton Lumpert im Traum während der Nacht zuvor hatte ihr das einmal mehr vor Augen geführt. Ihren Hund Lucca konnte sie nicht wieder lebendig machen. Aber sie konnte sich einer anderen Sache annehmen, die endlich geklärt werden musste. Und die Person, die in wenigen Momenten durch die Tür kommen sollte, konnte ihr dabei im Idealfall helfen.

Niemand war zu sehen. Nachdem Moritz die Tür zum Büro im ersten Stock der *Backstube* geöffnet hatte, stand der Kommissar alleine in dem großen, lichtdurchfluteten rechteckigen Raum.

Der Kommissar hängte seine dunkelblaue Jacke an die Garderobe und gönnte dem Oleander ein bisschen Wasser. Auf seinem Schreibtisch fand er mehrere Notizen vor. Die Analyse des blauen Pullovers, den Aurelio Przemysl im LKA abgegeben hatte, hatte keine Übereinstimmung mit den Faserresten unter den Fingernägeln des ersten Mordopfers ergeben. Eine andere Nachricht besagte, dass für diese Woche zwei neue Instawalks in der Stadt geplant waren. Am Dienstag im *Stilwerk*, einem Einkaufszentrum für Besserverdiener, welches in einem von Jean Nouvel erdachten Hochhaus am Donaukanal residierte. Die zweite Veranstaltung lud am Donnerstag zu einer gemeinschaftlichen Erkundung des *UNIQA*-Towers einige Meter stromabwärts, gegenüber der Urania.

Moritz schaltete das Radio an und wechselte sogleich den Sender. Veras ewige Dudelei von klassischer Musik konnte er nicht mehr hören. Wenn die Chefinspektorin schon mal nicht im Büro war, konnte die Musikuntermalung ruhig ein bisschen beschwingter ausfallen. Doch alle Radiosender, die er um neun Uhr einstellte, beschäftigten sich entweder mit der erneuten Kanzlerkandidatur Angela Merkels oder den neuesten Schreckensnachrichten aus dem zukünftigen Gruselkabinett Donald Trumps. Moritz schaltete das Radio wieder aus und sah aus dem Fenster. Schönster Sonnenschein gaukelte der Stadt vor, dass der Frühling kurz bevorstehe. Moritz beschloss, bei Rauschebart Tepser nachzufragen, ob sich über die WhatsApp-Hotline etwas getan hatte.

»Nein, es haben sich zwar einige Leute gemeldet, aber da schien uns nichts Verwertbares dabei«, lautete die Antwort des Kollegen.

»Ich habe gewusst, dass Sie eines Tages hier auftauchen werden.«

Vera zählte die Silben des Satzes mit ihren Fingern nach, den Anton Lumpert soeben gesagt hatte. Sie kam auf siebzehn Silben. Fünfzehn wären eine gangbare Variante, zwanzig Silben wären auch okay gewesen. Mit beiden Summen wären die Finger ihrer Hände voll ausgestreckt gewesen. Doch siebzehn lag genau dazwischen. Im selben Moment wunderte sich Vera, warum sie dieses Finger-Silben-Spiel intuitiv in dieser Situation durchgeführt hatte. In den vergangenen Monaten war ihr das kaum noch passiert. Für sie lag das in ihrem gewachsenen Selbstvertrauen nach der erfolgreichen Mordermittlung im Fall Valentin Karl begründet. Damals hatte sie dem Druck der hohen Herren widerstanden, hatte gemeinsam mit Moritz den Fall gelöst und sich gegen alle Widerstände durchgesetzt. Das war jene Ermittlung, mit der sie Anton Lumpert lebenslang hinter Gitter gebracht hatte. Ausgerechnet jener Anton Lumpert, der nun vor ihr stand und diesen Satz mit seinen siebzehn Silben gesagt hatte.

Ich ha-be ge-wusst, dass Sie ei-nes Ta-ges hier auf-tau-chen wer-den. Vera wiederholte den Satz in ihrem Kopf. Es waren immer noch siebzehn Silben. Zwei zu viel. Oder drei zu wenig.

Es war das erste Mal, dass Vera Rosen seit dem Prozess im Frühjahr Anton Lumpert begegnete. Jenem Mann, der im vergangenen Jahr den Theaterdirektor Valentin Karl ermordet hatte, um ihn anschließend am Riesenrad aufzuhängen. Und gleichzeitig jener Mann, der ihr nach seiner Verhaftung ins Gesicht geschrien hatte, dass sie nicht glauben brauche, dass sie durch ihre Tätigkeit als Chefinspektorin die Untaten ihrer Familie wieder gutmachen könnte. Auch Vera glaubte nicht daran, dass Menschen im Hier und Jetzt Taten aus der Vergangenheit ungeschehen machen konnten. Aber seitdem

Lumpert diese Worte gesprochen hatte, ließ sie die Neugier nicht los, was er über ihre Familie wusste. Wusste, was sie nicht mal erahnte, denn in der Familie der von Rosens war nach dem Ende des Zweiten Weltkriegs ein großer und nicht gerade wärmender Mantel des Schweigens über das zuvor Geschehene ausgebreitet worden.

Anton Lumpert hatte sich im halben Jahr seit dem Prozess optisch nicht verändert. Sein Scheitel hing akkurat über den auf seiner rechten Kopfhälfte extrem kurz geschorenen Haaren. Seine Statur fiel eventuell ein bisschen schmaler aus, Vera war sich nicht ganz sicher. Auch die sich etwas stärker absetzenden Wangenknochen verstärkten diesen Eindruck.

»Womit habe ich mir diesen Besuch denn verdient?«, fragte Lumpert, nachdem er gegenüber von Vera Platz genommen hatte. In diesem Moment war auch das Klirren der Fußketten und Handschellen verstummt, das Lumpert auf dem Weg von der Tür bis zu jenem Tisch, an dem Vera Rosen auf ihn wartete, begleitet hatte. »Ich bin nicht Anthony Hopkins und Sie sind nicht Jodie Foster. Was eigentlich schade ist. Aber so ist es nun mal. Also werden wir hier wohl nicht *Das Schweigen der Lämmer* nachspielen, oder?«

Vera hatte den von Lumpert erwähnten Hollywoodstreifen irgendwann mal im Fernsehen gesehen. Der männliche Hauptdarsteller trug eine Maske, damit er niemandem ein Ohr oder einen anderen Körperteil abbeißen konnte. Oder so ähnlich. Es war die Geschichte eines Psychopathen, der einer Polizistin bei einer Ermittlung half. Vera hielt eine Gesprächssituation mit jemandem, der einen Gesichtsschutz tragen musste, für nicht sehr erstrebenswert. Daher war ihr Anton Lumpert als Gegenüber nun wesentlich lieber.

»Ich glaube kaum«, sagte Vera, »dass Sie mit neumodischem Medienzeugs etwas anfangen können. Daher werden Sie mir auch in meinem aktuellen Fall keine große Hilfe sein.«

»Der Instamörder, habe ich recht?«, fragte Lumpert.

»Der Instamörder, ganz genau«, bestätigte die Chefinspektorin seine Vermutung.

»Und, haben Sie schon eine heiße Spur?«

»Wir sind gut unterwegs«, log Vera.

»Das sehen die Zeitungen aber anders«, erwiderte Lumpert.

»Sie wissen doch, wie die Journalisten so sind. Schlechte Nachrichten wiegen immer schwerer als gute Nachrichten.«

»Sie haben nicht den Hauch einer Ahnung, wie Sie an den Täter kommen können«, sagte Lumpert in aller Deutlichkeit und grinste die Chefinspektorin an.

Da war sie wieder, seine unsägliche Fähigkeit, die Gedanken von Vera Rosen zu lesen. Das war schon bei den Ermittlungen im vergangenen Herbst ein Ärgernis für die Chefinspektorin gewesen, und das war es auch heute. Anton Lumpert schien sich tatsächlich für die Ermittlungen zu interessieren. Kein Wunder, sehr viel Abwechslung oder Besuch hatte der Gefängnisalltag hier, in der niederösterreichischen Pampa, für ihn nicht auf Lager. Nicht weit von hier begann die Donau, ihre pittoresken Schleifen durch die malerische Wachau zu drehen. Tausende Touristen fuhren hier Woche für Woche auf Ausflugsschiffen aus dem nahen Wien entlang, um die Weinberge oder die blühenden Marillenbäume zu bestaunen. Oder sich einfach nur gepflegt zu betrinken. Nur einen Steinwurf von all dem, nicht weit vom Ufer der Donau entfernt, befand sich Österreichs zweitgrößtes Gefängnis, in dem Anton Lumpert sein Dasein fristete. Ein bisschen Interesse für die Geschehnisse in der Außenwelt schien da nur zu natürlich. Noch dazu, wenn die Frau Chefinspektorin persönlich zu Gast war.

»Um ehrlich zu sein, wir stehen ein bisserl an«, gab Vera freimütig zu. Vielleicht konnte es nicht schaden, im Sinne ihres Vorhabens einen kooperativen Ton gegenüber Lumpert anzustimmen. »Wir stochern ein bisschen im Nebel«, erklärte sie.

»Dann lassen Sie das doch den Täter übernehmen«, sagte Lumpert zu Veras Überraschung.

Die Chefinspektorin wusste nicht, worauf ihr Gegenüber mit dieser Bemerkung hinauswollte. »Wie meinen Sie das?«, fragte Vera.

»Locken Sie den Täter durch den Nebel zu Ihnen. Geben Sie ihm das Gefühl, dass Sie ihn nicht ernst nehmen. Und dass Sie die ganze Situation im Griff haben. Das wird ihn provozieren. Und eventuell zu etwas hinreißen, das nicht so wohlüberlegt geplant und ausgeführt wird wie die bisherigen Morde.«

Gab hier ein verurteilter Mörder der Chefinspektorin tatsächlich einen Ratschlag für ihre Ermittlungen?

»Jetzt entwickeln Sie sich ja doch ein bisschen zu Anthony Hopkins in *Das Schweigen der Lämmer*. Hat Jodie Foster den Fall damals eigentlich mit Hilfe des kannibalistischen Killers lösen können?«, fragte die Chefinspektorin.

»Mit Bravour hat sie ihn lösen können«, antwortete Lumpert. »Mit Bravour!«, sagte er laut, drehte sich zum an der Tür stehenden Wachmann um und begann laut zu lachen.

Mit Bra-vour. Vera zählte die drei Silben unter dem Tisch mit den Fingern mit. Zwei zu wenig.

»Verzeihen Sie«, sagte Lumpert, nachdem er sich wieder zu Vera gewandt hatte. »Aber genau so ein diabolisches Lachen hätte wohl auch Anthony Hopkins alias Hannibal Lecter von sich gegeben. Das musste jetzt einfach sein.« Die Finger der Chefinspektorin entspannten sich wieder. »Aber seien Sie ehrlich, Sie haben den langen Weg zu mir nicht auf sich genommen, um mit mir über Ihren aktuellen Fall zu sprechen?«

Vera wusste genau, dass es keinen Sinn machte, Lumpert etwas vorzumachen. Aus irgendeinem Grund war sie für ihn ein offenes Buch, in dem er wahllos eine Seite aufschlagen und vorhersagen konnte, welche Buchstaben er dort vorfinden würde. Ohne zuvor auch nur einen Blick in das gesamte Werk geworfen zu haben.

»Ich bin hier«, begann Vera zu sprechen, während sie unter dem Tisch drei Finger ausstreckte, »wegen Ihrer Bemerkung zu meiner Familie. Sie wissen schon, damals, nach Ihrer Verhaftung beim Konstantinhügel. Was wissen Sie über die Geschichte der von Rosens?«, bat die Polizistin um Aufklärung.

Lumpert schmiegte sich in die Stuhllehne zurück und schien sich sichtlich zu freuen, dass er die Chefinspektorin richtig eingeschätzt hatte. Und dass er ihr tatsächlich mit dieser Aussage, die fast genau ein Jahr zurücklag, einen Floh ins Ohr gesetzt hatte, den sie bis zum heutigen Tag nicht losgeworden war.

»Ich wünschte, ich wäre dem Valentin Karl so in Erinnerung geblieben wie Ihnen«, sagte Lumpert. »Für ihn war ich zum Schluss nur irgendein G'spusi von früher. Wahrscheinlich musste ich froh sein, dass er sich überhaupt an meinen Namen erinnern konnte. Aber Sie, Sie haben bis heute meine Worte von damals nicht vergessen.« Vera wusste nicht, ob sie das als Kompliment auffassen sollte. »Unsere Väter pflegten einen regelmäßigen Umgang«, startete Lumpert seine Erzählung. »Sie kannten sich schon vor dem Zweiten Weltkrieg. Wann immer im Fuhrpark der von Rosens ein Problem auftauchte, wurde mein Vater verständigt, der sich der Sache annahm. Sie müssen wissen, er war ja nicht nur Reifenhändler, sondern er hat generell in der Autobranche gute Kontakte gehabt.«

Vera lauschte den Worten Lumperts aufmerksam. Der größte Anteil der Familiendokumente war nach dem Ende der Naziherrschaft vernichtet worden. Die zahlreichen Güter, die die Familie noch bis zum Ersten Weltkrieg besessen hatte, waren in der Wirtschaftskrise der Zwischenkriegszeit veräußert worden. Dadurch gab es kaum Orte, an denen man heutzutage historische Dokumente hätte aufspüren können. Vera hatte stets nur Tante Amelies Worte im Ohr, wonach deren Bruder, also Vera Rosens Vater, »einer der schlimmsten Finger« war, wenn es darum ging, sich jüdisches Eigentum in der Leopoldstadt unter den Nagel zu reißen.

»Dadurch, dass sie viel Zeit miteinander verbracht haben, hat mein Vater natürlich so einiges mitbekommen«, fuhr Lumpert fort, um dann innezuhalten. »Dinge, von denen Sie offensichtlich nichts wissen?«

Was brachte es Vera, wenn sie ihm in dieser Situation etwas vormachte? Sie hätte nicht gewusst, wo es sonst noch eine Auskunftsperson gegeben hätte, also gab sie Lumpert recht.

»Und ich hoffe doch, dass Ihnen diese Informationen auch etwas wert sind?«

Vera brauchte einige Sekunden, um zu realisieren, was Lumpert soeben gesagt hatte. Um die Worte, die sie akustisch vernommen hatte, auch inhaltlich richtig zu verstehen.

»Wie meinen Sie das?«

»Sehen Sie, Frau von Rosen, in dieser Haftanstalt hat man alles, was man zum Leben braucht. Ich bekomme genug zu essen, ich habe ein Dach über dem Kopf, ja hin und wieder trifft man sogar einen Menschen, mit dem man sich gepflegt unterhalten kann. Aber einem kreativen Hirn wie mir, dem fällt hier die Decke buchstäblich auf den Kopf.«

Seit ihrer Kindheit war Vera nicht mehr mit dem ursprünglichen Namen ihrer Familie angesprochen worden. Sie war allerdings der Meinung, dass sich Lumperts kreatives Hirn im Vorjahr bei der Ermordung von Valentin Karl bereits genug ausgetobt hatte. Noch mehr Kreativität musste wirklich nicht sein.

»Was stellen Sie sich vor?«, fragte Vera dennoch.

»Ich freue mich über Ihr Entgegenkommen«, sagte Lumpert. »Sehen Sie, hier in diesem schönen Haus gibt es eine Reihe von Werkstätten. Derzeit bin ich in der Kuvertfertigung eingesetzt, was für mich nun wirklich keine Herausforderung darstellt.«

»Und was würde für Sie eine angemessene Betätigung darstellen?«, erkundigte sich Vera.

»Der Kunstbetrieb zum Beispiel«, erklärte Lumpert.

»Gut. Ich werde sehen, was sich machen lässt«, sagte die Chefinspektorin. Natürlich würde sie das für kein Geld der Welt tatsächlich tun. Schließlich ging es hier nicht um ein Tauschgeschäft, in dem Vera als Ermittlerin geholfen worden wäre. Hier ging es darum, einem verurteilten Verbrecher einen Gefallen zu tun, der Vera anbot, ihr im Gegenzug bei einer privaten Sache behilflich zu sein. Das war völlig außerhalb jedes vorstellbaren Rahmens. »Also, schießen Sie los«, sagte Vera.

»Wachmann, wir sind hier fertig!«, rief Lumpert und erhob sich von seinem Platz.

»Warten Sie«, sagte Vera. »Sie wollten mir noch etwas erzählen«, flüsterte sie ihm zu, damit der Justizbeamte nicht so genau mitbekam, worum es im Gespräch ging.

»Ich werde meinen Teil unseres Deals erfüllen, wenn Sie den Ihren einhalten«, sagte Lumpert und wendete sich von Vera ab. Der Wachmann führte ihn aus dem Raum.

Vera blieb alleine zurück in diesem grauen Zimmer, in dem sie sich nun nicht mehr ganz so gut aufgehoben vorkam wie zuvor. Oder fühlte sie sich einfach nur in ihrer Haut unwohl, weil sie sich entscheiden musste, ob sie sich für Lumpert einsetzen und damit eine private Grenzüberschreitung ihrer beruflichen Regeln riskieren sollte?

Vera trat die Heimreise nach Wien mit dem Dienstwagen an. Zuvor hatte sie Moritz in ihren soeben gefassten Plan eingeweiht, den Instamörder aus der Reserve zu locken. »Das passt ja gut«, sagte der Kommissar am anderen Ende der Leitung. »Für Donnerstag ist ein Instawalk geplant. Ein lancierter Artikel in der *Tagespost* sollte ausreichen, um dem Täter unsere Botschaft zukommen zu lassen.«

DIENSTAG, 22. NOVEMBER 2016

Vera erschrak, als sie an diesem sonnigen Dienstagmorgen durch die quietschenden Bremsen einer S-Bahn aufwachte. Sie hatte am Vorabend das Fenster offen gelassen, wodurch der schrille Ton fast ungefiltert bis zu ihren Ohren im neunten Stock des Simmeringer Hochhauses vordringen konnte. Die Chefinspektorin griff nach ihrem in einem Fach des quadratischen Raumteilers liegenden Mobiltelefon. Das Display zeigte halb acht Uhr. Sie fuhr sich verwundert über die Augen. Konnte das wirklich wahr sein? Hatte sie fast vier Stunden durchgeschlafen? So lange an einem Stück hatte sie nicht mehr geruht, seit sie einen Monat zuvor vom Tierarzt erfahren hatte, dass eine Rettung Luccas ausgeschlossen sei.

Sie sprang aus dem schmalen Bett und sah durch die Fenster auf die vor ihr liegende Stadt. Die S-Bahnen fuhren ein und aus, Straßenbahnen krochen auf dem Weg zum Zentralfriedhof unter der Unterführung hindurch. In der Gegenrichtung verschwand eine grau-rote Garnitur in dem kurzen Tunnel, um ihren Weg in die Stadtmitte fortzusetzen. Die Ameisenmenschen wuselten umher. Alles ging seinen gewohnten Gang. So, wie es Vera auch die Tage zuvor von hier oben hatte beobachten können. Mit dem Unterschied, dass die Chefinspektorin an diesem Morgen zum ersten Mal seit langem einen zumindest ansatzweise ausgeschlafenen Eindruck in ihrem Körperinneren vernahm.

»Kommst du mal kurz rüber?«, bat Moritz Hipster Franz am Telefon.

Zwei Minuten später stand der Assistent in der Tür.

»Neues Käppi?«, fragte Moritz, als er die braune Kopfbedeckung von Franz Purck bemerkt hatte.

»Wenn schon, dann ein neues Kapperl. Aber nein, ist nicht neu. Habe ich im Sommer in Berlin gekauft und irgendwie ist jetzt die Zeit reif dafür, es zu tragen.«

»Die Zeit ist reif, soso«, sagte Moritz. Das einzige Baseball-Cap, das es jemals auf seinen Kopf geschafft hatte, war in Rot gehalten und trug die drei Initialen seines Lieblingsvereins: FCB. Und dieses Kapperl konnte er tragen, wann immer ihm danach war, und nicht, wenn *die Zeit reif dafür war*. »Vera hat mir gestern von einer Idee erzählt«, begann Moritz damit, den Assistenten des LKA 11 in die weitere Vorgehensweise einzuweihen.

Vera hatte vorgeschlagen, den Täter aus der Reserve zu locken. Nachdem dieser in Form seiner Fotos ohnehin die Aufmerksamkeit der Ermittler haben wollte, würde er sich von einer öffentlich kommunizierten Finte eventuell anlocken lassen. Zu diesem Zweck sollte die *Tagespost* einen Artikel publizieren, in dem sie einen Polizeisprecher zitierte, der dafür garantierte, dass die Ermittler Instawalks wie jenen am Donnerstag im *UNIQA*-Tower für garantiert sicher hielten und weitere Zwischenfälle ausschließen könnten.

»Na, wenn das mal nicht in die Hose geht«, sagte Purck.

»Es ist momentan unsere einzige Chance. Aber du bist in guter Gesellschaft. Die Zelinka ist auch nicht restlos von dem Plan überzeugt. Deswegen hat sie sich auch geweigert, dass sie mit der Aussage in dem Artikel zitiert wird, wonach der Walk am Donnerstag absolut sicher sein wird.«

»Verständlich«, sagte Purck.

»Vielleicht hast du recht«, sagte Moritz. »Aber Vera scheint diese Idee aus irgendeinem Grund gut zu finden. Also versuchen wir es.«

Moritz beauftragte Purck damit, den Text zu verfassen und diesen nach Abstimmung mit der Pressestelle des LKA an den Kontakt bei der *Tagespost* weiterzuleiten.

»Und was machst du?«, fragte Purck.

»Ich gehe zu dem Instameet im *Stilwerk* am Donaukanal. Und danach übernehme ich die nächste Schicht in der Observierung von Armin Weißmann.«

Die paar Stunden Schlaf, die Vera in der vergangenen Nacht in den Räumlichkeiten des zweiten Todesopfers Daniela Bucher bekommen hatte, machten der Chefinspektorin an diesem Dienstagabend Hoffnung. Darauf, dass sie es vielleicht auch in der bevorstehenden Nacht schaffen würde, die Augen für einige Stunden zu schließen und schlafen zu können. Da Vera nicht wusste, worin ihre plötzlich wiedererlangte Fähigkeit begründet lag, wusste sie auch nicht, ob sie selbst etwas zur Förderung derselben tun konnte. Sie hatte am Abend zuvor die üblichen Tricks ausprobiert. Schäfchenzählen, sich auf die Atmung konzentrieren und anderes mehr. Aber das waren allesamt Dinge, die sie auch in den Wochen zuvor praktiziert hatte. Einschlafhilfen, die allesamt wirkungslos geblieben waren. Was war es also gewesen, das ihr einige Stunden seligen Schlaf beschert hatte? Konnte es tatsächlich an ihrem Besuch in der Strafvollzugsanstalt Stein gelegen haben? Lag es im Austausch mit Anton Lumpert begründet? Jener Lumpert, der sie in der Nacht von Sonntag auf Montag erneut in einem ihrer Träume heimgesucht hatte?

Die Chefinspektorin sah dem regen öffentlichen Treiben einige Momente lang zu. Wann hatte sie das letzte Mal einen ganzen Tag vertrödelt? Moritz hatte sie Bescheid gegeben, dass sie sich nicht wohlfühlte. Ihr war es so vorgekommen, als ob er sich über diese Nachricht sogar gefreut hätte. Dabei fühlte sie sich an diesem Tag so gut wie schon lange nicht mehr. Ein innerer Knoten schien gelöst worden zu sein und Vera wollte die Gelegenheit nutzen, um in Ruhe über ihr weiteres Vorgehen nachzudenken. Bis zur Veröffentlichung des Artikels in der *Tagespost* war ihrer Meinung nach ohnehin mit keinem Fortkommen in den Ermittlungen zu rechnen. Das gab ihr den Raum, sich über Anton Lumpert, seine Forderung und deren mögliche Folgen klar zu werden. Vera ließ den Blick schweifen und folgte einer Straßenbahn über die Simmeringer Hauptstraße, bis diese im Dickicht der Häuser nicht mehr zu erkennen war.

Erst rot, dann rosa und schließlich gelb. Die junge Frau, die in der Reihe vor Moritz saß, sah dem abwechselnden Farbenspiel des Hochstrahlbrunnens am Schwarzenbergplatz fasziniert zu. Beim *Hotel Imperial*, dort, wo der 71er vom Ring in den langgezogenen Platz einbog, hatte sie ihrem Sitznachbarn erzählt, dass in diesem traditionellen Hotel zahlreiche Staatsgäste abgestiegen waren. Nun war der in Erinnerung an die Eröffnung der Ersten Wiener Hochquellwasserleitung errichtete Brunnen als nächste Sehenswürdigkeit an der Reihe.

Kommissar Moritz Ritter hatte dem *Imperial* genauso wenig Beachtung geschenkt wie nun dem Hochstrahlbrunnen, der auf dem Weg zur Station Unteres Belvedere rechts an ihm vorbeizog. An dieser Haltestelle war er im Oktober ausgestiegen, als er an einem Instawalk von *Igersaustria* teilgenommen hatte. Damals war eine Fotografieausstellung eröffnet worden, Moritz hatte eines der wenigen begehrten Tickets ergattern können. Gemeinsam mit anderen Instagrammern war er durch die Räumlichkeiten gestreunt, noch bevor die Ausstellung für die normalen Besucher eröffnet worden war. Ein Privileg, für das es sich definitiv lohnte, bei Instawalks dabei zu sein. Das hatte sich der Kommissar auch wenige Stunden zuvor im *Stilwerk* am Donaukanal gedacht. Mit einer Gruppe weiterer Instagrammer hatte er dort hinter die Kulissen des Nobeleinkaufszentrums blicken können. Absolutes Highlight war dabei ein sechshundert Quadratmeter großer vertikaler Stadtgarten, auf dem mehr als zwanzigtausend Pflanzen wuchsen. »Sieht aus wie im Dschungel«, hatte einer der Teilnehmer treffend festgestellt, als sie am Fuße der grünen Wand die ungewöhnliche Atmosphäre genossen hatten. Ein ähnlich frisches Raumklima wünschte sich der Kommissar nun auch in der Straßenbahn herbei.

Diese folgte dem Rennweg zur gleichnamigen Haltestelle, von der aus man in die S-Bahn umsteigen konnte. »Lass uns doch beim *Burger King* etwas essen gehen«, sagte der Mann zu jener Frau, die zuvor begeistert den Hochstrahlbrunnen angestrahlt hatte. Das junge Pärchen stieg aus und wechselte die Straßenseite, wo sich die Filiale des Fastfood-Restaurants im Gebäude der S-Bahnstation befand. Moritz hätte große Lust gehabt, anstelle des Pärchens gemeinsam mit Denise dort drüben einen Burger zu verdrücken. Doch in dieser Situation war das natürlich nicht möglich. Nicht mal einen Blick auf die Filiale des Fastfood-Restaurants warf Moritz. Er hielt seine Augen geradeaus gerichtet, stets in der Bereitschaft, entweder schnell die Straßenbahn zu verlassen oder in großer Geschwindigkeit jene Zeitung, die er zur Tarnung auf Höhe seines Gesichts hielt, weiter nach oben zu ziehen.

Das Anfahren der Straßenbahn machte sich in einem leicht ruckeligen Ziehen des hinteren Waggons bemerkbar. Der

71er setzte seine Reise fort. Und Moritz wusste nicht, wo diese ihn hinführen würde.

Die Chefinspektorin versuchte, mögliche Folgen ihrer Handlung abzuschätzen. Was konnte passieren, wenn sie einen Versuch unternahm, Lumperts Haftbedingungen zu erleichtern? Wenn sie ein kurzes Telefonat mit dem Anstaltsleiter führte und ihn unter Vortäuschung falscher Tatsachen bat, Lumpert eine Beschäftigung im Kunstbetrieb zu verschaffen? Falls der Leiter der Strafvollzugsanstalt Stein den Braten riechen sollte, könnte er sich bei Andrea Zelinka über Vera beschweren. Dies bereitete Vera in diesem Moment, in dem sie immer noch hoch oben über dem Zentrum Simmerings am Fenster stand, keinen sonderlich großen Kummer. Und viel verlockender wirkte ohnehin, was sie bekommen würde, wenn sie sich auf den Deal mit dem Mörder Valentin Karls einlassen sollte: wertvolle Informationen über ihre Familie. Auskünfte über Dinge, die vor Vera Rosen verheimlicht worden waren, Informationen, die sonst vielleicht niemals bis zu ihr durchdringen würden. Aber was, wenn Andrea Zelinka die Gelegenheit von Veras Kompetenzüberschreitung nutzen würde, um im Lichte des aktuellen Zerwürfnisses eine nicht zur Kooperation fähige Mitarbeiterin loszuwerden? Eine Chefinspektorin, die sich nicht scheut, vor versammelter Mannschaft Widerworte auszusprechen.

Vera war unentschlossen und sah wieder zu den Straßenbahnen hinunter. Die Züge mit den jeweils zwei Waggons versahen ihren Dienst wie üblich. Sie und ihre Insassen scherten sich nicht darum, dass sich Vera Rosen hier oben im neunten Stock des Hochhauses an der Endstation der U3 den Kopf zermarterte. Oder vielleicht doch? Vielleicht sollte Vera ja die Straßenbahnen entscheiden lassen? Sie würde die Entscheidung quasi an das Schicksal auslagern. Plötzlich war der Fall für Vera sonnenklar: Erreichte als Nächstes eine stadtauswärts fahrende Garnitur die Station, so würde sie Lumpert den Gefallen tun. Fuhr die nächste Straßenbahn jedoch stadteinwärts in die Haltestelle ein, würde sie sich nicht auf dieses riskante Parkett begeben.

Vera starrte gebannt nach unten.

Der Kommissar wusste nicht genau, wie viele Stationen er mit dem 71er mittlerweile zurückgelegt hatte. Aber zwanzig Minuten waren mit Sicherheit schon vergangen. Die Sehenswürdigkeiten, wie sie der erste und der dritte Bezirk noch zu bieten gehabt hatten, hörten sich rasch auf. Einzig der auf dem Boden liegende Wolkenkratzer von *T-Mobile* zog in Simmering für einen kurzen Moment die Aufmerksamkeit des Kommissars auf sich. Und so langsam bekam er eine Ahnung, wohin das Objekt seines Interesses unterwegs war. Moritz war zwar noch nicht allzu lang in Wien, doch ein bisschen Ortskenntnis konnte er bereits auf seiner Habenseite verbuchen. Und wenn ihn nicht alles täuschte, so war Armin Weißmann auf dem Weg zu jenem Hochhaus an der Endstation der Linie U3, in dem Daniela Bucher bis zu ihrem Tod gewohnt hatte.

Keine zehn Minuten später wurde aus Moritz' Ahnung Wirklichkeit. Weißmann stieg bei der Haltestelle Simmering aus dem vorderen Straßenbahnwaggon aus. Moritz schnellte hoch und betätigte jenen Druckknopf, der eine der Doppeltüren im hinteren Waggon öffnen ließ. Der Kommissar ließ einige Sekunden verstreichen, bis er in der Dunkelheit der Simmeringer Nacht die Verfolgung aufnahm. Weißmann bewegte sich schnurstracks, vorbei an einem an der Haltestelle wartenden Bus der Linie 73A, zum Eingang des Hochhauses, das Moritz als Ziel der Reise bereits zuvor identifiziert hatte. Der Kommissar versteckte sich an der Seite des Wartehäuschens der Bushaltestelle, um Weißmann aus sicherer Entfernung im Blick behalten zu können. Dieser stand vor dem Eingang des weißen Hochhauses und zündete sich eine Zigarette an. Während Weißmann sich einen Zug nach dem anderen gönnte, versuchte Moritz, die Fensterreihen bis zu jenem Stockwerk abzuzählen, in dem er die Wohnung von Daniela Bucher vermutete. Die Fenster der Ein-Zimmer-Wohnung lagen im Dunkeln, während in den anderen Etagen rundherum einzelne Lichter belebte Wohnungen erahnen ließen. Aber wer sollte sich dort oben, in der Wohnung einer Toten, auch schon aufhalten, dachte sich Moritz.

Als der Kommissar seine Augen wieder zum Eingangsbereich des Hochhauses lenkte, sah er gerade noch rechtzeitig, dass Weißmann Gesellschaft erhalten hatte. Ein schlanker Mann, gekleidet in eine dunkle Jacke, deren Kapuze er über seinen Kopf gezogen hatte, gesellte sich in diesem Moment zu ihm und begrüßte ihn mit einem Handschlag.

»Wollen'S nun mit oder net?«, hörte Moritz auf einmal eine tiefe männliche Stimme fragen.

Der Kommissar erschreckte sich und zog intuitiv seinen Kopf zurück.

»Na dann halt net«, sagte die Person. Anschließend vernahm Moritz den Startvorgang eines Dieselbusses sowie das hydraulische Schließen einer Doppeltür. Kurz danach setzte sich der Bus mit seinem höflich nachfragenden Chauffeur in Bewegung.

Moritz ärgerte sich über seine unprofessionelle Schreckhaftigkeit. Er war zu sehr auf die Beobachtung von Weißmann und seinem Kompagnon fixiert gewesen, als dass er den Busfahrer auch nur annähernd wahrgenommen hätte. Als der Kommissar wieder hinter seinem Wartehäuschen hervor sah, öffneten Weißmann und sein Bekannter gerade die Tür des Hochhauses. Danach verschwanden sie im hell erleuchteten Eingangsbereich, den Moritz durch die verglaste Geschäftsfront eines Optikers hindurch sehen konnte. Moritz stürmte über die Straße sowie den angrenzenden Grünstreifen und rannte auf der anderen Straßenseite dem nun nicht mehr ganz so höflichen Chauffeur fast vor den Bus, der kurz zuvor die Schleife verlassen hatte. Der Fahrer fuchtelte wie wild mit seinen Armen durch die Luft, während Moritz sich erneut erschreckte und entschuldigend den Arm hob. Weißmann und sein Gefährte waren nun wesentlich wichtiger als sein Fast-Zusammenstoß mit einem Bus.

Vor der Eingangstüre des Hauses angekommen, sah Moritz gerade noch, wie die beiden in der Aufzugshalle verschwanden. Moritz begann in seiner Jackentasche zu kramen, um kurz darauf einen lauten Fluch auszustoßen. Denn sein Lockpicking-Werkzeug, mit dem er jede Tür in wenigen Sekunden geöffnet hätte, befand sich in einer der anderen Jacken, die in seiner warmen und gemütlichen Wohnung im Stuwerviertel an der Garderobe hing.

Wie leichtsinnig die Menschen heutzutage doch waren, dachte sich Vera. Auf ihrem Beobachtungsposten hatte sie soeben mitbekommen, wie ein Mann fast vom Bus überfahren worden war. Vera musste sich ziemlich wundern, denn der Bus war keinesfalls zu schnell unterwegs gewesen. Konnte er auch gar nicht, denn er war ja kurz zuvor erst aus der Schleife in die Gasse eingebogen und musste dann ohnedies vor der roten Ampel warten. Und trotzdem war der junge Mann von irgendwas so abgelenkt, dass er nicht auf den Bus geachtet hatte. Wahrscheinlich ging es um ein Mädchen, dachte sich Vera. Am Ende des Tages ging es doch immer um Gefühle oder Liebe. Oder beides.

Die Chefinspektorin wandte sich vom Fenster ab. Sie war zufrieden mit der Entscheidung, die die Straßenbahn für sie getroffen hatte. Anschließend betrachtete sie sich im Spiegel des Schminktisches. Sie fuhr sich mit der rechten Hand durch ihre Kurzhaarfrisur, die in den vergangenen Tagen und Wochen fast ein bisschen zu lang geworden war. Wenn sie den Friseurbesuch noch einige Wochen aufschob, würde das schrecklich veraltete Foto in ihrem Dienstausweis fast wieder aktuell werden. Anschließend zog sie eine Grimasse, wie sie es früher als Kind auch gerne im elterlichen Bad getan hatte. Sie kniff ihre Augen zu und hob die Wangen an, wodurch ihre obere Zahnreihe sichtbar wurde. »Meine arme Cleo ist entführt worden. Ganz Wien muss sofort nach ihr suchen«, sagte sie anschließend, die Stimme ihrer Vorgesetzten Andrea Zelinka nachäffend. »Wo bleiben denn der Bundespräsident und das Bundesheer! Das ganze Land muss suchen«, sagte Vera zu ihrem Spiegelbild. Dann fiel ihr ein, dass das mit dem Bundespräsidenten angesichts des seit mehreren Monaten laufenden Intensivwahlkampfes wohl so nicht klappen würde. Na ja, dachte sich Vera, muss Andrea Zelinka bei der Suche nach Cleo halt mit dem Bundeskanzler vorliebnehmen.

Veras Freude über die, in ihren Augen äußerst gelungene, Andrea-Zelinka-Imitation hielt nicht lange an. Denn kurz darauf hörte sie, wie sich ein Schlüssel im Schloss der Wohnungstür zu drehen begann.

Moritz ärgerte sich grün und blau. Wie hatte er nur so dämlich sein und vergessen können, das Lockpicking-Werkzeug mitzunehmen? So ein Anfängerfehler, dachte sich der Kommissar. Bis er in bester Manier eines Klingelmännchens auf alle Knöpfe gedrückt und der eine oder andere verschlafene Mieter den Türöffner betätigt hätte, wären Weißmann und sein Gefährte schon längst in einem x-beliebigen Stockwerk angekommen. Moritz hätte keine Chance gehabt, ihren Standort innerhalb des Hauses zu bestimmen. Aber er hatte noch seine Vorahnung. Diese galt es zu überprüfen, das war immerhin auch von hier unten aus möglich.

Der Kommissar marschierte mit schnellen Schritten über die beiden Fahrbahnen und den dazwischenliegenden Grünstreifen. Von einem Bus war dieses Mal weit und breit keine Spur. Bei der Bushaltestelle angekommen, drehte er sich um und begann erneut, die Fensterreihen bis zu jener Etage zu zählen, in der er die Wohnung von Daniela Bucher vermutete. Zu seiner Freude lag er mit seiner Ahnung richtig. Denn kurz darauf ging in besagter Wohnung das Licht an.

Vera erstarrte zur Salzsäule. Sie war sich nicht sicher, ob sie die Andrea-Zelinka-Grimasse rechtzeitig wieder abgelegt hatte. Oder stand sie nun tatsächlich mit zusammengekniffenen Augen und hochgezogenen Wangen vor dem unerwarteten Besuch?

»Was, um Gottes willen, machen Sie hier?«, fragte die erschrockene Frau mit den lockigen langen Haaren, die zuvor die Tür aufgeschlossen hatte. Sie begann hektisch in ihrer Handtasche zu wühlen. »Bleiben Sie, wo Sie sind! Ich rufe sofort die Polizei«, fuhr sie mit hastigen Worten fort, als sie endlich ihr Handy zu greifen bekam.

Beim Stichwort *Polizei* fand Vera Rosen wieder zu ihrer Reaktionsfähigkeit. »Ich bin von der Polizei«, sagte sie mit ebenso schnell ausgesprochenen Worten. Dazu hob sie ihre Hand in die Höhe, so als ob sie der auf der Türschwelle verharrenden Frau *high five* geben wollte. In Wahrheit sollte diese Geste der Beruhigung dienen. »Ich kann Ihnen meinen Ausweis zeigen«, schob Vera schnell hinterher und machte einen Schritt auf ihre Handtasche zu. Diese hing über einer Sessellehne in der Mitte des Raumes.

»Sie bewegen sich keinen Schritt!«, schrie die Frau panisch.

»Chefinspektorin Vera Rosen vom Wiener Landeskriminalamt«, sagte Vera nun in möglichst ruhigem Tonfall. »Ich ermittle mit meinen Kollegen im Mordfall Daniela Bucher. Sie können selbst in meine Handtasche schauen. In meinem Geldbörserl befindet sich mein Dienstausweis.«

Vera nahm mit aller gebotenen Langsamkeit die Hand wieder herunter. Und auch ihre Gesichtszüge hatten sich wohl zwischenzeitlich wieder normalisiert. Gleichzeitig betete sie zu Gott, dass die unbekannte Frau nicht tatsächlich einen Blick in ihre Handtasche werfen würde. Denn darin herrschte eine fürchterliche Unordnung.

Die Chefinspektorin hörte eine Stimme durch den Lautsprecher des Handys. Danach erkundigte sich die Frau, ob der Stimme am anderen Ende der Leitung eine Bedienstete beim LKA namens Vera Rosen bekannt war. Einige Sekunden vergingen und Vera versuchte weiterhin, sich so harmlos wie nur irgend möglich zu zeigen. Ihre Anspannung fiel erst ab, als die Frau das Telefonat beendet hatte, nachdem ihr zuvor die Existenz einer LKA-Beamtin mit diesem Namen bestätigt worden war. Das Vorzeigen des Dienstausweises, den Vera nun selbst aus ihrer chaotischen Handtasche pflücken durfte, brachte schließlich letzte Gewissheit über ihre Identität.

»Was machen Sie in der Wohnung meiner Schwester?«, fragte die junge Frau und schloss hinter sich die Tür.

Zum Glück für Kommissar Moritz Ritter hatte der Föhn am Wochenende für eine kräftige Erwärmung in Wien gesorgt. So konnte er an diesem Dienstagabend draußen im

Freien stehen, ohne dabei Gefahr zu laufen, sich alle Finger und Zehen einzeln abzufrieren. Denn genauso wie er sein Lockpicking-Werkzeug zu Hause vergessen hatte, lagen auch Haube und Handschuhe auf dem Regal in seiner Garderobe und warteten dort auf ihren Einsatz.

Als Armin Weißmann und sein Kompagnon wieder im Eingangsbereich des Hochhauses erschienen, war eine gute Dreiviertelstunde seit Betreten des Hauses vergangen. Moritz warf einen Blick zur Wohnung von Daniela Bucher. Wenigstens das Licht hätten sie hinter sich ausmachen können, dachte sich der Kommissar. Direkt nach Verlassen des Hauses trennten sich die Wege der beiden, Armin Weißmann schüttelte mit seiner großen Hand jene seines Gegenübers. Moritz fotografierte die Szenerie mit seinem Handy. Der Unbekannte verabschiedete sich in die dunkle Simmeringer Nacht, während Armin Weißmann direkt auf Moritz zuging. Der Kommissar tat einen Schritt in das Wartehäuschen der Busstation, sodass Weißmann ihn beim Vorbeigehen nicht erkennen konnte. Anschließend folgte er ihm zur Straßenbahnhaltestelle. Auch auf der Rückfahrt entschied sich Moritz dafür, in den abgetrennten hinteren Waggon einzusteigen. Von dort hatte er Weißmann bestens im Blick, zumal die Garnitur der Linie 71 an diesem Abend ohnehin nicht gerade übervoll war.

Statt mit einer Zeitung tarnte sich der Kommissar auf der Rückfahrt in die Stadt, indem er sein Handy halbhoch vor sich hielt und Fotos in der *Instagram*-App durchsah. Zwischendurch warf er immer mal wieder einen Blick in den vorderen Waggon zu Armin Weißmann. Dieser saß seelenruhig auf einem Doppelsitz und beschäftigte sich ebenfalls mit seinem Mobiltelefon. Und gerade, als die Straßenbahn auf der rechten Seite die S-Bahnstation Rennweg mit dem darin befindlichen *Burger King* passiert hatte, wurde Moritz via Handy der Grund für Weißmanns Aufenthalt im Simmeringer Hochhaus geliefert.

Vera hatte große Mühe, der Schwester des zweiten Opfers des Instamörders klarzumachen, warum sie sich zu dieser schon fast nächtlichen Stunde in der Wohnung von Daniela Bucher aufgehalten hatte. Sie erklärte, sie habe sich besser in die Situation des Opfers einfühlen wollen. Das hatte auch Moritz früher mal als Begründung dafür erwähnt, dass sein Münchner Chef Peter Saarländer regelmäßig in den Wohnungen von Verbrechensopfern genächtigt hatte.

Barbara Kubik, die verheiratete Schwester von Daniela Bucher, schien dies zu schlucken. Wahrscheinlich war sie aber auch einfach nur froh, dass sich der Schreck über die fremde Person in der Wohnung ihrer ermordeten Schwester so schnell in Wohlgefallen aufgelöst hatte. Vera setzte sich auf das Bett der Verstorbenen, Barbara Kubik nahm ihr gegenüber auf dem zum Schminktisch gehörenden Stuhl Platz. Sie beschrieb ihre Schwester als sehr warmherzigen Menschen, der sich vielleicht hin und wieder in der anonymen Großstadt etwas einsam gefühlt hatte. Kubik wusste nichts über einen Freund oder amouröse Verhältnisse zu berichten. Auch der Name Aurelio Przemysl war ihr fremd, was Vera darin bestärkte, dass es sich bei den Gerüchten um ein Verhältnis zwischen ihm und dem zweiten Mordopfer tatsächlich nur um Klatschgeschichten gehandelt hatte.

Interessant wurde es für Vera, als Barbara Kubik, die ihren Studienaufenthalt in Tokio aufgrund der Vorkommnisse um ihre Schwester unterbrochen hatte, der Chefinspektorin von einem Brief erzählte. »Es waren alle so getroffen von dem, was passiert war, dass der Umschlag zu Hause in Grünbach ein paar Tage liegen geblieben ist. Erst heute Morgen, nach meiner Rückkehr aus Japan, bin ich über ihn gestolpert und habe ihn geöffnet.« Barbara Kubik reichte der Chefinspektorin ein braunes Kuvert im Format A4. Aus diesem zog Vera einen Zettel mit einer handschriftlichen Notiz.

»Wenn mir etwas passiert, weiß Ariane Bescheid«, las Vera den Text laut vor. »Wissen Sie, wer Ariane ist?«, fragte sie anschließend Barbara Kubik.

»Ich zerbreche mir schon den ganzen Tag den Kopf darüber, wen sie damit gemeint haben könnte. Ich bilde mir auch fix ein, dass ich den Namen schon mal gehört habe. Aber ich komme einfach nicht darauf«, antwortete Kubik und schüttelte verzweifelt den Kopf.

Mit diesem Gefühl war Barbara Kubik nicht alleine. Auch Vera war der Name Ariane vor nicht allzu langer Zeit untergekommen. Aber wo?

MITTWOCH, 23. NOVEMBER 2016

LKA betont: Instamörder so gut wie geschnappt

Seit mehreren Wochen wird die Wiener Fotocommunity durch zwei Morde in Atem gehalten. Beide Opfer gehörten zu einer Gruppe von Bloggern und Fotografen, die sich regelmäßig für so genannte Instawalks verabreden. Das erste Opfer, Carola Bednar, wurde am 7. November erwürgt, Opfer Nummer zwei, Daniela Bucher, verblutete auf bestialische Art und Weise in einem beliebten Lokal am Naschmarkt. Ein Grund, um künftigen Instawalks fernzubleiben? Nicht für das Wiener Landeskriminalamt, das die Ermittlungen in dieser Sache leitet. »Alle Veranstaltungen der Community sind sicher, weitere Opfer können wir dezidiert ausschließen«, sagte ein Sprecher des LKA im Gespräch mit der Tagespost. Auch habe man dank mehrerer Hinweise aus der Bevölkerung bereits eine heiße Spur zum Täter. Allein aufgrund des Fahndungsdrucks geht das LKA davon aus, dass keine weiteren Taten folgen werden. »Wir halten das für ausgeschlossen«, erklärte der Sprecher dazu.

»Da lehnen wir uns aber ganz schön weit aus dem Fenster«, sagte Andrea Zelinka an diesem Mittwochmorgen, nachdem sie den Artikel der zur Teestunde versammelten Mannschaft vorgelesen hatte. »Ich hoffe für dich, Vera, dass deine Strategie aufgeht. Ich würde mir gerne die Peinlichkeit ersparen, dass am Donnerstag bei dieser Fotoveranstaltung im *UNIQA*-Tower jemand zu Schaden kommt, obwohl wir einen Tag zuvor in der *Tagespost* die Sicherheit der Veranstaltung gewährleistet haben.«

Die Ermittlungsbereichsleiterin faltete die Zeitung zusammen und blickte zu Chefinspektorin Vera Rosen.

»Immer noch besser als nichts zu tun«, sagte Vera. »Außerdem kann nicht viel passieren. Wir sind dank Moritz ganz dicht an der Gruppe dran. Zwei Leute werden im Eingangsbereich sowie am Lieferanteneingang postiert. Und Franz und Jakob haben den ganzen morgigen Tag über ein Auge auf unseren Hauptverdächtigen Armin Weißmann.«

»Dein Wort in Gottes Ohr«, sagte Zelinka.

»Apropos, ihr werdet nicht erraten, wo sich der Weißmann gestern Abend herumgetrieben hat«, sagte Moritz anschließend. Als einige Sekunden verstrichen waren und keine Vorschläge eingebracht worden waren, klärte er die Runde auf. »Zusammen mit einem anderen Instagrammer war er auf dem Dach des Simmeringer Hochhauses, in dem die getötete Daniela Bucher gewohnt hat. Als er mit der Straßenbahn zurück nach Hause gefahren ist, hat er gleich ein paar Fotos von dort oben auf seinem *Instagram*-Account veröffentlicht.«

»Kann es Zufall sein, dass er sich ausgerechnet das Haus ausgesucht hat, in dem das zweite Todesopfer gewohnt hat?«, fragte Rauschebart Tepser.

»Wie hat neulich jemand von uns so schön gesagt? An Zufälle glaube ich nicht«, zitierte Moritz die Chefinspektorin.

Diese nutzte die Gelegenheit, um von ihrer nächtlichen Begegnung mit der Schwester von Daniela Bucher zu erzählen.

»Ach, dann warst du dort oben in der Wohnung?«, fragte Moritz überrascht. »Ich hatte mich schon gewundert, warum zeitgleich mit Weißmanns Anwesenheit auf einmal bei der Daniela Bucher das Licht angegangen war.«

»Ja, ich war dort oben. Gemeinsam mit Barbara Kubik. Mir war so, als ob wir in der Wohnung etwas übersehen hatten, deswegen bin ich noch mal hingefahren«, versuchte Vera vorbeugend, allfälligen Fragen nach dem Grund für ihre Anwesenheit den Wind aus den Segeln zu nehmen.

»Fleißig, fleißig«, erhielt sie daraufhin von Andrea Zelinka Lob für ihren Arbeitseifer.

»Das ist wirklich ziemlich riskant«, sagte Moritz zu Vera, als sie nach der Besprechung in ihrem Büro einander gegenübersaßen.

Aus Kollegialität hatte er dies Vera nicht schon während der Teestunde sagen wollen. Er empfand es aber als seine Pflicht, nochmals darauf hinzuweisen, dass das LKA mit dem Artikel in der *Tagespost* ein großes Risiko eingegangen war.

»Ich weiß«, sagte Vera. »Aber ich sehe keine andere Möglichkeit. Wir können nicht jede Veranstaltung, in der es ums Fotografieren geht, komplett überwachen. Das geht nicht. Wir müssen das Heft des Handelns in die Hand nehmen.«

»Und wenn es doch kein Serientäter ist?«, fragte Moritz. »Wenn die beiden Taten für sich stehen und vielleicht nicht mal etwas miteinander zu tun haben?«

»Und die Fotos, die diesem *Instagram*-Dachverband zugeschickt worden sind?«

»Wir wissen doch gar nicht, ob es sich dabei tatsächlich um Ankündigungen gehandelt hat«, sagte Moritz. »Noch dazu jetzt, nach dem Foto aus der Messe Wien, wo gar kein weiterer Mord passiert ist.«

»Wie meinst du das?«

»Przemysl kann sich das mit den beiden Fotos ausgedacht haben, um von sich abzulenken. Er war von Carola Bednar verlassen worden und hatte somit ein Motiv. Angenommen, ihm kam der Mord an Daniela Bucher ganz gelegen, um den Mord an Carola einem Serienmörder in die Schuhe zu schieben?«

»Also das wäre schon sehr durchtrieben«, kommentierte Vera den Gedanken ihres Kollegen. »Da verübt jemand einen Mord, kurz darauf passiert eine zweite Tat und schwuppdiwupp kann Täter Nummer eins beide Morde Täter Nummer zwei in die Schuhe schieben? Nein, Moritz. Carola Bednar hat sich verfolgt gefühlt und auch Daniela Bucher muss vor etwas Angst gehabt haben, sonst hätte sie nicht diesen Umschlag mit dem Stichwort Ariane an ihre Schwester geschickt. Und er hat jeweils ein Alibi, vergiss das nicht.«

Aus dem Empfangsbereich im Erdgeschoss drang auf einmal lautes Gemurmel bis hinauf zu Veras und Moritz' Büro im ersten Stock. Es klang wie in einer Markthalle, in der Händler und potenzielle Käufer über Waren und Preise verhandelten.

»Was ist denn das für ein Aufruhr?«, wunderte sich Vera und trat auf den Gang hinaus. Moritz folgte ihr. Von der Galerie im ersten Stock sahen sie, dass vor dem länglichen Empfangspult eine Gruppe von mehreren Kollegen stand und aufgeregt miteinander im Gespräch war. Selbst die resche Empfangsdame des LKA 11, die sich sonst gerne aus dem üblichen Tratsch heraushielt und sich auf ihren Job konzentrierte, stand aufgewühlt hinter ihrem Pult.

»Was macht denn Denise dort unten?«, fragte Moritz, als er seine Freundin inmitten der Gruppe entdeckt hatte. Vera und der Kommissar gingen die Galerie entlang in Richtung

Stiege, um sich das Geschehen aus der Nähe anzusehen, als Andrea Zelinka an ihnen vorbeistürmte.

»Lasst mich durch«, schnaubte Zelinka, die ihrem Ansinnen mit dem Einsatz beider Arme Nachdruck verlieh. Sie rannte die Stiege hinunter und von dort im Eilschritt auf die vor dem Empfangspult stehende Gruppe zu. Moritz und Vera folgten ihr in etwas weniger riskantem Tempo.

»Oh mein Gott! Oh mein Gott!«, schrie Zelinka.

Moritz und Vera wussten noch immer nicht, was passiert sein konnte. Der Chefinspektorin war der Aufruhr, der in direktem Zusammenhang mit Andrea Zelinka zu stehen schien, suspekt. War die Ermittlungsbereichsleiterin des LKA etwa auf einem Foto in der Zeitung nicht adäquat getroffen? Oder hatte einer der Kollegen einen ihrer oftmals zweideutigen Befehle missachtet? Vera war es eigentlich herzlich egal, am liebsten wäre sie auf dem Absatz umgekehrt und wieder in ihr Büro marschiert. Moritz dagegen schien ehrliches Interesse an der Situation zu haben. Allein schon, weil seine Freundin Teil des Aufruhrs war.

Der Kommissar war bei der nun um Andrea Zelinka im Kreis stehenden Gruppe angekommen, während Vera mit einigen Schritten Abstand zurückblieb. »Die arme Cleo«, sagte Zelinka mit nun deutlich gedämpfter Stimme. »Das arme, arme Mausi«, fuhr sie fort. Zelinka bahnte sich anschließend ihren Weg durch die noch immer um sie herumstehenden Kollegen und kam direkt auf Vera zu. In ihren Händen hielt sie einen silbernen Schuhkarton. Da der Deckel fehlte, konnte auch Vera mit einem Blick sehen, was der Grund für die Aufregung gewesen war. In der Schachtel lag der leblose Körper der Chihuahuahündin. Die auf und neben Cleo verteilte Erde sowie die Blätter ließen darauf schließen, dass der Hund eine Zeit lang im Freien gelegen haben musste.

Vera drehte sich um und folgte Zelinka in einigem Respektabstand in den ersten Stock. Oben angekommen, hielt sie für einen Moment inne, entschied sich dann aber doch dafür, in ihr eigenes Büro zurückzugehen.

»Starker Tobak«, sagte Moritz, als auch er nach einigen Minuten wieder im Büro angekommen war.

»Wo haben sie den Hund gefunden?«, fragte Vera.

Moritz erzählte die Geschichte, so wie er sie zuvor im Erdgeschoss gehört hatte. Ein Fußgänger war mit seinem Hund entlang der Hauptallee im Prater unterwegs gewesen, als sein Vierbeiner auf einmal im Unterholz verschwunden war. Als das Tier auch auf die mehrmaligen Rufe des Besitzers nicht reagiert hatte, folgte der Mann seinem Hund und fand schließlich den toten Chihuahua. Der Mann wusste wohl nicht, was man in einer solchen Situation zu tun hatte, und verständigte die Polizei. Denise war gerade mit einem Kollegen auf Streife im Prater unterwegs und war somit als Erste vor Ort. Aufgrund des Aufruhrs, den Zelinka auch innerhalb der umliegenden Polizeidienststellen wegen der vermissten Cleo veranstaltet hatte, wusste sie natürlich sofort, um welchen Hund es sich bei dem toten Tier handeln musste.

»Das arme Tier wurde wohl mit einem Stein oder einem ähnlich harten Gegenstand erschlagen. Wenn es nicht nur ein Hund wäre, wäre das wohl ein Fall für Doktor Faust«, sagte Moritz.

Vera sah ihren Kollegen überrascht an. »Der Zelinka wäre es sogar zuzutrauen, dass sie wegen ihres Hundes einen Gerichtsmediziner mit der Klärung der Todesursache beauftragt«, erklärte sie.

»Tu mal nicht so. Du konntest Cleo doch nie leiden …«.

»Du etwa?«, unterbrach Vera ihren Kollegen mit einer Frage.

»Nicht unbedingt«, antwortete dieser. »Aber du solltest dich nach allem, was mit dem armen Lucca passiert ist, doch ein bisschen in ihre Situation hineinversetzen können.«

»Jaja, schon gut«, sagte Vera.

Doch für Trauer um die ermordete Hündin von Ermittlungsbereichsleiterin Andrea Zelinka blieb an diesem Mittwoch keine weitere Zeit.

»Wir haben ein neues Foto zugeschickt bekommen, wieder von einer anonymisierten E-Mail-Adresse«, sagte Aurelio Przemysl ganz aufgeregt am anderen Ende der Leitung.

»Es sieht so aus, als ob unsere Strategie aufgeht«, erklärte Vera nach Beendigung des Telefonats. »Sieh dir das an«, sagte sie zu Moritz und bat ihn, auf ihre Seite des Doppelschreibtisches zu wechseln. »Et voilà, das nächste Foto unseres Täters.«

»Und dieses Mal weiß sogar ich, wo das aufgenommen wurde«, sagte Moritz nach einem Blick auf ihren Bildschirm.

»Nicht nur du«, stimmte Vera ihm zu. »Wir veröffentlichen es aber trotzdem über *Igersaustria* und bitten deren Community um Mithilfe. Es soll alles so laufen wie auch bei den zwei Fotos zuvor. Wir wollen doch nicht, dass unser Mister X misstrauisch wird.«

»Oder unsere Madame X«, sagte Moritz.

»Du glaubst doch nicht wirklich daran, dass wir eine Frau suchen, oder?«, fragte Vera.

»Glauben tut man in der Kirche«, antwortete Moritz.

DONNERSTAG, 24. NOVEMBER 2016

Es war eine absolute Schnapsidee gewesen, das Shooting mit den neuen Birkenstocksandalen für einen Abend im November anzusetzen. Gerry fror am ganzen Körper, überall hatte sich eine Gänsehaut gebildet. Aber gut, das kannte er schon von den anderen Shootings. Wenn er seinen Style und seinen Instagram-Account professionell vermarkten wollte, musste er da durch. Im Vorjahr hatte er sich, auf Einladung eines lokalen Tourismusverbandes, auf einem Gletscher im Ötztal ablichten lassen. Damals hatte er lediglich rosafarbene Hotpants eines deutschen Bekleidungsdiskonters sowie ein grünes Kapperl mit dem Aufdruck einer tschechischen Reifenfirma getragen. Die daraus resultierenden Fotos, die er in den folgenden Tagen seinen sechzigtausend Followern auf Instagram präsentiert hatte, fand er echt gelungen. Die Anstrengungen und das Erdulden der Kälte hatten sich also ausgezahlt. Und so würde es auch heute sein. Ein bisschen Warten war schon nicht so schlimm.

So stand er also in seinen weißen Birkenstocksandalen, gekleidet in einen roten Wickelrock und einen weiß-blauen Nylonsweater, inmitten des Innenhofes und wartete. Der einzige Lichtschein, der in schöner Unregelmäßigkeit auf ihn herabfiel, stammte vom nahen UNIQA-Tower, über dessen LED-Fassade bunte Lichtstrahlen tanzten.

Es vergingen weitere Minuten und langsam wurde Gerry wirklich ungeduldig. Schon eine halbe Stunde stand er in der

Kälte. Vielleicht fand seine Verabredung die Location ja nicht? Doch nein, das machte keinen Sinn. Schließlich war es der Modefotograf gewesen, der per E-Mail das nächtliche Shooting in genau diesem rechteckigen Innenhof zwischen UNIQA-Tower und Praterstraße vorgeschlagen hatte. Gerry war im vergangenen Sommer mal hier gewesen, da über den Hof auch der Eingang zu einem medizinischen Labor führte. Er hatte sich im Sommer öfter mal matt und geschlaucht gefühlt, deshalb hatte er sich hier sein Blut untersuchen lassen. Damals hatten Kletterpflanzen alle vier Wände des Hofes in eine wunderschöne Grünoase inmitten der Stadt verwandelt. Davon war jedoch nun, vier Monate später, nichts mehr zu sehen.

»Entschuldige die Verspätung«, hörte er auf einmal eine Stimme hinter sich.

Gerry drehte sich, wie von der Tarantel gestochen, um.

»Du?«, sagte Gerry erstaunt.

»Ich wurde aufgehalten, tut mir leid. Aber jetzt können wir endlich beginnen.«

Gerry kroch Zwiebelgestank aus dem Mund seines Gegenübers entgegen. Und spätestens, als eine Pistole mit Schalldämpfer zum Vorschein kam, wusste Gerry, dass es nicht die allerbeste Idee gewesen war, auf das Angebot für dieses Shooting einzugehen.

»Schöne Grüße von Ariane«, lauteten die letzten Worte, die Gerry in seinem Leben hören sollte.

FREITAG, 25. NOVEMBER 2016

»Was für eine Meisterleistung!«

Jeder der im Besprechungsraum versammelten Kollegen wusste, dass Andrea Zelinka diese Worte alles andere als ernst gemeint hatte. Am Vorabend war, unmittelbar nach dem Ende des Instawalks durch den *UNIQA*-Tower, die Leiche des sechsunddreißig Jahre alten Gerald Junek gefunden worden. Der fesche Gerry, wie er in der *Instagram*-Szene genannt wurde, hatte sich offensichtlich zu einem nächtlichen Fotoshooting verabredet, bei dem er sein neuestes Outfit in Szene setzen wollte. Auf eine ganz andere als von ihm erwartete Art hatte er gegen 22 Uhr die Aufmerksamkeit einer Putzfrau auf sich gezogen. Diese hatte nicht glauben können, was sie in der Ecke des Innenhofes zu sehen bekommen hatte. Der nun nicht mehr so fesche Gerry saß, gekleidet in einen schäbigen grauen Pullover, eine blaue Trainingshose sowie Wanderschuhe, leblos auf dem Boden. Dem Torso fehlte der Kopf. Dieser hatte, versehen mit perfekt sitzendem Hipster-Zopf, formschön neben der Leiche auf dem Boden gelegen.

Die Gesichtsfarbe von Andrea Zelinka glich einer Person, die es mit dem Saunaaufenthalt etwas zu gut gemeint hatte. In der Früh hatte es ein Krisentreffen zwischen ihr und Landespolizeivizepräsident Daniel Fockhy gegeben, so viel war bis zu Vera und Moritz durchgedrungen. »So knapp ist er uns durch die Finger gerutscht«, setzte Zelinka ihre Ansprache fort. Zur Verdeutlichung ihrer Worte hielt sie Daumen und Zeigefinger der linken Hand mit nur wenigen Millimetern Abstand in die Höhe.

Die Kollegen, angefangen von Rauschebart Tepser über Hipster Franz bis hin zu Moritz, waren auf Tauchstation gegangen. Selbst Chefinspektorin Vera Rosen schien sich an diesem Freitagvormittag kleiner machen zu wollen, damit der Zelinka'sche Tsunami sie nicht mitreißen würde. Einzig der dürre Schorsch und Gerichtsmediziner Doktor Faust saßen erhobenen Hauptes am Tisch.

»Du vergisst offensichtlich, dass Gerald Junek nicht im Rahmen jener Veranstaltung getötet wurde, die wir über den Artikel in der *Tagespost* verbreitet haben. Wir haben ihn in einem Nachbargebäude des *UNIQA*-Towers gefunden. Vielleicht hatte die Tat also gar nichts mit dem Artikel in der Zeitung zu tun?«, unternahm Vera einen Entlastungsangriff.

»Das glaubst du doch wohl selber nicht«, wurde sie von Zelinka unterbrochen. »Dein Artikel hat lediglich dafür gesorgt, dass der Täter nicht im Rahmen dieses Instawalks zugeschlagen hat, weil er genau gewusst hat, dass wir diesen überwachen würden. Deshalb hat er gewartet, bis Junek die Fotoveranstaltung verlassen hat, und ihm außerhalb des von uns überwachten Bereichs aufgelauert.«

»Aber Junek war doch gar nicht für den Instawalk angemeldet«, sprang Moritz Vera zur Seite. »Es war wohl purer Zufall, dass er sich just an diesem Abend den Innenhof im Nachbargebäude des *UNIQA*-Towers für sein Fotoshooting ausgesucht hat.«

»Zufall oder Wille des Täters, wir stehen jetzt jedenfalls da, wie die letzten Deppen«, schnaubte Zelinka.

»Aber wir stehen immerhin noch«, sagte Vera.

Für diesen Kommentar erntete die Chefinspektorin einen genervten Gesichtsausdruck der Ermittlungsbereichsleiterin. »Was haben wir zum Opfer?«, fragte diese anschließend.

Vera berichtete vom Stand der Dinge. Gerald Junek, der fesche Gerry, arbeitete in einem Outdoorbekleidungsgeschäft und betrieb seit mehreren Jahren einen persönlichen Fashionblog, der unter anderem mit seinem *Instagram*-Account gekoppelt war. Auf diesem präsentierte er Markenware, die er von Bekleidungsunternehmen zur Verfügung gestellt bekommen hatte. Im Gegenzug hatte er die Ware behalten dürfen, hin und wieder hatte er auch eine finanzielle Gegenleistung erhalten. Auf dem Computer in seiner Wohnung in der Sebastian-Kneipp-Gasse hatte das Team von der Kriminaltechnik noch in der Nacht das E-Mail eines angeblichen Fotografen vorgefunden, der sich mit dem späteren Opfer in einem Innenhof in der Praterstraße für ein abendliches Modeshooting verabredet hatte. Keine fünfzig Meter von jenem Ort entfernt, an dem das Team rund um Kommissar Moritz Ritter den Instawalk im *UNIQA*-Tower überwacht hatte. Der Täter hatte Junek erschossen. Anschließend musste er ihn umgekleidet und in eine Ecke des Hofes geschliffen haben. In der Folge hatte ihm der Täter den Kopf abgesägt und diesen fein säuberlich neben Junek abgelegt. In einem nicht weit entfernten Mistkübel hatten die Ermittler weiße Birkenstocksandalen und andere Kleidung gefunden, die anhand von Blutrückständen eindeutig dem Mordopfer zugeordnet werden konnten. Anhand der roten Schleifspuren im Innenhof hatten die Ermittler jenen Ort, an dem Junek erschossen worden war, sehr genau bestimmen können.

»Warum hat ihm der Täter den grauen Pullover, die blaue Hose und die Wanderschuhe angezogen?«, fragte Zelinka. »Das muss doch irgendeinen höheren Sinn für den Täter haben.«

»Das ist eine gute Frage. Es handelt sich jedenfalls um ganz ordinäre Kleidung, nichts Besonderes. Vielleicht wollte ihm der Täter bewusst normale Kleidung anziehen. Quasi als Gegenentwurf zu seinem metrosexuellen Outfit mit dem roten Wickelrock und den Sandalen?«, orakelte Moritz.

»Wissen wir, was für eine Schusswaffe verwendet wurde?«

»Neun Millimeter«, antwortete der dürre Schorsch. »Die Säge könnte dieselbe gewesen sein wie schon beim Mord an Daniela Bucher, der im Restaurant am Naschmarkt der linke Arm abgetrennt wurde.«

»Haben wir etwas zu diesem Fotografen, der den Termin mit Junek ausgemacht hat?«

»Die Techniker sitzen noch dran, aber die Gestaltung der E-Mail-Adresse lässt auf denselben Urheber schließen, der auch die E-Mails mit der Ankündigung des jeweils nächsten Tatorts an *Igersaustria* verschickt hat.«

»Hat sich Armin Weißmann in der Nähe des Tatorts aufgehalten?«, fragte Zelinka Jakob Tepser.

»Negativ. Er war den ganzen Abend über in seiner Wohnung in der Weimarer Straße«, antwortete der Assistent, der den Verdächtigen observiert hatte.

»Hat sich während der Veranstaltung im *UNIQA*-Tower etwas Verdächtiges ereignet?«, fragte Zelinka anschließend Moritz.

»Das kann man wohl sagen. Ich habe einen irrsinnigen Schreck bekommen, als einer der Teilnehmer plötzlich auf dem Boden lag. Das war ganz oben, im zwanzigsten Stockwerk. Der Typ hatte noch dazu eine Wolfsmaske auf, total strange. Erst auf den zweiten Blick habe ich dann registriert, dass in der Galerie oben drüber einige der Instagrammer standen und den Kerl mit der Wolfsmaske fotografiert haben.«

»Der hat sich also absichtlich tot gestellt?«, fragte Vera nach.

»Ja, das war so ähnlich wie damals in der Kunsthalle. Einige von denen finden es wohl lustig, so eine Szene nachzustellen.«

»Was daran lustig sein soll, wenn zeitgleich nebenan ein junger Mann ums Leben gebracht wird, ist mir ein Rätsel«, erklärte Vera nüchtern.

»Das hat ja zu dem Zeitpunkt noch niemand gewusst«, sagte Moritz.

»Sonst keine Auffälligkeiten?«, fragte Zelinka.

»Nein, eigentlich nicht. Es kommen gleich noch zwei weitere Zeugen, vielleicht ist denen etwas aufgefallen. Direkt im Anschluss wird die Lebensgefährtin von Gerald Junek herkommen. Von ihr erwarten wir uns weitere Aufschlüsse über seinen persönlichen Hintergrund.«

»Die heißt nicht zufällig Ariane, oder?«, fragte Vera.

Das zweite Opfer des Instamörders, Daniela Bucher, hatte kurz vor ihrem Tod einen Brief an ihre Schwester gesandt. In diesem hatte sie für den Fall, dass ihr etwas passierte, auf eine Ariane verwiesen. Auch der Chefinspektorin sagte dieser Frauenname etwas. Sie hatte ihn in irgendeinem Zusammenhang schon mal aufgeschnappt. Allein, sie wusste nicht mehr wo.

»Leider nein«, nahm Moritz ihr dieses kleine Fünkchen Hoffnung. »Sie heißt Marlene Maxa.«

Um der dicken Luft in der *Backstube* zu entrinnen, beschlossen Vera und Moritz in der Mittagspause zum Italiener gegenüber zu gehen. Mit der Aussicht auf eine Pizza Calabrese bei *Visconti* war Vera immer für einen Ausflug zu gewinnen. Tomatensauce, Mozzarella und würzige Salami, mehr Belag brauchte es für die Chefinspektorin nicht auf einer Pizza.

»Hast du schon das mit der Liesl gehört?«, fragte Moritz, nachdem der Kellner die Getränke gebracht und auf ihrem Tisch positioniert hatte. Anschließend nahm er einen Schluck von seinem Marillensaft.

»Nein, was denn?«, fragte Vera.

»Die Zelinka geht davon aus, dass sie die Cleo auf dem Gewissen hat«, sagte Moritz mit ernstem Unterton in der Stimme.

»Die Liesl?«, fragte Vera. »Unsere Liesl vom Empfang in der *Backstube*?«

»Genau diese Liesl«, antwortete Moritz. »Man hat in einer ihrer Schubladen den Pokal gefunden, den ich von *RB Wien* für meine sportlichen Verdienste während meines Undercovereinsatzes im Sommer erhalten habe. Du erinnerst dich? Der Pokal, der aus der Vitrine im Erdgeschoss verschwunden war?«

Die Chefinspektorin nickte zur Bestätigung mit dem Kopf.

»Am Fuß des Pokals wurden Blutspuren gefunden, die mit Cleo in Verbindung gebracht werden konnten. Die Zelinka hat das tatsächlich den dürren Schorsch untersuchen lassen.« Vera hörte sich die Erzählung des Kommissars in aller Ruhe an und verzog dabei keine Miene. Fast kam es Moritz so vor, als ob seine direkte Vorgesetzte nicht sonderlich interessiert an der Thematik war. Dass sich ihre Zuneigung für Cleo in engen Grenzen hielt, war Moritz bekannt. Aber dass die Empfangsdame der *Backstube*, mit der Vera in aller Regel gut auskam, hinter dem Verschwinden von Cleo zu stecken schien, das musste die Chefinspektorin doch emotional berühren. »Auf jeden Fall hat die Zelinka sie dann heute Morgen nach dem Treffen mit Fockhy zur Rede gestellt«, fuhr Moritz fort. »Hat mir der Hubert vom Magazin vorhin auf der Toilette erzählt. Und ich hatte mich schon gewundert, warum die Liesl nicht auf ihrem Platz war.«

»Wie sind sie denn auf die Idee gekommen, in der Schublade von der Liesl nach dem Pokal zu suchen?«, fragte Vera schließlich.

»Keine Ahnung, das wusste der Hubsi auch nicht«, antwortete Moritz.

Nach ihrer Rückkehr in die *Backstube* war der Empfang in der Lobby des Gebäudes nach wie vor verwaist. Daher kam der kurz darauf auftauchende Gast für Vera und Moritz sichtlich überraschend direkt in ihr Büro.

»Entschuldigen Sie die Störung«, sagte die ältere Schwester von Daniela Bucher. »Mir wurde gesagt, dass ich Sie hier oben finde.«

»Da hat Ihnen jemand etwas Richtiges gesagt«, sagte Moritz.

Der Kommissar sprang aus seinem Sessel und ging in großen Schritten auf Barbara Kubik zu. »Mein Name ist Moritz Ritter, ich arbeite eng mit meiner Kollegin Vera Rosen zusammen«, sagte er und schüttelte Kubik die Hand.

Ein solches Auftreten von Moritz hatte Vera selten zuvor gesehen. Da wollte wohl jemand einen guten Eindruck hinterlassen, dachte sich die Chefinspektorin. Die Bezeichnung *Kollegin* für seine Vorgesetzte hatte wohl auch damit zu tun, dass der werte Herr Ritter seinem Gegenüber imponieren wollte, war Vera überzeugt.

»Guten Tag, wie können wir Ihnen denn behilflich sein?«, begrüßte nun auch Vera den unerwarteten Besuch.

Barbara Kubik nahm auf einem der Sessel, die um einen kleinen runden Tisch gruppiert waren, Platz.

»Sie erinnern sich an den Brief, den mir meine Schwester an die Adresse unserer Eltern in Niederösterreich geschickt hat?«, fragte Kubik.

»Ja«, antwortete Vera.

»Mir hat dieser Name keine Ruhe gelassen. Ariane«, wiederholte Kubik jenen Vornamen, den Daniela Bucher ihrer Schwester hatte zukommen lassen, für den Fall, dass ihr etwas zustoßen sollte. Wenige Tage, bevor ihr tatsächlich etwas passiert war. »Ich wusste, dass ich den Namen schon mal irgendwo gehört hatte. Ich konnte ihn nur noch nicht zuordnen. Und dann, heute Morgen am Frühstückstisch, als ich meinen Eltern von dem Brief erzählte, brachte meine Mutter mich darauf, wer diese Ariane war.« Barbara Kubik sah Vera mit großen Augen an. Es schien so, als ob sie selbst nicht verstand, worum es ging. Was besagte Ariane mit dem Tod von Daniela Bucher zu tun gehabt haben sollte. Warum die Schwester ihr diesen Brief geschickt hatte. Einen Brief, den sie bewusst an das Elternhaus adressiert hatte und nicht direkt an ihre Schwester in Tokio. Daniela Bucher hatte ganz offensichtlich vermeiden wollen, dass ihre Schwester sie wegen des Briefes sofort kontaktierte. So aber war das Kuvert im Elternhaus in Grünbach am Schneeberg liegen geblieben und hatte geduldig darauf gewartet, dass die Schwester nach Erhalt der Todesnachricht von Asien nach Europa zurückkehrte und dank der Briefbotschaft einen Beitrag zur Aufklärung des Verbrechens leisten konnte. Eines Verbrechens, das Daniela Bucher kommen gesehen hatte. Und doch nicht hatte verhindern können. Oder nicht hatte verhindern wollen. »Ariane Kauba lautete ihr voller Name. Meine Mutter konnte sich noch gut erinnern. Sie hatte im Herbst zweitausendvierzehn über die junge Frau in der Zeitung gelesen. Sie war bei einer Bergtour auf der *Hohen Wand* abgestürzt.«

Vera sah, wie sich die Lippen von Barbara Kubik weiterbewegten. Sie sah, wie der ernste Ausdruck im Gesicht der jungen Frau dem Gewicht ihrer Aussage Nachdruck verlieh. Wie sie sich bemühte, jedes kleine Detail zum Tod von Ariane Kauba zu schildern. All das wiederzugeben, was sie an diesem 25. November von ihrer Mutter am Frühstückstisch erfahren hatte. Doch in Gedanken war die Chefinspektorin ganz woanders.

»Ich glaube, wir haben unsere Verbindung zwischen den beiden ersten Opfern«, sagte Vera geistesabwesend, erhob sich von ihrem Sessel und schnappte sich die graue Jacke vom Garderobenständer. »Du protokollierst bitte die Aussage von Frau Kubik. Ich muss dringend etwas überprüfen.«

Barbara Kubik sah Moritz verwundert an. »Soll ich jetzt weitererzählen oder nicht?«, fragte sie schließlich.

Auch der Kommissar brauchte einige Sekunden, um den Abgang von Vera zu realisieren. »Selbstverständlich«, sagte er schließlich, »ich bin ganz Ohr.«

Vera wollte auf Nummer sicher gehen und entschied sich für die U-Bahn. Natürlich hätte die Chefinspektorin auch den Dienstwagen nehmen können. Doch sie hatte Angst, dass sie vor lauter Aufregung unterwegs einen Unfall verursachen könnte.

Dreiundzwanzig, vierundzwanzig, fünfundzwanzig, sechsundzwanzig. Die Schritte von der Straßenbahnstation in der Kaiserstraße bis zur Wohnung von Carola Bednar zählte die Chefinspektorin mit. Vierundfünfzig, fünfundfünfzig, sechsundfünfzig, siebenundfünfzig. Wenn sich ihre Vorahnung als richtig herausstellen sollte, hatte sie tagelang neben einem Puzzlestück zur Lösung des Rätsels rund um den Instamörder genächtigt. Neben einem eminent wichtigen Puzzlestück sogar. Achtundachtzig, neunundachtzig, neunzig, einundneunzig. Vera hatte sich in der Asservatenkammer des LKA erneut den Schlüssel für die Wohnung von Carola Bednar aushändigen lassen, dieses Mal ganz offiziell. Nun trug sie schon Wohnungsschlüssel von zwei der Opfer des Instamörders mit sich herum. So langsam hätte sie auch als Immobilienmaklerin durchgehen können. Zweihundertachtzig, zweihunderteinundachtzig, zweihundertzweiundachtzig. Und schon stand sie vor dem modernen Gebäude in der Kaiserstraße Nummer achtundsechzig. Die Chefinspektorin legte die letzten Schritte ihres Weges entlang der gestreckten Rasenfläche im Innenhof des Gebäudes zurück, auf der Hunde nach wie vor strengstens verboten waren. Nach dreihundertsechzehn Schritten war sie schließlich vor der Wohnungstüre angekommen. Vera steckte den Schlüssel in das Schloss und drehte ihn im Uhrzeigersinn. Doch entgegen ihrer Erwartung öffnete sich die Tür bereits nach einer Viertelumdrehung. Die Wohnungstür war also nicht abgeschlossen.

»Hallo?«, sagte die Chefinspektorin laut und deutlich, nachdem sie die Eingangstüre geöffnet hatte. »Landeskriminalamt! Ist hier jemand?«

Es regte sich nichts. Kein Mucks war zu hören. Sie schloss die Wohnungstür und stand nun im Mini-Vorraum von Carola Bednar. Vor ihr lag die geschlossene Tür, hinter der sich das längliche Wohnzimmer mit der gelben Couch und der Schrankwand erstreckte. Die Chefinspektorin öffnete die Tür einen Spalt breit und spähte durch diesen in das Wohnzimmer. Sie konnte niemanden erkennen, alles schien verlassen zu sein, so, wie sie es nach ihrem Umzug in die Wohnung Daniela Buchers hinterlassen hatte. Einzig jene Tür der Erdgeschosswohnung, die am anderen Ende des Wohnzimmers zur Mini-Terrasse führte, stand weit offen. Und doch war es in der Wohnung nicht annähernd so kalt wie im Freien.

Vera marschierte schnurstracks zu ihrem Ziel: dem Kasten in der Schrankwand, in dem sie damals eine fürchterliche Unordnung vorgefunden hatte. Vera öffnete die Tür des Kastens und war mehr als erleichtert, als sie das Objekt ihrer Begierde entdeckt hatte.

»Charles!«, hallte auf einmal ein Schrei durch die Wohnung.

Ein kalter Schauer wälzte sich in Veras Körper in Windeseile vom Kopf zu den Füßen. Wer hatte hier geschrien?

Die Chefinspektorin sah hinter der Kastentür hervor und erblickte einen nicht gerade kleinwüchsigen Hund, der im Schweinsgalopp auf sie zugestürmt kam. Sie war sich nicht sicher, ob sie diese Szene nur träumte, oder ob das wirklich die Realität sein konnte. Wo kam dieser Hund auf einmal her? Vera identifizierte ihn als Australian Shepherd. Sie hatte Exemplare dieser Rasse immer wieder auch mit Lucca in den Hundezonen im Prater und im Augarten getroffen. Sie fand die schlaksigen Bewegungen der Hunde stets sehr sympathisch. Die Besitzerin eines solchen Hundes hatte Vera gegenüber mal erwähnt, dass ihr Exemplar ein ziemlicher Clown sei und dauernd nur Quatsch im Kopf habe.

»Charles!«, rief die Stimme erneut und jetzt gesellte sich zu dieser auch ein Mann, der durch die Terrassentür die Wohnung betrat. »Was machen Sie denn hier in der Wohnung meiner Tochter?«, fragte er verdutzt.

Charles, der clowneske grau-weiße Australian Shepherd, hatte Vera unterdessen erreicht und sie angesprungen. Es war jedoch nicht das Hochspringen eines Wachhundes, der seinen Gegner beeindrucken wollte. Es war vielmehr das Anspringen eines Hundes, der Lust auf Spielen hatte. Während Vera versuchte, die Spielaufforderung diplomatisch abzuweisen, klärte sie den Vater von Carola Bednar über ihre Person auf.

»Ich verstehe«, sagte der Mann, dessen Alter Vera auf sechzig Jahre schätzte. Er hatte volles weißes Haar und besaß eine für sein Alter sehr schlanke Statur. Er trug ein Jackett und ausgewaschene Jeans.

»Tut mir leid, dass ich hier so reingeplatzt bin. Ich dachte, die Wohnung wäre noch unbewohnt«, sagte Vera.

»Ist sie eigentlich auch«, sagte der Mann, der Vera nun gegenüberstand. Charles lag zwischen den beiden und versuchte mit immer wieder aufflackerndem Schwanzwedeln auf sich aufmerksam zu machen. »Ich bin heute das erste Mal hier. Meine Frau, Carolas Mutter, traut sich noch nicht hier herein. Ich wollte zumindest mal nachschauen, ob alles seine Ordnung hat. Es hätte ja schon jemand hier einziehen können, ohne dass wir es mitbekommen hätten.« Wie recht er damit hatte, dachte sich Vera. »Tun Sie nur, weswegen Sie hierhergekommen sind. Lassen Sie sich nicht von mir abhalten«, schloss der Mann.

Die Chefinspektorin griff in das Fach des immer noch geöffneten Kastens und fischte jenes Fotobuch heraus, das sie auch in ihrer ersten in Carola Bednars Wohnung verbrachten Nacht begutachtet hatte. Damals hatte sie sich gewundert, dass jemand wie Bednar, deren Leben sich scheinbar komplett im virtuellen und digitalen Raum abgespielt hatte, ein selbst gestaltetes Fotobuch besessen hatte. Die Chefinspektorin blätterte die Seiten durch, auf denen sich Bilder eines Wanderausfluges befanden. Dieser hatte offensichtlich im Herbst stattgefunden, die meisten der auf den Fotos zu sehenden Bäume trugen bereits ein buntes Blättergewand. Doch es fehlte eine Jahresangabe. Und es waren auch keine Menschen auf den Fotos zu sehen. Lediglich Bilder von ein und derselben Location, der *Hohen Wand* in Niederösterreich. Am Ende des Fotoalbums fand die Chefinspektorin schließlich das, was sich tief in ihr Unterbewusstsein eingepflanzt hatte und was erst durch die Erzählung Barbara Kubiks langsam wieder an die Oberfläche in Veras Erinnerung gewandert war: eine Widmung mit den Worten *Danke für den schönen Ausflug, Ariane.*

»Kennen Sie eine Ariane?«, fragte Vera den Vater von Carola Bednar. Dieser schien in langsamem Tempo orientierungslos durch das Wohnzimmer zu schlendern.

»Ariane?«, fragte er überrascht. Er überlegte einige Sekunden. Charles nutzte die Stille, sprang auf und versuchte Vera zu einer Streicheleinheit zu überreden. Doch die Chefinspektorin war zu konzentriert, zu angespannt und zu neugierig, um sich in diesem Moment mit dem Australian Shepherd zu beschäftigen. »Ja«, sagte Vater Bednar schließlich. »Es gab mal eine Freundin von der Carola, die so g'heißen hat.«

»Pass auf«, sagte Vera zu Moritz am Telefon, als sie die Wohnung samt Vater Bednar und Hund Charles in der Kaiserstraße zurückgelassen hatte. »Die Carola Bednar hat die Ariane Kauba nicht nur gekannt, sondern war während der Ausbildung auf der FH sogar gut mit ihr befreundet. So gut, dass sie sie im Sommer vor drei Jahren mit zu ihren Eltern am Attersee genommen hat, wo sie gemeinsam zwei Wochen Sommerfrische verbracht haben. Der Vater von Carola Bednar konnte sich noch ganz genau an sie erinnern.«

»Bist du deppert«, sagte Moritz.

»Wir müssen unbedingt herausbekommen, ob es auch zwischen Gerald Junek und dieser Ariane eine Verbindung gibt, sowie zwischen Ariane und Armin Weißmann. Und wir müssen unbedingt herausfinden, was genau damals auf der *Hohen Wand* passiert ist.«

Drei Aufträge in einem. Moritz kam sich vor wie die Kinderüberraschung des LKA. Fehlte nur noch die Schokolade.

In Veras Stimme hatte Moritz eine Aufgeregtheit vernommen, wie er sie schon wochenlang nicht mehr bei der Chefinspektorin hatte feststellen können. Endlich hatten sie eine heiße Spur, etwas Handfestes. Das hatte offensichtlich Veras Polizisteninstinkt geweckt. Jetzt hatte sie endlich etwas gefunden, in das sie sich verbeißen konnte. Und Moritz kannte seine Chefin gut genug, um zu wissen, dass sie diesen Knochen nun nicht loslassen würde, bis der Fall geklärt war.

Während Vera sich nochmal die Wohnung von Daniela Bucher genauer ansehen wollte, um herauszufinden, ob ihr dort im Zusammenhang mit Ariane Kauba etwas durch die Finger gerutscht war, standen bei Moritz in der *Backstube* mehrere Besuche auf dem Programm. Nach Barbara Kubik, der gutaussehenden Schwester von Daniela Bucher, standen als Nächstes Ines Häufler und Kilian Prader auf der Besucherliste. Beide waren bei dem Instawalk durch den *UNI-QA*-Tower mit von der Partie gewesen. In Prader erkannte Moritz jenen Instagrammer wieder, der den Instawalk mit einer Wolfsmaske bestritten und sich zur Gaudi der anderen Teilnehmer zwischendurch wie tot auf den Boden gelegt hatte. Er war von großer und schlanker Statur, anhand seiner Dialektfärbung verortete der erst seit einem halben Jahr in Österreich lebende Moritz den Geburtsort des Zeugen irgendwo westlich von Wien-Hietzing.

»Muss ich dich jetzt eigentlich siezen?«, fragte Kilian Prader gleich zu Beginn des Gesprächs. Vor Moritz lagen Notizblock und Stift sowie ein Aufnahmegerät. Dessen rot leuchtende Lampe signalisierte die bereits laufende Tonaufzeichnung. Neben ihm saß mit Ines Häufler die zweite Zeugin. »Ich mein, immerhin haben wir uns gestern während des Walks noch geduzt«, fuhr Prader fort.

»Wir können ruhig beim Du bleiben«, sagte Moritz, der nicht im Traum daran gedacht hätte, den jungen Mann aufgrund der nun veränderten Situation zu siezen. »Also, warum warst du gestern beim Walk dabei?«

»Weil's eine coole Location war, da wollte ich immer schon mal rauf.«

»Also hatte das nichts mit dem Gerald Junek zu tun?«

»Du meinst den *feschen Gerry*? Na, der war ja auch gar nit dabei.«

»Aber er wurde ganz in der Nähe umgebracht.«

»Der Gerry war mir ziemlich egal, wieso hätt i den umbringen sollen?«, fragte Prader.

Moritz hatte keine Ahnung, wieso der junge Mann, der ihm hier gegenübersaß, Junek hätte umbringen sollen. Er stocherte einfach ein bisschen im Nebel herum und hoffte, dabei auf etwas Brauchbares zu stoßen.

»Sagt dir eine Ariane etwas?«, wechselte Moritz das Thema.

»Meine Schwester heißt so. Und mein Südtirol-Opa hat eine *Simca Ariane* g'habt. Das war ein cooles Auto«, antwortete Prader.

»Die Schwester lebt aber noch?«

»Schätze schon, mir ist zumindest nix Gegenteiliges bekannt.«

»Was hat es mit der Wolfsmaske auf sich?«, fragte Moritz den Zeugen.

»Ist halt mal was anderes«, sagte Prader. »Habe ich mir für einen Faschingsball zugelegt und später für ein Fotoprojekt mit @hongwei_tang verwendet. Kam ganz gut an.«

»Ich find das total lässig, was der Kai da macht«, sagte nun auch die neben ihm sitzende Häufler.

»Kai?«, fragte Moritz.

»Das ist der Spitzname aus meiner Zeit, als ich in Japan war. Dort sollte ich meinen Namen buchstabieren, aus Versehen habe ich zuerst auf Deutsch buchstabiert. Und daraus ist dann für die Japaner Kai geworden«, antwortete Prader.

»Aha«, sagte der Kommissar. »Was hast du in Japan gemacht?«

»Ich war im August und September drei Wochen in einer Sprachschule«, antwortete der 24-Jährige.

»Kennst du eine Barbara Kubik?«, fragte Moritz weiter.

»Den Namen hab ich noch nie gehört.«

Moritz machte sich während des Gesprächs einige Notizen. Nun schrieb er die Namen Prader und Kubik nebeneinander. Darüber malte er ein Fragezeichen. Schließlich hatte sich auch die Schwester des zweiten Mordopfers seit einiger Zeit in Japan aufgehalten.

»Hast du den Gerry gestern zufällig gesehen?«, fragte der Kommissar weiter.

»Na, so Architekturwalks waren aber auch nit seins. Hätt mich eher überrascht, wenn er dabei g'wesen wär'.«

»Hast du ihn gesehen?«, richtete Moritz dieselbe Frage nun an Ines Häufler. Die Frau mit dem Lockenkopf war dem Gespräch bis dato aufmerksam gefolgt.

»Ja«, erklärte Häufler, die auf *Instagram* mit ihrem Nickname @ineshaeufler unterwegs war. »Ich habe ihn am Schwedenplatz getroffen und wir sind dann gemeinsam über die Aspernbrücke gegangen. Vor dem *UNIQA*-Tower haben wir uns verabschiedet. Er hat mir erzählt, dass er eine Verabredung für ein Fotoshooting hat. Ich hatte richtig Mitleid mit ihm, weil er an den Füßen lediglich Birkenstocksandalen getragen hat. Mitten im Winter! Das musst du dir mal vorstellen.«

»Hat er erzählt, wo oder mit wem das Shooting stattfinden sollte?«, fragte Moritz.

»Nein. Ich hab ihn aber auch nicht danach gefragt. Er hat nur geschimpft wie ein Rohrspatz, weil der Fotograf darauf bestanden hatte, dass der Gerry das Shooting mit seinen Sandalen absolviert.«

»Die hätte er sich ja auch erst vor Ort anziehen können«, sagte Moritz.

»Hab ich ihm dann auch g'sagt«, erklärte Häufler.

»Der Gerry war halt nit so der Hellste«, meldete sich nun wieder Prader zu Wort.

»Was hat es eigentlich mit deinem Nickname @esploratore13 auf sich?«, fragte Moritz abschließend. Mehr aus Interesse als aus relevanten inhaltlichen Gründen.

»Das ist italienisch für Entdecker und die Dreizehn ist meine Lieblingszahl. Ist so ein bisschen Aberglaube.«

Moritz ließ sich erschöpft in seinen Schreibtischsessel fallen. Die kurze Nacht in Folge des Mordes an Gerald Junek, die Teestunde mit Andrea Zelinka, die Zeugenbefragungen. Das alles schlauchte den Kommissar ganz schön und er freute sich, dass er zumindest ein paar Minuten im Büro abschalten konnte, bevor mit der Freundin des jüngsten Opfers des Instamörders das nächste konzentrierte Gespräch auf der Tagesordnung stand.

Das Läuten des Festnetztelefons ließ dem Kommissar nicht viel Gelegenheit zum Luftschnappen. Moritz sah auf das Display und erkannte, dass der Anruf eigentlich auf dem Gerät seiner Kollegin Vera Rosen einging. Er wollte sich gerade wieder entspannt in seine Sessellehne zurückgleiten lassen, als er sich einen Ruck gab. Schließlich konnte es sich um einen für die Ermittlungen wichtigen Anruf handeln. Moritz nahm das Gespräch an.

»Hofrat Doktor Holz, Leitung Justizanstalt Stein. Die Frau Chefinspektor hätt i gern g'sprochen«, sagte die tiefe männliche Stimme am anderen Ende der Leitung.

»Nicht am Platz«, sagte Moritz. »Kann ich was ausrichten?«

»Sagen S' der Frau Chefinspektor, dass ma den Lumpert bei den Künstlern unter'bracht haben. Er beginnt am Montag. Dafür is' sie ma aber was schuldig.«

Etwas geistesabwesend bestätigte Moritz den Erhalt der Nachricht mit einem »Okay, wird gemacht«. Ehe er sich versah, war das Telefonat auch schon wieder beendet. Doch anstatt sich bis zur Ankunft der Lebensgefährtin von Gerald

Junek noch ein bisschen zu erholen, rasten nun die Gedanken durch Moritz' Kopf. Was hatte Vera für Deals mit dem Hofrat Holz und dem Lumpert am Laufen?

»Ich hab in der Wohnung von der Daniela Bucher nichts entdeckt«, erklärte Vera nach ihrer Rückkehr in die *Backstube*. »Ich hatte gehofft, dort vielleicht auch so ein Fotoalbum zu finden. Aber da war nichts.«

Die Chefinspektorin saß enttäuscht auf ihrem Sessel, Moritz hockte ihr gegenüber hinter seiner Schreibtischhälfte.

»Vielleicht habe ich ja etwas, womit ich dich aufheitern kann«, sagte er.

»Ah so? Hat die Freundin vom Junek was Spannendes für uns gehabt?«

»Nein, das nicht gerade. Abgesehen davon, dass sie noch komplett fertig mit den Nerven war, ist ihr nichts Besonderes aufgefallen in letzter Zeit. Sie war aber auch erst ein halbes Jahr mit dem Gerald Junek zusammen.«

»Hast du sie gefragt, ob sie Ariane Kauba gekannt hat?«

»Natürlich, der Name hat ihr aber leider rein gar nichts gesagt.«

»Und womit willst du mich dann aufheitern? Mit diesem kalten Novemberwetter da draußen ja wohl kaum.«

»Der Herr Hofrat Holz von der Justizanstalt Stein hat sich gemeldet«, sagte Moritz und stoppte nach diesem Satz bewusst wieder mit der Erzählung.

»Ach ja?« Vera versuchte, desinteressiert zu wirken. »Und was hat er wollen?«

»Er wollte nur ein bisschen über die Niederlage des *FC Bayern* gegen Rostow in der Champions League plaudern. Hast du gewusst, dass er in Krems dem lokalen Fanclub des *FC Bayern* vorsteht?«

Wenn Vera ihn schon nicht in ihr Vorhaben eingeweiht hatte, dann sollte sie nun wenigstens ein bisschen an seiner Angel zappeln. Strafe muss sein, dachte sich Moritz.

»Red doch keinen Schmarrn!«, sagte Vera.

»Doch, doch. Und sie haben sogar mal den Klaus Augenthaler bei sich in der Wachau zu Besuch gehabt. Der ist einen ganzen Abend mit ihnen beim Wirt zusammengesessen.«

»Jetzt hör aber auf! Erzähl halt endlich, was er g'sagt hat! Soll ich ihn zurückrufen?«

»Nicht nötig«, erklärte Moritz und grinste seine Kollegin an. »Der Lumpert kommt in die Künstlerwerkstatt«, fuhr er fort. Vera wirkte nun für ihren Kollegen leicht zwiegespalten. Auf der einen Seite schien sie erleichtert über diese Information zu sein. Auf der anderen Seite fühlte sie sich offensichtlich bei etwas ertappt.

»Aha«, sagte sie schließlich.

Moritz wartete einige Zeit, ob die Chefinspektorin vielleicht mit der Sprache rausrücken würde.

»Willst du mir nicht erzählen, was du mit dem Holz und dem Lumpert am Hut hast?«, fragte Moritz, als Vera sich wieder ihrem Computerbildschirm zuwenden wollte.

»Ach, das ist nur so eine Sache«, sagte Vera und blickte wieder starr auf den Bildschirm.

»Was denn für eine Sache?«, blieb Moritz hartnäckig.

»Nix, du musst nicht alles wissen«, gab Vera ebenso stur zurück.

»Da haben wir es ja«, murmelte Moritz später am Tag vor sich hin.

»Was denn?«, fragte Vera interessiert.

Der Bildschirm seines Computers zeigte den Artikel eines niederösterreichischen Lokalblatts. *Wanderin stirbt auf der*

Hohen Wand lautete der Titel. Darin ging es um den Tod der 26-jährigen Ariane Kauba, die am 7. November 2014 bei einem Ausflug auf dem Hochplateau von einer Aussichtsplattform namens Skywalk gestürzt war. Ihr lebloser Körper war weiter unten aufgefunden worden. Die Polizei war damals von einem tragischen Unfall ausgegangen, Fremdverschulden war ausgeschlossen worden.

»Ich ruf' mal in Wiener Neustadt an, die Kollegen können mir sicher sagen, ob sie zu dem Unfall etwas haben«, sagte Vera.

Wäre ja ein lustiger Zufall, wenn Vera ausgerechnet den Vater seiner Freundin Denise am anderen Ende der Leitung hätte, dachte sich Moritz. Mit wem von den Kollegen aus der Bezirkshauptstadt südlich von Wien die Chefinspektorin schließlich sprach, konnte der Kommissar nicht heraushören. Aber nur wenige Minuten später hatte Vera Zugriff auf jenen elektronischen Akt erhalten, den die Polizei Wiener Neustadt in Folge des Unfalls von Ariane Kauba angelegt hatte. Aus diesem ging hervor, dass auch für die ermittelnden Kollegen schnell klar gewesen war, dass es sich um einen Unfall ohne Fremdverschulden gehandelt haben musste. Als Ursache für den Absturz der Frau hatten die Ermittler gemutmaßt, dass sie auf die Brüstung des Skywalks geklettert war. Ob es ein geplanter Suizid oder ein Unfall gewesen war, hatten die Ermittler offengelassen. Ein Abschiedsbrief war nicht gefunden worden.

»Die Kollegen haben auf jeden Fall ordentlich recherchiert, das ist ja ein riesiger Akt für einen Unfall«, sagte Vera, nachdem sie die diversen Anhänge überflogen hatte. »Vielleicht finden wir ja eine Verbindung zwischen Aurelio Przemysl oder Armin Weißmann und Ariane Kauba.«

Die beiden teilten sich die Akten auf. Vera las sich Zeugenaussagen und Profile der Familie durch, Moritz übernahm jene Listen, die von Klassenkameraden über Mitglieder der

Chorgruppe bis hin zu Ariane Kaubas Kollegen aus der Pfadfindergruppe all ihre sozialen Kontakte dokumentierten.

»Komisch«, stellte Vera mittendrin fest. »Es wurden fast alle Verwandten von Ariane Kauba befragt. Nur nicht der Vater.«

»Wäre nicht die erste Familie, bei der sich der Vater und Ehemann irgendwann aus dem Staub gemacht hat«, meinte Moritz dazu nur lapidar. »Was mich viel mehr verwundert, ist, dass man solche Datenblätter doch nicht wegen eines normalen Unfalls anlegt. Und schon gar nicht bei einem Suizid.«

»Das ist wirklich sehr bemerkenswert«, sekundierte ihm die Chefinspektorin.

Ebenso ungewöhnlich war auch der Name, den Moritz wenig später auf der Liste des Maturajahrgangs 2004 des Babenberger Gymnasiums in Wiener Neustadt vorfand. Und auf einmal wunderte es ihn auch nicht mehr, dass damals ein so großer Aufwand um den Unfall Ariane Kaubas betrieben worden war. Ohne dass dabei zählbare Ermittlungsergebnisse herausgekommen wären.

»Ich muss mal eben was erledigen«, sagte Moritz, sprang auf und verließ das gemeinsame Büro. In der Tür lief er dabei fast Jakob Tepser über den Haufen.

»Nanu, wo stürmt denn unser dynamischer deutscher Kollege hin?«, fragte dieser die verdutzte Vera.

»Keine Ahnung«, antwortete die Chefinspektorin. »Was gibt's?«

»Neuigkeiten zu Armin Weißmann«, antwortete Tepser. »Ein Zeuge hat sich über unsere WhatsApp-Hotline gemeldet. Er will Armin Weißmann am Abend des Mordes an Gerald Junek am Praterstern gesehen haben.«

»Am Praterstern?«, fragte Vera. »Das ist keinen Kilometer vom Tatort entfernt. Aber ich dachte, ihr habt ihn die ganze Zeit in seiner Wohnung im Blick gehabt?«

»Habe ich auch gedacht«, sagte Tepser kleinlaut.

Vera trug Tepser auf, noch mal alles bei Armin Weißmann mit Blick auf Ariane Kauba oder auf einen Bezug zur *Hohen Wand* zu überprüfen. »Da hat sich Moritz ja zum rechten Zeitpunkt aus dem Staub gemacht«, schnaubte Vera, als sie an Tepser vorbei das Büro verließ.

»Die Kollegin Lang ist hinten in der Teeküche«, sagte der uniformierte Beamte hinter dem Glasfenster im Eingangsbereich der Polizeiinspektion Ausstellungsstraße. Nachdem dieser sich Moritz' Ausweis hatte zeigen lassen, öffnete er die elektronisch gesicherte Tür. Der Summton signalisierte Moritz, dass er eintreten durfte.

Der Gang im Erdgeschoss der Polizeiinspektion erinnerte Moritz an jenes Gebäude in der Leopoldsgasse, in dem er im vergangenen Jahr tätig gewesen war, bevor er für ein halbes Jahr zurück nach München gegangen war. Während seiner Abwesenheit war die Abteilung für Leib und Leben dann aus der Leopoldsgasse ausgegliedert und als LKA EB 11 neu strukturiert worden. Lediglich die blauen Türen unterschieden diesen in die Jahre gekommenen Bürotrakt von jenem im Herzen des zweiten Bezirks.

»Kann ich kurz mit dir sprechen?«, sagte Moritz, nachdem er die Teeküche betreten hatte. In dieser befand sich an einer Mauer eine Küchenzeile, auf deren Oberfläche eine Kaffeemaschine und ein Wasserkocher auf ihren nächsten Einsatz warteten. In der Abwasch stapelten sich leere Kaffeetassen. Der Wasserhahn tropfte. Gegenüber der Küchenzeile stand ein quadratischer Tisch, der Moritz an jenen in seiner Essküche erinnerte. Beide Sessel waren belegt. Auf einem saß Denise, ihr gegenüber ein uniformierter Kollege. An Moritz' Gesichtsausdruck musste die hübsche Polizistin gemerkt haben, dass er nicht auf einen freundlichen Plausch vorbeigekommen war.

»Lässt du uns kurz alleine?«, bat sie ihren Kollegen um ein bisschen zweisame Privatsphäre.

Dieser folgte ihrem Wunsch, nickte Moritz nach dem Aufstehen nicht gerade entspannt zu und verließ den Raum.

»Was weißt du über den Unfall von Ariane Kauba?«, hielt sich Moritz nicht lange mit Höflichkeitsfloskeln auf.

Denise' Kopf senkte sich nach unten. Ihre Augen fixierten einen imaginären Punkt auf dem dunklen Linoleumboden der Teeküche. Der Kommissar blieb neben dem Tisch stehen und wartete auf eine Erklärung seiner Freundin. Seiner Freundin, die das erste Opfer Carola Bednar angeblich nur von *Instagram* gekannt hatte, weil sie deren Style so cool fand. Seine Freundin, die zufälligerweise im Restaurant am Naschmarkt dabei gewesen war, in dessen erstem Stock Daniela Bucher der Arm abgesägt worden war. Seine Freundin, die im selben Jahr an einem Wiener Neustädter Gymnasium die Reifeprüfung abgelegt hatte wie Ariane Kauba. Gewiss, das Leben hielt mitunter die spannendsten Zufallsgeschichten für den aufmerksamen Betrachter parat. Diese Ansammlung von Zufälligkeiten war dem Kommissar dann aber doch ein bisschen zu viel.

»Denise, sprich mit mir! Oder willst du lieber meinen Kollegen vom LKA alles erklären?«

Nun sah ihn die hübsche Polizistin mit ihren braunen Augen an. Moritz hätte, ohne zu wissen, was sich hinter ihrem Schweigen verbarg, erwartet, dass sie in Tränen ausbrechen würde. Vielleicht auch, dass sie ihn anschreien würde.

»Wir waren zu fünft«, sagte Denise stattdessen. »Carola, Daniela, Gerry, die Ariane und ich.« Sie sprach diese Worte sehr klar, deutlich und in vollkommener Unaufgeregtheit aus.

Sie sah Moritz weiterhin in die Augen. »Die Ariane hatte die anderen auf der Fachhochschule kennengelernt. Wir beide kannten uns seit dem Gymnasium. Es war eine spontane Idee. Wir sind in der Früh in Wien beisammengesessen. Ich hatte meinen freien Tag und die anderen hatten keine Lust auf FH oder was immer sie an diesem Tag hätten tun sollen. Das Wetter war für Anfang November traumhaft, also beschlossen wir, über den Bründlries auf die Hohe Wand zu wandern. Um 10 Uhr haben wir das Auto beim Loderhof abgestellt. Ob wir uns nicht einen richtigen Berg hätten aussuchen können, hatte der Gerry damals noch beim Aussteigen aus dem Auto gemeint. Auf dem halben Weg hat er dann nicht mehr können und wir mussten die erste Pause einlegen«, erzählte Denise. Bei der Schilderung von Gerald Juneks Konditionsschwächen musste sie lächeln. »Oben sind wir dann über das Kohlröserlhaus und die Engelbertkirche zum Skywalk gewandert. Das war alles keine Hexerei, zur Mittagszeit waren wir oben und haben bei der Aussichtsplattform g'jausnet. Und dann ist der Gerry auf die Idee gekommen, auf dem Skywalk ein paar spektakuläre Fotos zu machen. Wir waren ganz allein dort oben, es war ja ein Freitag, da war nicht viel los. Der Gerry war damals als Einziger von unserer Gruppe auf Flickr und ein paar anderen Fotonetzwerken unterwegs. Er erzählte uns, dass es da echt oarge Typen gibt, die die tollsten Fotos posten. Wir haben uns ein paar der Accounts angeschaut und gedacht, dass wir das ja locker auch schaffen. Es hat ganz harmlos angefangen«, fuhr Denise fort.

Über den Gang schlenderten immer wieder mal einige Kollegen der Streifenpolizistin. Einmal kam jener Berufskamerad, mit dem Denise vor Moritz' Eintreffen hier gesessen hatte, vorbei. Dem Kommissar kam es so vor, als ob dieser einen Moment auf dem Gang verharrt hatte, um zu schauen, ob es seiner Kollegin mit dem seltsamen Besucher vom LKA gut erging. Doch Moritz ließ sich davon nicht ablenken. Und Denise auch nicht.

»Gerry hat mal mit einem Bein so getan, als ob er über die Brüstung steigen wollte. Carola hat sich mit dem Oberkörper ziemlich weit über das Geländer nach vorne gelehnt und dabei die Hände nach vorne ausgestreckt. Und dann kam Ariane an die Reihe. Sie wollte sich auf die Brüstung setzen«, erzählte Denise. Dann hielt sie für einen Moment inne, fixierte Moritz aber nach wie vor mit ihren Augen. Sie wollte nicht ablassen von ihm, der Augenkontakt mit dem Kommissar schien ihr Halt zu geben, um diese Geschichte aus ihrer Vergangenheit zur Gänze erzählen zu können. »Sie hat wohl zu viel Schwung genommen. Und dann hat sie das Gleichgewicht verloren und ist nach hinten übergekippt. Gerry wollte sofort nach ihr greifen, er stand am nächsten bei ihr, doch er hatte keine Chance.«

An dieser Stelle endete Denise' Erzählung. Moritz traute sich nicht, sie in den Arm zu nehmen. Zu ungeklärt erschien ihm ihre Rolle. Also blieb er stehen und hielt den Blickkontakt. Mehr konnte er in diesem Moment nicht für sie tun. Als er bemerkte, dass Denise nicht weitererzählen konnte oder wollte, begann er, die weiteren Hintergründe zu erfragen. Denise berichtete von dem Pakt, den sie damals, unmittelbar nach dem Absturz, zu viert geschlossen hatten. Sie alle hatten Angst gehabt, Probleme zu bekommen. Denise am allermeisten, das gab sie nun ganz unumwunden zu. Sie war damals bereits Polizistin gewesen, ihre Karriere hätte abrupt geendet, wenn herausgekommen wäre, dass sie in ihrer Freizeit derart verantwortungslos gehandelt hatte. Erst der Dorfpolizist hätte später Probleme bereitet, weil der Besitzer vom Loderhof die Gruppe gesehen hatte, als sie vom Berg heruntergekommen war. »Der Gendarm hat dann angefangen herumzuschnüffeln, hat begonnen, Fragen zu stellen, und das Umfeld von der Ariane ausgeleuchtet«, erzählte Denise. Sie hatte sich schließlich ihrem Vater anvertraut. Dieser hatte in seiner Funktion als leitender Beamter der Polizei in Wiener Neustadt dafür gesorgt, dass die Ermittlungen eingestellt wurden. Auch er hatte um die Brisanz dieser Angelegenheit mit Blick auf die Polizeikarriere seiner Tochter gewusst. »Du musst mir glauben, dass ich nichts mit den Morden zu tun habe«, sagte Denise schließlich. »Gleich, als ich gehört habe, dass die Carola ermordet wurde, habe ich mit der Daniela und dem Gerry Kontakt aufgenommen. Die wollten aber nichts davon wissen, dass der Tod von der Carola mit der Ariane zusammenhängt. Trotzdem bin ich zur Sicherheit zu der Veranstaltung am Naschmarkt mitgegangen, weil ich gedacht habe, dass ich so ein Auge auf die Daniela werfen kann. Und als der Mörder dann auch sie erwischt hat, habe ich den Gerry gekniet, dass wir mit dir über alles reden. Aber er wollte nichts davon wissen.«

Moritz hatte nun zwei Möglichkeiten. Er konnte seiner Freundin glauben und sie unter Schutz stellen, da er sich ausrechnen konnte, wer als Nächstes auf der Liste des Instamörders stand. Oder er misstraute ihrer Geschichte und nahm sie als Mordverdächtige fest.

Das LKA rückte in der Weimarer Straße mit dem ganz großen Staatsbankett an. Neben Vera sprangen auch Jakob Tepser und Franz Purck aus dem schwarzen Van. Der dürre Schorsch lud seine Koffer aus, zwei seiner Kollegen stiegen aus dem Begleitwagen aus. Ein Streifenwagen hatte bereits vor jenem Haus, in dem sich die Wohnung von Susanne und Armin Weißmann befand, auf die Abordnung des Landeskriminalamtes gewartet.

»Abmarsch«, erteilte Vera kurz und knapp den Befehl, loszuschlagen. Die Chefinspektorin donnerte im ersten Stock gegen die Wohnungstür der Weißmanns. Selbst in der obersten Etage wären die Bewohner aufgrund der Intensität, die Vera an den Tag legte, aus dem Bett gefallen. »Aufmachen, Landeskriminalamt«, rief die Chefinspektorin. Gerade, als Vera ein zweites Mal gegen die Tür schlagen wollte, wurde ebenjene geöffnet. Susanne Weißmann stand mit verwundertem Gesicht in der Tür. Vera drängte sich an ihr vorbei in die Wohnung.

»Wo ist Ihr Mann?«, fragte Vera, als sie Armin Weißmann weder in der Küche noch im großzügigen Wohnzimmer entdecken konnte.

»Da bin ich, was gibt`s denn?«, sagte der Gesuchte und trat nicht minder überrascht ins Wohnzimmer ein. Sein Gang wirkte seltsam, leicht gekrümmt. Trotzdem winkte er mit seiner riesengroßen Hand Vera zu.

»Herr Weißmann, wir nehmen Sie wegen des dringenden Tatverdachts des dreifachen Mordes fest. Ziehen Sie sich etwas über, Sie kommen mit uns!«

»Aber meine Frau kann doch bezeugen, dass …«.

»Ihre Frau kann viel bezeugen, wenn der Tag lang ist. Sie wurden Donnerstagabend in der Nähe des Pratersterns gesehen. Für die Tatzeitpunkte der anderen beiden Morde fehlt Ihnen ein glaubwürdiges Alibi. Und ich bin mir sehr sicher, dass wir auf ihrem Computer und auf ihrer Kamera Spuren finden werden, die Sie in Verbindung mit den drei Morden in der *Instagram*-Szene bringen werden.«

»Und warum hätte ich die drei Leute umbringen sollen?«, fragte Armin Weißmann.

»Das werden Sie mir im Laufe des Wochenendes verraten. Wir werden ausreichend Zeit zum Plaudern haben«, antwortete Vera. Etwas anderes konnte die Chefinspektorin auch nicht sagen, denn das war der Knackpunkt in der Sache Armin Weißmann. Ein Motiv war bis zum jetzigen Zeitpunkt nicht erkennbar.

»Aua, seien Sie nicht so grob«, herrschte Weißmann Franz Purck an, der ihm kurz zuvor Handschellen angelegt hatte und ihn nun aus der Wohnung führte.

»Schorsch, ihr achtet vor allem auf alle technischen Geräte. Ich will alles, was auch nur entfernt nach Kamera oder Computer aussieht, von euch untersucht wissen. Ist das klar?«

»Klar und deutlich«, antwortete der Kriminaltechniker.

»Und haltet Ausschau nach einem blauen Pullover!«, rief ihm Vera hinterher.

»Das brauchst mir nicht sagen. Schließlich waren wir es ja, die unter den Fingernägeln von Carola Bednar die blauen Baumwollfasern gefunden haben!«

Die Chefinspektorin war froh, als sie an diesem Abend das Büro in der *Backstube* im *Viertel Zwei* verlassen konnte. Sie hatte beschlossen, Armin Weißmann über Nacht schmoren zu lassen und sich erst Samstagmittag mit ihm zu befassen. Bis dahin sollte der dürre Schorsch auch die ersten Ergebnisse von der Hausdurchsuchung präsentieren können.

Den Schlüssel zur Wohnung Gerald Juneks hatte sich die Chefinspektorin noch in der Wohnung der Weißmanns vom dürren Schorsch organisiert. Dieser hatte erst kurz vor dem Einsatz in der Weimarer Straße die Untersuchung von dessen Wohnung abgeschlossen. »Ich mag mich noch ein bisschen umschauen«, hatte sie zu ihm als Begründung gesagt. Dass dieses Umschauen über Nacht dauern sollte, das hatte sie ihm ja nicht auf die Nase binden müssen.

Juneks Wohnung lag keine fünf Minuten von Veras Domizil in der Vorgartenstraße entfernt. Eine Querstraße weiter hinein ins Stuwerviertel wohnte Moritz. Das Inspektorat, in dem dessen Freundin Denise ihren Dienst verrichtete, lag quasi direkt gegenüber, auf der anderen Seite der Kreuzung von Ausstellungsstraße und Sebastian-Kneipp-Gasse. Zur *Backstube* im *Viertel Zwei* waren es von hier mit der U-Bahn keine zehn Minuten. Als die Chefinspektorin die Haustür aufsperrte, fühlte sie sich auf eine seltsame Art und Weise wohl.

Gerald Junek hatte eine geräumige Wohnung im ersten Stock des Hauses bewohnt, in dessen Erdgeschoss sich ein türkisches Kebaplokal befand. Ob der Kebapmann sein Handwerk verstand, wusste die Chefinspektorin nicht. Aber die Pizzen waren großartig, die hatte sie oft genug auf dem Weg nach Hause mitgenommen und dann gemeinsam mit Golden Retriever Lucca daheim verspeist.

Die Wohnung Gerald Juneks war in Form eines Quadrats geschnitten, das sich seinerseits in vier quadratische Räume unterteilte. Im ersten Quadrat, dem Vorraum mit inkludierter Küchenzeile, stand Vera, nachdem sie die Wohnung betreten hatte. Zu ihrer Linken führte eine Tür zum nächsten Quadrat, in dem sich Bad und Toilette befanden. Von dort führte eine weitere Tür zum Schlafzimmerquadrat, in dem zu Veras Überraschung ein Himmelbett stand. In einer solchen Kulisse hatte die Chefinspektorin noch nie zuvor genächtigt. Im Wohnzimmer, dem nächsten und letzten Quadrat, stand eine Couch aus glattem weißem Leder, auf der die Chefinspektorin die kommenden Nächte verbringen wollte. An den Wänden des Wohnzimmers hingen zwei Bilder, die für Vera nichts anderes als wirre bunte Striche auf weißem Grund zeigten. Vom Wohnzimmer führte wiederum ein Durchgang in das Vorzimmer, sodass man sich einmal im Kreis durch die gesamte Wohnung bewegen konnte.

Neben einem der modernen Schinken hing ein einzelnes braunes Bücherboard an der Wand. Auf diesem lagen einige Ausgaben des Groschenromans *Geisterjäger John Sinclair*. Da weitere Abstellflächen und Stauraum fehlten, begab sich die Chefinspektorin wieder ins Vorzimmer, wo ein hoher, weiß lackierter Metallschrank die einzige Möglichkeit im Raum darstellte, ein Fotobuch mit Bildern von einem Wanderausflug auf der *Hohen Wand* zu verstauen. Vera öffnete die Doppeltür und fand einen Staubsauger, einen Werkzeugkasten, weitere Putzmaterialien, Handtücher und allerlei weiteres Haushaltszubehör. Jedoch kein Fotoalbum. Auch im Kleiderkasten im Schlafzimmer mit seiner großen verspiegelten Schiebetür konnte sie kein solches Fotobuch ausfindig machen. Trotzdem war Vera felsenfest davon überzeugt, dass der Schlüssel zu den drei bisherigen Morden im Schicksal von Ariane Kauba begründet lag. Wenn Gerald Junek kein solches Fotoalbum besaß, dann ließ sich vielleicht ein anderer Hinweis auf eine Verbindung zu Ariane auftreiben?

Wo bist du? lautete der Text, den Vera später am Abend auf ihrem Handy vorfand. Er stammte von Moritz. Sie beschloss, nicht zu antworten. Die Chefinspektorin wollte ihren engsten Mitarbeiter nicht anlügen.

SAMSTAG, 26. NOVEMBER 2016

Top-Wissenschaftler kritisiert LKA

Nach dem jüngsten Opfer des Instamörders und der nicht enden wollenden öffentlichen Kritik an der Ermittlungsstrategie des Wiener Landeskriminalamts kritisiert nun auch Top-Jugendforscher Friedrich Koblischke das Vorgehen der Ermittler. »Hier wurde ganz klar mit dem Feuer gespielt«, sagt Koblischke in einem Exklusivinterview mit der Tagespost. »Den Ermittlern musste klar gewesen sein, dass sie nicht die gesamte Fotografenszene überwachen können. Hätte man mich vorab kontaktiert, hätte ich das voraussagen können«, so Koblischke weiter. »Anscheinend fehlt dem LKA jeder Hauch einer Ahnung, wie man sich in diesen Kreisen bewegt.«

»Bitte sag mir, dass ihr in der Wohnung vom Weißmann etwas Brauchbares gefunden habt«, sagte Vera zum dürren Schorsch an diesem Samstagmorgen. »Der Artikel in der *Tagespost* wird sich bald bis zur Zelinka herumgesprochen haben und dann will ich ihr ein Erfolgserlebnis präsentieren können.«

Sie war dem Kriminaltechniker zufällig im Empfangsbereich der *Backstube* über den Weg gelaufen, als sie das Gebäude betreten hatte. Das Empfangsdesk blieb auch an diesem Samstag verwaist. Offensichtlich dauerte es eine gewisse Zeit, bis eine Nachfolgerin für die entlassene Empfangsdame gefunden war. Jener Pokal, mit dem sie die Hündin von Andrea Zelinka erschlagen haben sollte, stand blank geputzt in der Vitrine neben dem Stiegenaufgang.

»Ja«, antwortete der dürre Schorsch. Er hatte sein sonst übliches schwarz-weißes Kapperl an diesem Tag gegen eine dünne Wollmütze eingetauscht. Eine Veränderung, die Hipster Franz, dem zweiten notorischen Kapperlträger des LKA, nie im Leben in den Sinn gekommen wäre. Bei den Details war sich der dürre Schorsch jedoch treu geblieben. Auch die Wollhaube trug das Logo des *Wiener Sportklubs.* »Wir haben eine Nachtschicht eingelegt und sind in der Tat auf etwas gestoßen.«

»Und zwar?«, fragte Vera ungeduldig.

»Komm mit«, sagte der dürre Schorsch und bedeutete der Kommissarin mit einem Finger, dass sie ihm folgen sollte.

Das Labor von Georg Hörl und seinem Team befand sich im Erdgeschoss der *Backstube.* Wenn sich Vera nicht irrte, dann lag es direkt unter jenem Büro, in dem Moritz und sie residierten.

»Schau dir das mal an«, sagte er und drehte den Bildschirm auf seinem Schreibtisch ein bisschen zur Seite, damit auch die Chefinspektorin einen Blick darauf werfen konnte.

»Die Fotos, die *Igersaustria* zugespielt worden sind«, beschrieb Vera, was sie sah.

»Genau. Aber schau sie dir mal genauer an«, forderte er Vera auf.

Diese trat einen Schritt näher an den Bildschirm heran und betrachtete die vier Bilder. Der gelbe Fassadenausschnitt des Gebäudes, in dem Carola Bednar erwürgt worden war, das Giebeldach vom Restaurant am Naschmarkt, der moderne Leuchter in der Messe Wien und schließlich der Hof mit dem angrenzenden *UNIQA*-Tower.

»Keine Ahnung, worauf du hinauswillst«, stellte Vera fest.

»Wir haben hier vier Fotos, die sich natürlich in erster Linie durch die auf ihnen abgebildeten Motive unterscheiden.«

»Ja, das ist klar«, sagte Vera, die dem Kriminaltechniker so weit folgen konnte.

»Wenn man sich die Fotos nun aber näher ansieht, weist ein Foto eine technische Anomalie auf.«

Vera untersuchte die Fotos erneut. Aber bis auf die unterschiedlichen Helligkeits- und Kontrasteigenschaften fiel ihr nichts auf, das nach einer technischen Besonderheit aussah.

»Im Foto von dem Leuchter in der Messe taucht ein runder Punkt auf. Ich würde vermuten, dass es sich dabei um ein Schmutzpartikel auf dem Kamerasensor handelt. Und dieser Punkt befand sich nur auf diesem einen Foto.«

»Das bedeutet, der Täter hat zwischendurch die Kamera gereinigt?«, fragte Vera.

Der dürre Schorsch verzog sein Gesicht. »Ich habe mir erlaubt, die Digitalkamera vom Weißmann ein bisschen genauer anzuschauen. Auf deren Sensor habe ich ebenfalls ein Schmutzpartikel gefunden. An exakt der Stelle, wo es auch auf einem mit dieser Kamera angefertigten Foto auftauchen würde. Oder eben auf dem Bild mit dem Leuchter in der Messe.«

Vera ließ die soeben erhaltenen Informationen einen Moment lang sacken. »Also hat Weißmann nur das Foto mit dem Leuchter aufgenommen?«, fragte sie anschließend.

»Diesen Schluss könnte man ziehen, wenn er lediglich eine Kamera besitzen würde. Da wir bloß ein Exemplar bei ihm gefunden haben, könnte dies also tatsächlich sein. Auch auf seinem Handy haben wir keine belastenden Bilder gefunden. Beweis ist das natürlich keiner, denn er kann das Foto vom *UNIQA*-Tower ja auch einfach vor jenem in der Messe angefertigt haben, als die Kamera vielleicht noch nicht verdreckt war. Aber ich würde es zumindest für ein nicht unwesentliches Indiz halten«, schloss der dürre Schorsch seine Ausführungen.

Ein Indiz, das, sollte es in die richtige Richtung weisen, Armin Weißmann entlasten würde. Was Vera in diesem Moment alles andere als recht war.

»Ach, gibt es dich also doch noch«, wurde Vera von Moritz im Büro begrüßt.

»Na, und wie es mich gibt«, antwortete die Chefinspektorin, hängte ihren Mantel auf und setzte sich gegenüber von Moritz an ihre Hälfte des Schreibtisches.

»Und warum meldest du dich dann nicht auf meine Kurznachricht?«

»Und warum verschwindest du einfach so aus dem Büro, ohne mir etwas zu sagen?«, sattelte Vera die Pferde der Retourkutsche.

»Das war wichtig. Und deshalb bin ich gestern Abend auch noch zu dir gegangen. Aber du warst wohl nicht daheim?«

»Äh, nein, ich war noch unterwegs«, versuchte sich Vera herauszureden, um gleich im Anschluss das Thema zu wechseln. »Wir haben gestern den Weißmann festgesetzt, weil ihn jemand Donnerstagabend in der Nähe des Tatorts gesehen haben will. Ich war gerade beim dürren Schorsch. Er tippt darauf, dass nur das Foto vom Leuchter in der Messe vom Armin Weißmann stammt.«

»Hat die Analyse der Festplatten und Speicherkarten etwas ergeben?«, fragte Moritz.

»Das dauert noch, bis morgen wissen wir mehr.«

»Und was ist mit den blauen Faserspuren? Haben sie dazu in Armin Weißmanns Kleiderschrank etwas gefunden?«

»Nein, aber das muss ja nichts bedeuten. So ein Pullover ist schnell mal entsorgt«, antwortete Vera. »Aber egal, der Weißmann hockt jetzt unten. Kommst mit?«

»Das lasse ich mir nicht entgehen«, sagte Moritz. »Und es wäre fein, wenn du danach Zeit für mich hättest«, schob der Kommissar hinterher.

»Für dich immer«, antwortete Vera.

Armin Weißmann saß, bewacht von einem Mitarbeiter der Justizwache, am ovalen Besprechungstisch im Erdgeschoss der *Backstube*. Seine großen Hände ruhten übereinander auf der Tischoberfläche. Sein freundliches Lächeln ließ auf eine, den widrigen Umständen zum Trotz, gute Grundstimmung schließen. Erst nachdem Vera am Kopfende des Tisches Platz genommen hatte, fiel ihr auf, dass Weißmann, passend zur Größe seiner Hände, ebenso große Augen hatte. Durch diese sah er die Chefinspektorin nun neugierig an. Moritz, der ihm gegenüber Platz genommen hatte, wurde nicht weiter beachtet.

»In welchem Verhältnis standen Sie zu Ariane Kauba?«, begann Vera das Gespräch.

»Zu wem?«, fragte Weißmann retour und verzog dabei das Gesicht so, als ob er sein Gegenüber akustisch nicht verstanden hätte.

»Ariane Kauba. Jene junge Frau, die vor zwei Jahren auf der *Hohen Wand* abgestürzt ist.«

»Sei'n S' ma net bös, gnädige Frau Chefinspektor, aber von einer Person mit diesem Namen hab ich mein' ganzen Lebtag noch net g'hört.«

»Aber die *Hohe Wand* sagt Ihnen etwas?«

»Na sowieso, da lässt's sich herrlich wandern!«, antwortete Weißmann.

»Was haben Sie Donnerstagabend am Praterstern zu tun gehabt?«

Moritz war von dieser Frage überrascht. Hatte nicht Rauschebart Tepser den ganzen Abend über ein Auge auf Weißmann gehabt und im Nachhinein zu Protokoll gegeben, dass dieser keinen Fuß vor die Haustür gesetzt hatte?

»Wie kommen Sie darauf, dass ich am Praterstern war?«, gab sich Weißmann verwundert.

»Ein Zeuge hat Sie gesehen. Also ersparen Sie uns bitte das übliche Katz-und-Maus-Spiel. Was haben Sie dort gemacht?«

Weißmann legte das bemüht freundlich lächelnde Gesicht ab. »Ich war schon längere Zeit mit einem Instagrammer verabredet, der sich nachts Zutritt zu Häusern verschafft, um von deren Dächern spektakuläre Nachtaufnahmen zu machen. Der war nur am Donnerstag in der Stadt, eigentlich kommt er aus Kiew. Das konnte ich mir nicht entgehen lassen.«

»Wie haben Sie es denn aus der Wohnung in der Weimarer Straße geschafft, ohne dass unsere Kollegen etwas davon mitbekommen haben?«, fragte Vera.

»Es gibt durch den Innenhof eine Verbindung in die Gymnasiumstraße, das war nicht so schwer«, erzählte Weißmann freimütig. Er wirkte dabei so, als ob er es für ein Kavaliersdelikt hielte, wenn man ein Observierungsteam des LKA austrickste.

»Und wo waren Sie am Praterstern unterwegs?«, versuchte Moritz nun die Geschichte Weißmanns auf ihre Echtheit abzuklopfen.

»Wir sind zur Dizzy Mouse«, antwortete Weißmann.

»Wohin?«, fragte Moritz. Ein Gebäude dieses Namens in der Nähe des Pratersterns war ihm bis dato nicht untergekommen.

»Zur Dizzy Mouse, der Achterbahn gleich beim Riesenrad. Der Juri ist über den Zaun und dann die Stelzen der Achterbahn raufgeklettert. Von dort oben hat er einen tollen Blick auf das Riesenrad gehabt.«

»Und Sie?«, fragte Moritz.

»Ich hab mir beim Versuch, den Zaun zu überwinden, das Kreuz verrissen.« Jetzt machte für Vera auch Weißmanns seltsame Körperhaltung während der Festnahme am gestrigen Tag auf einmal Sinn. »Also bin ich nur unten gestanden und hab dem Juri zug'schaut, wie er nach oben ist.«

»Wie können wir Ihren Juri erreichen?«, fragte Moritz.

»Na das ist ja das Problem. Der ist schon wieder weitergezogen. Heut' ist er in Bologna, glaub ich.«

»Das schaut dann nicht gut aus für Sie, Herr Weißmann. Ihre Frau gibt Ihnen zwar ein Alibi für die ersten beiden Morde, in Stein gemeißelt ist das aber nicht. Und jetzt diese Geschichte mit dem Juri.«

»Schauen S', Herr Inspektor«, setzte Armin Weißmann zur Verteidigung an.

»Herr Kommissar, bitte schön. Ich habe meine Polizeiausbildung in Deutschland genossen«, unterbrach ihn Moritz.

»Gut, Herr Kommissar. Ich hab mit dieser ganzen Sache wirklich nichts zu tun. Das ist alles ein großes Missverständnis!«

»Und wie erklären Sie sich dann, dass unsere Techniker eines jener Fotos, das der Instamörder an *Igersaustria* geschickt hat, mit Ihrer Digitalkamera in Verbindung bringen können?«

Weißmann verzog die Mundwinkel und seufzte.

»Sie meinen das Foto aus der Messe?«

»Wir meinen das Foto aus der Messe«, bestätigte Vera.

»Na gut. Es bringt ja doch nichts«, sagte Weißmann. »Die Susanne und ich, wir haben ja diesen Blog, den *Vienna365*.

Der läuft ganz gut, alles tipptopp. Aber seitdem der Instamörder sein Unwesen treibt, sind unsere Zugriffszahlen regelrecht explodiert. Wir haben uns kaum retten können vor Anfragen von Firmen, die bei uns Werbung schalten wollten. Und na ja, als dann eine Zeit lang nichts mehr vom Instamörder zu hören war …«.

»… haben Sie sich gedacht, Sie helfen ein bisschen nach?«, vervollständigte Vera Weißmanns Erklärung.

»Na ja, eigentlich war das ja die Idee von der Susanne.«

»Ach hören S' mir mit solchen Ausflüchten aus. Was sind Sie denn für ein armseliges Würschtl? Stehen Sie wenigstens zu dem Schmarrn, den Sie verzapft haben.«

Vera ärgerte sich in diesem Moment mehr über Weißmanns Versuche, die Schuld auf seine Frau zu schieben, als darüber, dass er mit seiner Aktion die Ermittlungen behindert hatte.

»Gut, Sie bleiben dann erst mal unser Gast. Falls Ihnen noch etwas einfällt, zum Beispiel, wie wir Ihren Juri erreichen können, wissen Sie ja, wo Sie mich finden«, sagte Vera mit resoluter Stimme und erhob sich von ihrem Sessel.

»Aber ich habe Ihnen doch alles erzählt, was ich weiß«, flehte Weißmann geradezu um Gnade. Seine großen Hände reckte er dazu passend in die Höhe. Doch Gott hatte an diesem Tag kein Erbarmen mit ihm. Und Vera Rosen schon gar nicht.

»Hast du eine Minute?«, fragte Moritz seine Chefin, als sie nach der Vernehmung Armin Weißmanns im Büro einander gegenübersaßen.

»Ja, schieß los.«

»Nun … es fällt mir schwer, den richtigen Anfang zu finden«, sagte der Kommissar, bevor er berichtete, was ihm Denise am Tag zuvor erzählt hatte. Er informierte Vera über die Geschehnisse rund um den fatalen Wanderausflug auf die *Hohe Wand* zwei Jahre zuvor sowie über den Pakt, den die vier überlebenden Beteiligten anschließend geschlossen hatten. Er erzählte von Denise' hilflosen Versuchen, Schlimmeres zu verhindern, nachdem mit Carola Bednar das erste Mitglied der Wandergruppe ums Leben gekommen war.

Vera lauschte erstaunt den Worten von Moritz.

»Und das hat sie dir alles einfach so erzählt?«, fragte sie, nachdem er ein Ende gefunden hatte.

»Es war nicht so, dass sie von alleine zu mir gekommen wäre«, antwortete Moritz. »Aber nachdem ich sie gefragt hatte, hat sie mir alles genau so erzählt, wie ich es nun dir berichtet habe.«

»Wie schätzt du die Lage ein?«, fragte Vera.

»Das weiß ich eben nicht. Deswegen erzähle ich dir das ja alles. Ich bin zu befangen, um mir eine objektive Meinung zu bilden. Aber natürlich will ich ihr glauben und kann mir nicht vorstellen, dass sie die Instamörderin ist.«

»Na ich hoffe doch, dass du mir das auch aus Pflichtgefühl erzählst, weil wir hier eine Mordserie aufzuklären haben. Und nicht nur, weil du dich in Bezug auf Denise nicht entscheiden kannst.«

»Ach Vera, du weißt schon, wie ich das meine. Was soll ich denn jetzt nur tun?«

»Lade sie morgen zum Kaiserschmarrnfrühstück ein. Dann rede ich mit ihr. Und dann sehen wir weiter«, schlug Vera vor.

Moritz war noch nie so froh gewesen, mit Vera Rosen zusammenzuarbeiten, wie in diesem Moment.

SONNTAG, 27. NOVEMBER 2016

Moritz sah seiner Freundin die Nervosität im Gesicht an. Sie hatten die Nacht auf Sonntag bewusst nicht miteinander verbracht. Der Kommissar hatte ein bisschen Abstand gebraucht und Denise schien das zu verstehen. Sie hatte sich nicht aufgedrängt. Nun saß sie seit ein paar Minuten an seinem kleinen grauen Tisch in der Küche, um den sich nie im Leben drei erwachsene Menschen zum Frühstück versammeln konnten. Und wartete auf Vera Rosen. Moritz war gespannt, ob sie auch gegenüber der Chefinspektorin eine so klare Art an den Tag legen würde. Als das Läuten der Türglocke die Ankunft Veras verkündete, zuckte Denise merklich zusammen.

»Sie wird dich schon nicht auffressen«, sagte Moritz.

Doch damit schien er seine Freundin nicht beruhigen zu können.

Als Vera vor der Tür stand, hielt sie ein Sackerl mit Mehlspeisen in der Hand.

»Aber ich mache doch Kaiserschmarrn«, sagte Moritz verwundert. »Da brauchen wir nicht extra Topfengolatschen.«

»Topfengolatschen kann man immer gebrauchen«, sagte Vera in bewusst freundlichem und gut gelauntem Tonfall. Der Kommissar war sich nicht sicher, ob diese gute Laune der Chefinspektorin gespielt oder echt war.

»Guten Morgen«, sagte Vera zu Denise, nachdem sie die Küche betreten hatte. Sie ging auf die Kollegin vom Inspektorat in der Ausstellungsstraße zu und streckte ihr die Hand entgegen.

»Guten Morgen«, sagte Denise, erhob sich und schüttelte Vera die Hand.

»Haben Sie eh vorsichtshalber ein Auge auf ihn gehabt?«, erkundigte sich die Chefinspektorin.

Denise schien die Frage nicht zu verstehen.

»Wie meinen Sie das?«

»Na der Kaiserschmarrn!« Vera zeigte mit dem eben noch händeschüttelnden Arm zur Pfanne auf dem Elektroherd. »Moritz übt doch noch.«

»Von wegen«, erklärte der Kommissar und legte das Sackerl mit den Topfengolatschen neben dem Herd ab. »Ich kann das schon wesentlich besser als du!«

Vera nahm gegenüber von Denise an dem kleinen grauen Tisch Platz. Und als der neue Kaiserschmarrnkönig von Wien-Leopoldstadt sein Werk vollendet und auf den Tellern der beiden Damen abgeladen hatte, hörte sich die Chefinspektorin Denise' Geschichte an. Moritz lehnte währenddessen an der Küchenzeile und richtete seinen Blick abwechselnd auf Denise, Vera und die mittlerweile kahlen Bäume, die sich in der Stuwerstraße dem strahlenden Sonnenschein hingaben. Wann hatte der Wettergott eigentlich beschlossen, die Sonntage im Spätherbst stets mit dem schönsten Wetter auszustatten?

»Wissen wir, wann der nächste Instawalk stattfindet?«, fragte Vera, als Denise mit ihrer Erzählung fertig war.

Den Kaiserschmarrn auf ihrem Teller hatte Denise nicht angerührt, während Moritz der Chefinspektorin zwischendurch eine zweite Portion serviert hatte.

»Am Mittwoch veranstaltet *Igersaustria* einen Instawalk durch das *Konzerthaus*«, sagte Moritz.

»Das dauert mir bis dahin zu lange«, wandte Vera ein. »Was, wenn der Instamörder von seinem Plan abweicht und

Denise auf andere Weise attackiert?«

»Ach, ich kann schon auf mich aufpassen«, erklärte diese.

»Das weiß ich, Schatzi«, sagte Vera und tätschelte die Hand von Denise. So viel körperliche Zuwendung gegenüber einem anderen Menschen hatte Moritz bei seiner Chefin seit gut einem halben Jahr nicht mehr gesehen. »Aber wir sollten trotzdem nichts riskieren. Nicht nach dem Reinfall mit dem Instawalk durch den *UNIQA*-Tower und dem im Haus daneben ermordeten Gerald Junek.«

»Ich habe auf Facebook gelesen, dass sich ein paar Instagrammer zu einer privaten Baustellenführung über den *Austria Campus* am Praterstern treffen«, sagte schließlich Moritz.

»Wann machen die das?«, fragte Vera.

»Morgen Abend.«

»Das ist besser«, erklärte Vera. »Wesentlich besser.«

»Und wie sorgen wir dafür, dass der Instamörder mitbekommt, dass ich bei dem Instawalk dabei bin?«, fragte Denise.

»Wir können nicht dafür sorgen. Sie machen einfach, was Sie immer im Vorfeld eines Instawalks machen«, antwortete Vera. Nach dem amikalen *Schatzi* wenige Sekunden zuvor hatte sich die Chefinspektorin in der Zwischenzeit wieder für das förmliche Sie entschieden. Moritz beschloss, das Verhalten von Vera nicht mehr weiter analysieren zu wollen. Zu verwirrend waren ihre Gefühlsschwankungen. »Wir hoffen einfach mal, dass er oder sie von Ihrer Teilnahme am Instawalk erfährt. Auf demselben Weg, wie er auch herausgefunden hat, dass Carola Bednar am Karmelitermarkt sein wird oder Daniela Bucher im Restaurant am Naschmarkt.«

»Und wenn nichts passiert, wissen wir, dass doch Armin Weißmann der Täter ist«, sagte Moritz.

»Vergiss den Weißmann. So ein feiges Huhn führt doch nicht eiskalt drei Morde aus«, beendete Vera Moritz' Gedankenspiel.

MONTAG, 28. NOVEMBER 2016

Oh nein, nicht schon wieder der, dachte sich Vera. Als sie die neue Empfangsdame an diesem Montagmorgen begrüßt hatte und die ersten Stufen auf der Stiege in den ersten Stock der *Backstube* zurückgelegt hatte, kam ihr ein Mann entgegen, auf den sie gut und gerne hätte verzichten können. Eckige Brille, strubbelige Frisur, braunes Jackett. Der Mann mit dem Bauchansatz grüßte Vera freundlich auf seinem Weg nach unten und setzte seinen Weg unbeirrt fort. Die Chefinspektorin verharrte nach der Begegnung auf der Stiege und sah ihm hinterher. Erst als dieser die *Backstube* verlassen hatte, ging sie weiter.

»Weißt du, wer mir gerade über den Weg gelaufen ist?«, fragte sie Moritz, der bereits im Büro auf seinem Sessel saß und mit einem Löffel in seiner rot-weißen Kaffeetasse herumstocherte.

»Wahrscheinlich derselbe, der mir vorhin am Gang begegnet ist«, vermieste Moritz seiner Kollegin die Überraschung. »Der Coach war bei der Chefin im Büro. Ich fürchte, sie wird uns gleich bei der Teestunde in dieser Angelegenheit etwas mitteilen.«

»Als wenn wir heute keine anderen Sorgen hätten«, erklärte Vera und seufzte. »Wann beginnt diese Fotoveranstaltung am Praterstern?«

»Um 19 Uhr. Ich hab die ganze Nacht kein Auge zugemacht.«

»Wirst sehen, alles wird gut gehen«, versuchte Vera ihr Gegenüber zu beruhigen.

Woher nahm sie nur diese Gewissheit, fragte sich Moritz. Oder war das lediglich eine Beruhigungspille, damit er die Stunden bis zum Abend überstehen würde? Vera erwies sich in dieser für den Kommissar äußerst heiklen Situation mit Denise als Fels in der Brandung. Sie hatte ihm nach dem Gespräch beim sonntäglichen Kaiserschmarrnfrühstück klar zu verstehen gegeben, dass sie seiner Freundin Glauben schenkte. Für Moritz eine enorm wichtige Unterstützung. Vera war zwar nicht gerade als Menschenfreundin bekannt, schon gar nicht in den zurückliegenden Wochen. Aber wie sie die Situation mit Denise behandelte, machte Moritz Mut.

Die Chefinspektorin sah sich noch schnell die neuesten Untersuchungsergebnisse an, die der dürre Schorsch vorbeigebracht hatte. Anschließend machten sich Vera und Moritz auf den Weg zur Teestunde im Besprechungsraum der *Backstube* im Erdgeschoss.

Dort trafen sie nicht nur auf Rauschebart Tepser, Hipster Franz und den dürren Schorsch, sondern auch auf eine ihnen unbekannte weibliche Person. Schmales Gesicht, orange getönte raspelkurze Haare, Brille. Am Kopf des Tisches saß bereits Andrea Zelinka. Diese verzichtete, nachdem Vera und Moritz zwischen dem dürren Schorsch und der unbekannten jungen Frau Platz genommen hatten, auf ihr traditionelles Klopfen mit dem Löffel gegen die Teetasse.

»Was haben wir zu Armin Weißmann?«, fragte Zelinka und eröffnete damit die Besprechung.

Der dürre Schorsch hatte eigentlich erwartet, dass die Ermittlungsbereichsleiterin die unbekannte Frau vorstellen würde. Da sie das offensichtlich nicht vorhatte, startete er die Zusammenfassung des Wochenendes. Der Jahreszeit angemessen trug er auch an diesem Tag, anstelle seines Kapperls, eine filigrane schwarz-weiße Wollhaube. »Wir haben auf den gesicherten Festplatten und Speichermedien sowie auf den Kameras keine Hinweise darauf gefunden, dass die Tatortfotos, die an *Igersaustria* geschickt worden sind, von Weißmann stammen. Für die bei ihm gefundenen Beweismittel gilt also, dass lediglich das Foto vom Leuchter im Foyer der Messe auf ihn zurückzuführen ist. Weiters konnten wir an seiner Kleidung keine Rückstände finden, die wir mit den unter Carola Bednars Fingernägeln gefundenen blauen Faserresten in Verbindung bringen konnten.«

»Hast du dir das Fotobuch angesehen, das ich in Carola Bednars Wohnung gefunden habe?«, fragte Vera.

»Ja, keine verwertbaren Spuren. Außer natürlich die Fingerabdrücke der Toten.«

»Seltsam«, sagte Vera. »Das würde bedeuten, dass sie das Buch selbst gestaltet hat. Oder es wurde ihr von jemandem geschenkt, der keine Spuren hinterlassen wollte.«

»Muss nicht sein«, erklärte Moritz. »Du kannst solche Fotobücher online bestellen und dann direkt zu irgendeiner Adresse liefern lassen. Der Auftraggeber muss das Produkt also gar nicht selbst in den Händen gehalten haben.«

»Wie auch immer«, erklärte Hipster Franz die Fotobuchdiskussion für beendet. »Den von Weißmann für seinen Aufenthalt im Prater am Donnerstagabend vorgebrachten Zeugen Juri haben wir gestern via Skype aus Bologna zugeschaltet«, setzte er fort. »Er bestätigt die Angaben Weißmanns. Sie waren bis 23 Uhr im Prater unterwegs, obwohl Juri ihn schon eher loswerden wollte. Er sei ihm auf die Nerven gegangen, weil er dauernd nur wegen seines Rückens gejammert hätte.«

»Weißmann gab uns gegenüber an, dass er mit dem Foto aus der Messe die mediale Aufmerksamkeit zum Thema Instamörder aufrechterhalten wollte«, schloss nun Vera an. »Ich habe mir das gestern Abend noch mal angeschaut. Seine Frau und er haben jeden Tag mindestens zwei Meldungen zum Instamörder publiziert, deren Verlinkung mit *Facebook* jeweils mehrere tausend Interaktionen hervorgerufen hat. Da entstand eine regelrechte Hysterie. Und über Werbeeinschaltungen auf der Website der Weißmanns sowie der dazugehörigen *Facebook*-Seite haben sie an jedem Klick mitverdient.«

»Klingt nach derselben Vorgangsweise, mit der der Trump und seine Leute den US-Wahlkampf in den sozialen Medien geführt haben. Einfach irgendwelche erfundenen Meldungen in die Welt setzen, Hauptsache die Klickrate stimmt und die Leute verbreiten den ganzen Mist weiter«, sagte Moritz.

»Und am Ende glaubt die halbe Bevölkerung tatsächlich, dass Barack Obama nicht in den USA geboren wurde und eigentlich ein islamistischer Fundamentalist ist«, lautete Franz' Fazit. »Das kennen wir doch leider nicht nur aus den USA.«

»Als wenn alles stimmen würde, was in den Zeitungen steht«, mischte sich nun Rauschebart Tepser in die Diskussion ein.

»Ich sehe jedenfalls keinen Grund, irgendeinem dahergelaufenen Troll auf *Facebook* mehr zu vertrauen als einem professionellen Journalisten. Bei einer Zeitung oder einem Fernsehsender weiß man wenigstens, wer dahintersteht. Auf *Facebook* kann jeder alles behaupten und verbreiten«, antwortete Hipster Franz auf Tepsers Bemerkung.

»Bin ich hier in ein Politikwissenschaftsseminar geraten?«, meldete sich auf einmal die junge Frau mit den orangefarbenen Haaren zu Wort. »Ich hab gedacht, hier wird ernsthaft ermittelt.«

»Darf ich vorstellen, das ist die Kollegin Feurer«, nutzte Zelinka die Gelegenheit, den bis dato unbekannten Gast vorzustellen. »Sie wird den Ermittlungsbereich 11 des LKA in Zukunft verstärken.«

Es folgte ein allgemeines Kopfnicken, was wohl als Begrüßung gewertet werden konnte. »Wie stehen die Dinge um Aurelio Przemysl?«, lenkte Andrea Zelinka das Gesprächsthema anschließend wieder auf die aktuellen Ermittlungen.

»Wir haben keine Verbindung zwischen ihm und Ariane Kauba feststellen können. Für den Zeitpunkt des Mordes an Gerald Junek hat er ein wasserdichtes Alibi. Er hat sich mit einer Mitarbeiterin des Kaufhauses *Steffl* in der Kärntnerstraße getroffen. Die beiden haben über ein mögliches Instameet gesprochen, bei dem Instagrammer nach Ladenschluss durch das Kaufhaus streifen können. Ich habe das gegengecheckt, die Mitarbeiterin hat das Treffen bestätigt. Anschließend haben sie den Abend in der *Skybar* ausklingen lassen«, berichtete Jakob Tepser.

»Das heißt, wir haben keine Ahnung, wen wir heute Abend zu dem Instawalk auf der Baustelle am Praterstern als Instamörder erwarten?«, fragte Andrea Zelinka.

»Stimmt«, antwortete Vera. »Aber wir wissen, dass Denise Lang sein nächstes Opfer sein soll. Und nachdem er nicht weiß, was wir wissen, sind wir im Vorteil. Moritz wird Denise am Abend zum Praterstern begleiten, damit der Mörder uns nicht wie bei Gerald Junek hinters Licht führen und die Tat an einem anderen Ort verüben kann.«

»Dieser Begleitservice wird dem Herrn Kommissar sicher sehr schwerfallen«, kommentierte Rauschebart Tepser Moritz' Aufgabenstellung.

»Noch so 'nen Spruch, Kieferbruch!«, antwortete Moritz gereizt.

Die Hoffnung von Vera und Moritz hatte sich am Nachmittag bestätigt. Aurelio Przemysl hatte sich telefonisch gemeldet und berichtet, dass erneut ein Foto bei *Igersaustria* eingetroffen war. Auf diesem waren einige Betonstreben sowie ein im Hintergrund zu sehendes Wohnhaus zu erkennen, sodass die Ermittler auch ohne Hilfe der *Instagram*-Community wussten, auf welche Lokalität es der Instamörder abgesehen hatte: Jene Baustelle in der Nähe des Pratersterns, auf der der so genannte *Austria Campus* errichtet wurde. Also jener Platz, wo wenige Stunden später ein Instawalk stattfinden sollte, zu dem sich Denise Lang, die Freundin von Kommissar Ritter, Sonntagabend via *Facebook* angemeldet hatte.

»Dann hat der Täter wohl die Zusagen auf *Facebook* dazu genutzt, um herauszufinden, ob Carola Bednar und Daniela Bucher bei den Veranstaltungen dabei sein würden«, erzählte Moritz nun Denise.

Die beiden fuhren mit dem Bus 11A die Vorgartenstraße entlang. Zuvor hatte der Kommissar die Polizistin aus ihrer Wohnung am Allerheiligenplatz in der Brigittenau abgeholt. An der Kreuzung mit der Lassallestraße, wo sich 11A und die U-Bahn-Linie 1 trafen, stiegen sie aus dem Bus aus.

»Wart kurz«, sagte Denise zu Moritz und betrat die direkt an der Busstation gelegene *Vitaminstation*. Zwei Minuten später kam sie wieder heraus, in der Hand hielt sie eine Flasche mit frisch zubereitetem Orangen-Mango-Saft. »Der beste Saft der ganzen Stadt«, sagte sie und drückte Moritz die Flasche in die Hand. Anschließend fuhren sie eine Station mit der U1 stadteinwärts bis zum Praterstern. Von dort erreichten sie den Instawalk-Treffpunkt in der Walcherstraße innerhalb von fünf Minuten. »Irgendwie ein beruhigendes Gefühl, die Kollegen gleich ums Eck zu wissen«, sagte Denise, während sie an der Polizeiinspektion in der Walcherstraße entlanggingen.

»Eigentlich wäre unser Täter ja schön blöd, wenn er hier zuschlagen würde«, sagte Moritz, auch um ein bisschen Anspannung aus der Situation zu nehmen.

Denise grüßte einen vor der Inspektion stehenden uniformierten Kollegen, dann setzten die beiden ihren Fußmarsch fort. Um Punkt 19 Uhr trafen Moritz und Denise bei dem zweistöckigen Container ein, in dem der Bauträger des *Austria Campus* ein provisorisches Informationszentrum eingerichtet hatte.

»Ich begrüße Sie zu dieser ganz besonderen Baustellenführung«, sagte ein Mann mit einem gelben Helm auf dem Kopf. Er trug einen legeren braunen Anzug. Der Farbe seiner Haare und seines gepflegten Vollbartes zufolge handelte es sich bei ihm um ein bereits älteres Semester. »Ich bin der für diese Baustelle zuständige Ombudsmann. Wenn also die Anrainer sich über Lärm beschweren oder sich in ihrer Wohnung auf einmal ein zwei Meter großer Krater auftut, dann rufen sie hoffentlich mich an. Und erst dann die Polizei oder die Feuerwehr.« Der Ombudsmann lachte das Lachen eines Elder Statesman und fuhr mit den Erklärungen zur Baustelle fort. Und während er über die bis 2018 fertiggestellten Büros sowie die immer wieder über die Baustelle flanierenden Feldhasen referierte, sah sich Moritz die versammelte Gruppe an. Es waren, mit ihm und Denise sowie dem Ombudsmann, zehn Personen, die in dieser Runde beisammenstanden. Mehr waren aus Sicherheitsgründen nicht zugelassen. Denise hatte dem Kommissar sofort nach ihrem Eintreffen ins Ohr geflüstert, dass ihr niemand aufgefallen war, den sie in Verbindung mit Ariane Kauba hätte bringen können.

Anwesend waren sieben Instagrammer. Eine blonde Frau von maximal einem Meter fünfundfünfzig Körpergröße, die komplett in Schwarz gekleidet war und eine Kamera um den Hals baumeln hatte; eine etwas größere Frau mit langen dunklen Haaren, der Moritz des Öfteren beim *Billa* in der Stuwerstraße über den Weg gerannt war; ein junger

Mann asiatischer Herkunft, der ein dunkles Kapperl auf seinem Kopf trug; eine kräftige Frau mit einem ebenso kräftigen bundesdeutschen Stimmorgan; ein älterer Mann mit kurz geschorenen Haaren und ebenfalls kräftigerer Statur, auf dessen weißem Pullover Graffitis zu sehen waren; eine zierliche braunhaarige Frau, die bereits eifrig Fotos mit ihrem iPhone machte und deren Dialekt Denise irgendwo in Oberösterreich verortet hätte; sowie schließlich ein gemütlich dreinblickender junger Mann mit Umhängetasche, der dem Ombudsmann vor allem bei dessen Schilderung der architektonischen Details an den Lippen zu hängen schien.

Es war niemand dabei, der Moritz bei den bisherigen Ermittlungen ins Radar geraten war. Und nachdem auch Denise keinen der Anwesenden als Gefahrenquelle identifiziert hatte, behielt Moritz während der nun beginnenden Führung über die Baustelle vor allem die unmittelbare Umgebung im Blick. Denise tat mit ihrer Kamera so, als ob sie tatsächlich an den fotografischen Highlights der Führung interessiert gewesen wäre. Die Kollegen vom LKA hielten sich an verschiedenen Zutrittspunkten des riesigen Baustellengeländes in Bereitschaft, um im Notfall sofort eingreifen zu können.

Die Baustelle wurde von Scheinwerfern in ein helles künstliches Licht getaucht, die an den über das gesamte Gelände verteilten Baukränen angebracht worden waren. Zusätzlich befanden sich an manchen der bereits sechs- oder siebenstöckigen Rohbauten weitere Scheinwerfer, die auf den erdigen Weg gerichtet waren, den das kleine Grüppchen nun zurücklegte. »Wahrscheinlich habe ich heute Abend einige empörte Anrufe auf meinem Telefon, weil die Leute sich von den Scheinwerfern belästigt fühlen«, merkte der Ombudsmann zwischendurch an. »Dabei sollten sie es von der positiven Seite sehen, dank uns sparen sie sich heute Abend eine Menge Strom für die Beleuchtung.« Moritz' mutmaßliche Nachbarin, die ihm immer wieder in der Stuwerstraße beim Einkaufen begegnet war, war die Einzige, die dem Ombudsmann für diese Bemerkung einen Lacher schenkte. Währenddessen erhielt Moritz via Funk die Information, dass die Lage an allen Eingängen zur Baustelle ruhig sei. »Wir befinden uns jetzt am Gebäude im Planquadrat C2«, sagte Moritz leise in sein am Kragen befindliches Mikrofon. Er bildete gemeinsam mit Denise das Schlusslicht der Gruppe. Vorneweg marschierte der Ombudsmann, der das Gebäude als künftige Zentrale einer großen Bankengruppe vorstellte.

Mit dem Baustellenaufzug sollte es in den sechsten Stock des Rohbaus gehen. Da nicht alle Personen in den Aufzug passten, teilte der Ombudsmann die Anwesenden in zwei Gruppen. »Sie passen schon auch noch hinein, Sie sind ja rank und schlank«, sagte er zu Denise, um sie anschließend mit einer einladenden Armbewegung in Richtung Aufzug zu schieben.

»Nein!«, rief Moritz plötzlich. Die gesamte Gruppe sah den Kommissar erschrocken an. »Ich mein, ich hab Höhenangst«, fiel Moritz auf die Schnelle nichts Besseres ein.

»Na das ist doch kein Grund zur Sorge«, sagte der Ombudsmann. »Dann fahre ich mit Ihnen hinauf und wir schicken die Gruppe schon mal voraus. Er zog das Gitter herunter und drückte auf einen am Gestell der Konstruktion befindlichen Schalter. Das Quietschen begleitete die Aufzugskabine auf ihrem Weg nach oben. Moritz sah verzweifelt hinterher, wie der rote Drahtkäfig inklusive Denise im Scheinwerferlicht verschwand.

Quälende Sekunden und Minuten vergingen, bis der Aufzug damit begann, sich wieder von oben nach unten zu begeben. Moritz versuchte, auf akustische Signale eines möglichen Überfalls auf Denise zu achten. Doch außer dem

Knarzen des Metallgestänges, in dem sich der Aufzug bewegte, konnte er nichts hören.

»Keine Sorge, ich bin ja bei Ihnen«, sagte der Ombudsmann, der Moritz' Besorgnis als Ausdruck der Höhenangst des Kommissars deutete. »Wir haben hier auf der ganzen Baustelle noch keinen einzigen Unfall gehabt. Ihnen wird nichts passieren.«

Unmittelbar nachdem auch die zweite Gruppe im Erdgeschoss den Aufzug betreten hatte, begann der Ombudsmann, wie wild auf Moritz einzureden. Offensichtlich war das seine Art, um Menschen mit Platz- oder Höhenangst in dieser beklemmenden Situation von ihrer Todesangst abzulenken. Der Kommissar verstand kein Wort und zählte stattdessen die Sekunden und Stockwerke. Acht Sekunden benötigte das Gerät pro Etage. Acht mal sechs machte nach Adam Riese achtundvierzig. Moritz zählte mit den Fingern mit und kam sich dabei vor wie Vera Rosen, die er immer wieder mal dabei beobachtet hatte, wie sie mit den Fingern Dinge abzuzählen schien. Der Ombudsmann redete weiter auf Moritz ein. Als dieser gerade bei Sekunde einunddreißig angekommen war, stockte der Aufzug.

»Oh, oh«, sagte der Ombudsmann und stoppte mit einem Mal seine Überlebensrede für Moritz. Dann sah er nach oben und sagte jene Worte, die weder ein Mensch mit Höhenangst noch ein Mann hören wollte, der sich um das Leben seiner Freundin sorgte: »Nicht schon wieder.«

»Wirkt alles ziemlich ruhig«, sagte Rauschebart Tepser.

Der bärtige Assistent saß am Steuer des dunkelblauen Audis, der an der Kreuzung von Walcherstraße und Joseph-Roth-Gasse postiert stand. Neben ihm saß Chefinspektorin Vera Rosen. Von hier hatten sie zwanzig Minuten zuvor der Gruppe mit Moritz und Denise hinterhergesehen, wie sie langsam auf dem Baustellengelände verschwunden war.

»Fast ein bisschen zu ruhig, wenn du mich fragst«, stellte Vera fest.

»Wie schaut's bei euch aus?«, fragte Tepser via Funk bei Hipster Franz nach.

»Keine Auffälligkeiten in der Jakov-Lind-Straße«, antwortete dieser. »Also alles roger in Kambodscha«, schob er hinterher.

Vera und Rauschebart Tepser sahen einander sprachlos an.

»Vielleicht will er die neue Kollegin mit seinen Geografiekenntnissen beeindrucken?«, sagte Tepser.

»So wie ich das Fräulein Feurer einschätze, braucht's schon ein bisserl mehr, um sie zu beeindrucken.«

Bei Moritz konnte keine Rede davon sein, dass bei ihm alles roger war. Er hatte den Funkverkehr zwischen Tepser und Hipster Franz mithören können und war kurz davor, Alarm zu schlagen. Doch dann setzte sich die Drahtkabine wieder in Bewegung.

»Na, was habe ich gesagt? Hier ist noch nie etwas passiert«, stellte der Ombudsmann zufrieden fest und lächelte Moritz an.

Dieser sah nach oben und versuchte, im Kampf mit dem Scheinwerferlicht etwas zu erkennen. Doch er musste sich gedulden, bis der Aufzug fast den sechsten Stock erreicht hatte, um dem blendenden Scheinwerfer nicht mehr ausgesetzt zu sein. Bereits die ersten Zentimeter, die Moritz vom sechsten Stock wahrnehmen konnte, trugen ungemein zu seiner Beruhigung bei. Während die anderen Fotografen die unbeobachtete Gelegenheit ausnutzten und im ganzen Stockwerk umherliefen, stand Denise genau an jener Stelle, an der der Kommissar wenige Sekunden später vom Aufzug ausgespuckt wurde.

»War doch nicht so schlimm, oder?«, stellte der Ombudsmann Moritz eine rhetorische Frage und entließ diesen durch das hochgezogene Gitter in die sechste Etage des Rohbaus.

Der Ausblick, den die Gruppe von hier oben hatte, war tatsächlich sehenswert. Von ihrem Aussichtspunkt konnte die gesamte Baustelle überblickt werden, die im Dunkel der Nacht hell erleuchtet vor ihnen lag. Moritz fühlte sich an seine Kinderjahre erinnert, in denen er mit Spielzeugautos im Sandkasten Baustellen nachgestellt hatte. Von hier oben sahen die dunkelgelben Kipplaster und Betonmischer nicht viel anders aus als auf dem Paderborner Spielplatz seiner Kindheit. Für einen Augenblick vergaß der Kommissar, weswegen er hier oben war. Und auch Denise, die nicht von seiner Seite wich, schien für einen Moment die akute Gefahr ausblenden zu können. Ein Moment, der jäh von einem lauten Knall unterbrochen wurde.

»Was ist da los?«, fragte Tepser sofort via Funkverbindung. »Moritz, hörst du mich?«

»Sollen wir eingreifen?«, fragte Hipster Franz. Von seinem Standort aus wäre er in drei Minuten und achtundvierzig Sekunden vor Ort gewesen.

»Alles in Ordnung«, gab Moritz schließlich die Entwarnung durch. »Einer der anderen Fotografen hat einen Stapel mit Steinen umgeworfen.«

Der Vorfall sorgte nicht gerade dafür, dass die nervliche Belastung bei Moritz und Denise kleiner wurde. Im weiteren Verlauf der Führung über die Baustelle vermutete der Kommissar hinter jedem Vorsprung eine lauernde Gefahr. Denise schien nur den absoluten Mindestabstand zum Kommissar einhalten zu wollen. Ein Abstand, der wenigstens verhinderte, dass sie ständig über die Füße des anderen stolperten.

Rund eine Stunde war vergangen, als die Tour den zweiten

und letzten Aussichtspunkt erreicht hatte. Vom direkt an der Bahnlinie gelegenen halb fertigen Gebäude hatte man einen famosen Blick in den alten, traditionell dicht verbauten Teil der Leopoldstadt, der südlich der Bahnlinie bis zum Donaukanal reichte. »Das is' ja geil hier«, kommentierte die Frau mit dem kräftigen bundesdeutschen Stimmorgan den Ausblick und zückte begeistert den Fotoapparat. »Geradezu entzückend.« In das Knipsen ihrer Kamera mischten sich die Worte des Ombudsmanns, der das baldige Ende der Tour ankündigte.

»Ich hoffe, Sie haben einige schöne Eindrücke sammeln können und besuchen uns nach Fertigstellung des Areals mal wieder«, erklärte er auf dem Weg zu jenem Aufzug, der an der Außenseite dieses Gebäudes für den Personen- und Materialtransport zur Verfügung stand.

»Wir fahren zuerst runter«, wollte Moritz dieses Mal auf Nummer sicher gehen. »Gemeinsam mit Denise betrat er den Metallkorb.

»Ja, macht dat doch. Dann haben wa hier oben noch wat länger zum Fotografieren«, freute sich die kräftige Frau. Sie marschierte die Brüstung entlang, wohl in der Hoffnung, eine bisher noch unentdeckte Perspektive zu finden. Auch die anderen Instagrammer sahen sich ein letztes Mal nach möglichen Objekten und Blickwinkeln um.

»Dann warten Sie aber bitte unten auf uns. Es ist strengstens untersagt, sich alleine auf dem Gelände zu bewegen«, trug der Ombudsmann Moritz und Denise mit ernstem Gesichtsausdruck auf.

»Na klar«, sagte Moritz und klappte jene Eisenstange in ihre waagrechte Position hinunter, die die Aufzugskabine an der dem Gebäude zugewandten Seite begrenzte. Im Gegensatz zum Lift im ersten Rohbau schützte hier kein Drahtkäfig die in der Kabine befindlichen Personen.

Der Aufzug setzte sich mit ratternden Geräuschen langsam in Bewegung. Ein frischer Wind wehte Moritz und Denise ins Gesicht.

»Scheint so, als ob wir den Abend ohne Aufregung überstehen«, sagte Denise zu Moritz, als sie die ersten beiden Stockwerke auf dem Weg nach unten passiert hatten.

»Was mich ganz sicher nicht stört«, antwortete Moritz.

Doch in der zweiten Etage des Rohbaus wurde die Talfahrt jäh unterbrochen. »Oh nein, nicht schon wieder«, sagte Moritz. »Ich hoffe, dass das LKA nicht eines Tages hierher zieht. Funktionierende Aufzüge scheinen ja nicht so die Spezialität der hier tätigen Baufirmen zu sein.«

»Ach lass doch, hier oben kann uns wenigstens nichts passieren«, sagte Denise, die über den ungeplanten Zwischenstopp nicht allzu traurig zu sein schien.

Und gerade, als sich in Moritz' Kopfkino eine filmreife James-Bond-Szene abzuspielen begann, in der der Agent die von ihm beschützte Frau innig umarmt und küsst, passierte genau das, was auch in den allermeisten James-Bond-Filmen solche Szenen verhindert.

Moritz spürte einen heftigen Schlag gegen den Kopf und ging sofort zu Boden.

In Windeseile hielt die Person, die eben noch Moritz mit dem Eisenrohr niedergeschlagen hatte, nun Denise ein mit einer Flüssigkeit getränktes Tuch vor das Gesicht. Die Polizistin umgriff mit beiden Händen die Arme des Angreifers, dessen Gesicht sie natürlich erkannte. Sie hatte diesen Mann schon mal gesehen. Sie versuchte, ihn mit gezielten Tritten an für ihn empfindlichen Stellen zu treffen.

Doch mit jeder Sekunde, die verstrich, hatte Denise das Gefühl, die Kontrolle über ihre Arme und ihre Beine ein bisschen mehr zu verlieren. Die Umrisse des Mannes verschwammen mit jenen der kahlen und unverputzten Etage des Rohbaus. Die letzten klaren Gedanken, die sie fassen konnte, bevor sie das Bewusstsein verlor, kreisten einzig und allein um eine Frage: Wie ging es Moritz?

»Was ist jetzt los?«, fragte Rauschebart Tepser.

»Na, was glaubst«, antwortete Vera.

»Die werden doch da jetzt nicht während eines Einsatzes rumschmusen.«

»Mich darfst du so was nicht fragen«, erklärte Vera. »Das ist nicht gerade mein Spezialgebiet.«

»Liebespaar, küsst euch mal, auf der Straße USA«, hörten Vera und Tepser den Kollegen Franz Purck einen Kinderreim ins Mikrofon singen.

»Reiß dich gefälligst zusammen«, rief Vera ihn daraufhin zur Ordnung.

»Erde an Planet Ritter, kannst du mich hören?«, erbat Tepser schließlich ein Status-Update. »Moritz, was ist denn bei euch los?«, fragte er erneut, nachdem er auf seine erste Frage keine Antwort bekommen hatte. Als von Moritz erneut keine Reaktion folgte, gab Vera das Signal an die Kollegen des LKA, aus ihren Autos zu springen und ihrem Kollegen zu Hilfe zu eilen.

Moritz kam wieder zur Besinnung. Was war da gerade auf ihn eingedonnert? Sein Kopf schmerzte fürchterlich. Neben ihm lag eine kleine Eisenstange, die wohl dafür verantwortlich war, dass er zu Boden gegangen war. Zum Glück hatte diese keinen stärkeren Durchmesser gehabt, sonst hätte sich sein bewusstloser Zustand wohl um einige Tage oder Wochen verlängert.

Doch wo war Denise? Moritz versuchte aufzustehen, schaffte dies allerdings nur mit Mühe. Über seinen Kopfhörer hörte er Stimmen, die wirr durcheinanderriefen. Er verstand nicht genau, was sie sagten. Er wusste nur, dass er Denise finden musste. So schnell wie möglich.

Die Aufzugskabine war genau auf der Höhe des zweiten Stockwerks des Rohbaus zum Stehen gekommen. Es war nur ein kleiner Spalt zu überwinden und schon hatte der Kommissar wieder festen Boden unter den Füßen.

Schemenhaft erkannte er am anderen Ende der Etage zwei Punkte, die sich bewegten. Er trottete in deren Richtung und mit jedem Schritt, den er hinter sich brachte, fühlte er sich besser, erlangte er seine Kraft zurück. Die beiden Punkte wurden rasch größer, entwickelten sich zu Menschen. Und je näher Moritz kam, desto deutlicher wurde, dass der eine menschliche Punkt den anderen menschlichen Punkt hinter sich her schleifte. Moritz legte einen Zahn zu, jetzt rannte er durch den langgezogenen Rohbau, wich auf dem Boden verstreutem Werkzeug und herumliegenden Baumaterialien aus, als wenn er niemals niedergeschlagen worden wäre.

»Denise!«, schrie er schließlich, als er die beiden Punkte fast eingeholt hatte. Seine Erleichterung darüber, seine Freundin und ihren Peiniger erreicht zu haben, verflog, als er feststellte, dass die beiden bereits die Kante des Hauses erreicht hatten.

»Lass sie los, du Arschloch!«

»Aber was sind denn das für Kraftausdrücke, Herr Kommissar?«, sagte Friedrich Koblischke mit einer Eiseskälte in der Stimme. »Wir sind doch hier nicht auf dem Schulhof! Hat Ihnen denn niemand Anstand beigebracht? Ein Zeichen unserer Zeit, dass die Menschen verlernt haben, in einer angemessenen Art und Weise miteinander umzugehen!«

»Lassen Sie die Frau los!«, rief Moritz.

»Rührend, wie Sie sich um sie sorgen. Als wenn sie Ihnen tatsächlich etwas bedeuten würde«, erwiderte Koblischke. Er machte einen weiteren Schritt zurück, die leblos wirkende Denise hielt er dabei mit beiden Armen vor seiner Brust fest. Sie diente ihm als menschlicher Schutzschild für den Fall, dass Moritz seine Waffe ziehen und auf Koblischke schießen würde.

»Diese Frau hat dabei zugesehen, wie meine Tochter auf der *Hohen Wand* in die Tiefe gestürzt ist! Genauso wie die anderen drei jungen Leute, die anschließend ihr Leben fortgesetzt haben, als wäre nichts geschehen! Der Besitzer vom Loderhof hat mir doch erzählt, wie sie an dem Tag, im November vor zwei Jahren, zu fünft losmarschiert sind. Und nur vier sind zurückgekommen! Sie haben meine Tochter sicherlich dazu ermuntert, auf die Brüstung zu steigen und sich in den Tod zu stürzen, das hat ja sogar der Dorfpolizist gewusst, der dann vom feinen Vater dieser Dame zurückgepfiffen wurde! Und wofür haben sie sie in den Tod gestürzt? Für ein dämliches Foto! Für ein Foto auf einer dieser unsere Gesellschaft zersetzenden Social-Media-Plattformen! Ich frage Sie, Herr Kommissar: Ist das etwa gerecht?«

»Es wird nicht gerechter, wenn Sie die Frau jetzt in den Tod stürzen«, sagte Moritz und versuchte, dabei so unaufgeregt wie möglich zu wirken. Er konnte nicht einschätzen, ob ihm das gelang oder nicht, zumal ihn immer noch heftige Kopfschmerzen plagten.

Moritz war vielleicht noch drei Meter von Koblischke und der in seinen Armen hängenden Denise entfernt. Er versuchte, in Trippelschritten näher zu kommen.

»Sie bleiben schön da stehen«, warnte Koblischke ihn davor, noch näher zu kommen. »Sie können sich vorstellen, dass mir mein eigenes Leben nicht mehr besonders viel wert ist. Nicht nach allem, was vor zwei Jahren passiert ist. Und schon gar nicht nach dem, was in den vergangenen Wochen geschehen ist. Ich habe meine Aufgabe in dieser Welt erfüllt. Und habe ganz sicher keine Angst vor dem Tod.«

»Ey, guck dir den dort unten mal an«, hörte Moritz auf einmal eine weibliche Stimme aus einem der oberen Stockwerke sagen. »Gehört der auch zu unserer Gruppe?« Es folgte ein heller Blitz, wie ihn eine Fotokamera aussendet, wenn sie ein Motiv auszuleuchten hat. Koblischke sah nach oben. Und in genau diesem einen Moment, in dem er vom grellen Blitz wie paralysiert zu sein schien, machte Moritz einen großen Satz nach vorne und zog den Körper der immer noch leblos wirkenden Denise zu sich. Der Kommissar hielt seine Freundin mit beiden Händen so fest wie nur möglich. Erst jetzt realisierte Koblischke, dass er dabei war, sein potenzielles Opfer zu verlieren. Er versuchte mit seinen Fingern nach Denise zu greifen, doch Moritz hatte die junge Frau bereits zu nah an sich gezogen. Der Jugendforscher Friedrich Koblischke verlor das Gleichgewicht. Sein Gesichtsausdruck erinnerte Moritz an jenen von Hans Gruber, dem Filmbösewicht, der am Ende des ersten Teils von *Stirb Langsam* aus dem Nakatomi Plaza stürzte. Es war ein gleichzeitig hilfloses wie angsterfülltes Mienenspiel. Offensichtlich war Koblischke das eigene Leben doch noch einiges wert, dachte sich Moritz. Der Jugendforscher kippte nach hinten und fiel zwei Stockwerke in die Tiefe. Von oben folgten weitere Blitze, es setzte ein Stimmenwirrwarr ein. »Gehört das mit zu unserer Tour?«, vernahm er einen Mann von oben rufen. »Das ist ja viel besser als in jedem Politikwissenschaftsseminar dieser Welt«, hörte er schließlich die Kollegin Feurer von unten. Offenbar war mittlerweile auch die Verstärkung am Ort des Geschehens eingetroffen.

Moritz saß auf dem kalten Boden des Rohbaus und hielt Denise in seinen Armen. Er schwitzte aufgrund der körperlichen Anstrengung sowie der psychischen Anspannung. Die Kälte nahm er lediglich anhand seines deutlich sichtbaren Atems wahr. Ganz fest umklammerte er Denise. »Bleib bei mir«, flüsterte er ihr ins Ohr. »Bitte bleib bei mir.«

DIENSTAG, 29. NOVEMBER 2016

Die sich in einem gegenüberliegenden Fenster spiegelnde Sonne sorgte an diesem Dienstagmorgen dafür, dass einige der Sonnenstrahlen es bis in Vera Rosens Schlafzimmer schafften. Die Chefinspektorin öffnete die Augen und einen Moment lang war sie irritiert. Sie hatte in den Wochen zuvor so oft die Wohnung gewechselt, an so vielen verschiedenen Orten genächtigt, dass sie in ihrer Verschlafenheit gar nicht realisierte, wo sie sich befand. Erst nach einigen Augenblicken erkannte sie die ihr eigentlich vertraute Umgebung wieder. Da stand der große braune Schlafzimmerkasten genauso wie die gleichfarbige Kommode. An der Wand über der Kommode hing das große Foto von Lucca, auf dem er mitten auf der Hauptallee im Prater saß und treudoof in die Kamera blickte. Im Hintergrund das herbstliche Farbenspiel der die Allee einfassenden Kastanien.

Es war die erste Nacht, seitdem Lucca von ihr gegangen war, in der die Chefinspektorin wieder in ihrer eigenen Wohnung geschlafen hatte. Ja überhaupt längere Zeit als unbedingt notwendig in ihren eigenen vier Wänden verbracht hatte. Mal ausgenommen jene kurzen Besuche, bei denen sie frische Wäsche geholt oder Kanarienvogel Djibouti im Wohnzimmer gefüttert hatte. Der erfolgreich abgeschlossene Instamord-Fall sowie die Aussicht, in Bälde von dem nun in der Kunstwerkstatt der Strafvollzugsanstalt Stein arbeitenden Anton Lumpert Details über ihre Familie zu erfahren, hatten sich positiv auf den seelischen Zustand der Chefinspektorin ausgewirkt. Sie hatte nach dem Ende des Einsatzes auf der Baustelle des *Austria Campus* nicht mal bewusst entschieden, in ihre eigene Wohnung zu fahren. Es war ein Automatismus, der ihr erst bewusst wurde, als sie den Schlüssel in das Schloss ihrer Wohnungstür gesteckt hatte. Ein Automatismus, der von ihrer Entscheidung, den Schlüssel auch tatsächlich im Schloss umzudrehen und die Tür zu öffnen, bestätigt worden war.

Punkt 8 Uhr 30 startete der Radiowecker seinen Betrieb. Die österreichische Soul-Band *N.I.K.O.* wünschte der Chefinspektorin in diesem Moment einen ganz besonders schönen *Good Morning*.

Es hätte nicht viel gefehlt, und Vera hätte an diesem Morgen auf ihrem Weg zum Büro des LKA im *Viertel Zwei* eine Melodie gepfiffen. Der soeben im Radio gehörte Song ging ihr nicht aus dem Kopf. Sie fühlte sich so frisch und frei wie seit einer gefühlten Ewigkeit nicht mehr. Sicher, die Trauer um Lucca war nach wie vor in ihr und würde dort auch noch sehr lange Zeit bleiben. Aber etwas in ihr hatte sich in den vergangenen Tagen verändert. Die vom Himmel strahlende Sonne tat an diesem Morgen, während sie durch die Vorgartenstraße ging, ihr Übriges. Als sie entlang des in die Jahre gekommenen langgestreckten Gebäudes der Erzherzog-Albrecht-Kaserne marschierte, meinte sie sogar einen Vogel zu hören. Doch das konnte nun wirklich nicht sein, schließlich war es ja gerade erst Ende November und vor dem Frühling wartete noch der Winter auf seinen Einsatz.

Die gute Laune der Chefinspektorin traf im Büro auf einen erleichterten Kommissar Moritz Ritter. Dieser war gerade damit beschäftigt, Fotos und andere Hinweise von der Pinnwand abzunehmen.

»Wie geht's ihr denn?«, fragte Vera.

»Besser. Die Ärzte haben Denise, nachdem die Wirkung des Chloroforms nachgelassen hatte, zur Sicherheit über Nacht im Krankenhaus belassen. Ich hole sie am Nachmittag im AKH ab.«

»Das freut mich, Moritz. Wirklich«, sagte Vera.

»Vera, Ritter, mitkommen«, hörten sie auf einmal Andrea Zelinka vom Gang hereinrufen. Die Leiterin des Ermittlungsbereichs hatte ihre Worte offenbar im Vorbeigehen gesprochen und die Reaktion ihrer beiden Mitarbeiter erst gar nicht abgewartet. Die Chefinspektorin und der Kommissar sahen einander mit prüfendem Blick an. »Vielleicht eröffnet sie uns, dass wir am Wochenende alle gemeinsam eine Gehirnwäsche vom Coach erhalten«, orakelte Vera.

Es herrschte eine ausgelassene Stimmung im Besprechungsraum des LKA, an dem bis auf den dürren Schorsch alle Mitarbeiter, inklusive der neuen Kollegin Feurer, versammelt waren. Lediglich Andrea Zelinka machte keinen allzu fröhlichen Eindruck. Ein Umstand, den Moritz ihr aufgrund der Geschehnisse rund um ihre Chihuahuahündin nicht verdenken konnte.

»Ich gratuliere euch zum Abschluss der Ermittlungen in der Causa Instamord«, eröffnete Zelinka ihre Ansprache.

Vera wunderte sich, dass die Ermittlungsbereichsleiterin den Erfolg offensichtlich ihren Mitarbeiterinnen und Mitarbeitern zusprach. Ansonsten war sie es gewohnt, dass sich Zelinka jeden noch so kleinen Erfolg um den eigenen Hals hängte.

»Gibt's Neuigkeiten aus dem Krankenhaus?«, fragte sie Vera.

»Der Kollegin Lang geht es gut«, antwortete Vera. »Und auch Friedrich Koblischke scheint sich bei seinem Sturz nicht viel mehr als ein paar Rippen gebrochen und eine Gehirnerschütterung davongetragen zu haben. Zum Glück stand der Container mit dem Dämmmaterial am rechten Ort, sonst hätte er den Sturz vielleicht nicht überlebt.«

»Hast du Kontakt mit der Familie von Ariane Kauba aufgenommen?«, fragte Zelinka weiter.

»Ja, ich habe noch gestern Abend mit ihrer Mutter telefoniert. Sie konnte nicht fassen, dass ihr Ex-Mann hinter den Morden steckt. Nie hätte sie ihm das zugetraut, sonst wäre sie mit diesem Verdacht zur Polizei gegangen«, erzählte Vera. »Sie wusste auch nicht, dass er sich in den vergangenen Jahren in seiner Tätigkeit als Jugendforscher bewusst auf soziale Medien und vor allem *Instagram* spezialisiert hatte. Regelrecht besessen war er davon, hat mir eine Mitarbeiterin von ihm heute Früh am Telefon erzählt«, fuhr Vera fort. »Bei der Durchsuchung seiner Wohnung haben wir Fotodateien gefunden, die als Basis für die an *Igersaustria* geschickten Bilder dienten. Dazu hingen an seiner Wand ziemlich eklige Sachen, einem der Opfer dürfte er Kopfhaare abgeschnitten haben. Das wirkte wie eine Trophäensammlung, echt gruselig. Ebenso konnte der dürre Schorsch gelöschte Mails wiederherstellen, die belegen, dass Koblischke die Fotos von seinem Computer aus versandt hat. Und wir haben ein weiteres Fotobuch gefunden, adressiert war es an Denise Lang. Ich gehe davon aus, dass er auch an Daniela Bucher und Gerald Junek ein solches Buch geschickt hat, diese es aber zwischenzeitlich entsorgt haben. Deshalb haben wir nur jenes Exemplar in der Wohnung von Carola Bednar gefunden.«

»Also Rache für den Tod seiner Tochter als Motiv für die drei Morde und den Mordversuch an Denise Lang.«

»Ja«, bestätigte Vera ihre Vorgesetzte. »Und genau so hat er es mir ja auch bei unserem ersten Gespräch in seinem Büro prognostiziert. *Instagram* war für ihn lediglich Ausdruck einer in seinen Augen zu oberflächlichen Gesellschaft und gleichzeitig das Medium, über das er mit uns kommunizieren konnte. Das eigentliche Motiv dahinter war viel persönlicher. In seiner Wohnung konnten wir unter anderem eine Säge sowie ein Fläschchen mit Chloroform sicherstellen. Und auch einen blauen Pullover haben wir gefunden, dessen Fasern laut dem dürren Schorsch ident mit jenen sein könnten, die wir unter den Fingernägeln von Carola Bednar gefunden haben.«

»Eigentlich hat er uns ja schon bei der abendlichen Diskussionsveranstaltung über den Dächern der Stadt auf ihn als Täter aufmerksam gemacht. Er hat damals selbst gesagt, dass der Täter unter den Anwesenden sei«, ergänzte Moritz.

Es entwickelte sich ein lockeres Gespräch, die Kollegin Feurer stellte neugierige Fragen zum Verlauf der vorherigen Ermittlungen und Vera ärgerte sich öffentlich, dass ihr die Wanderfotos im Büro von Koblischke, die ihn auf der *Hohen Wand* zeigten, nicht eher aufgefallen waren. Dass sie seine Bemerkung, er müsse heim zu seiner Frau nach Niederösterreich, nicht stutzig gemacht hatte. Aber wie hätte sie ahnen sollen, dass es gar keine Frau in Niederösterreich gab? Dass er sich nach dem Tod seiner Tochter im Privatleben komplett zurückgezogen hatte, dass er jedes Wochenende als Einsiedler im Wienerwald verbracht hatte. Sein öffentliches Auftreten, sein Geltungsdrang und die Zurschaustellung seiner Profession – alles nur Fassade.

»Es gibt da noch etwas, das ich euch mitteilen will.« Das allgemeine Gemurmel wurde von Andrea Zelinka unterbrochen. »Ich habe Landespolizeivizepräsident Daniel Fockhy heute Morgen um meine Versetzung in die Landespolizeidirektion gebeten. Er hat dieser Bitte entsprochen, wodurch ich mit Ende des Jahres den Posten als Leiterin des Ermittlungsbereichs 11 aufgeben werde.«

Mit einem Schlag kehrte eine unheimliche Stille ein. Falls Andrea Zelinka darauf gehofft hatte, dass Fragen nach dem Warum oder Bitten um einen weiteren Verbleib folgen würden, so hatte sie sich getäuscht. Es gab gute Gründe dafür, dass es um das Verhältnis zwischen der Ermittlungsbereichsleiterin und ihren Mitarbeitern nicht zum Besten stand. Und ebenjene Gründe, gepaart mit einem hohen Maß an Ehrlichkeit, führten nun zu einem Ausbleiben solch falscher Beileidsbekundungen.

Was schließlich den Ausschlag für diese Entscheidung gegeben hatte, das behielt Zelinka in diesem Moment für sich. »Ich habe dem Herrn Landespolizeivizepräsidenten vorgeschlagen, dich, Vera, zu meiner Nachfolgerin zu machen. Er wird in den nächsten Tagen in dieser Angelegenheit auf dich zukommen. Ich wollte nur, dass du weißt, dass ich dich, trotz aller persönlichen Vorbehalte, für eine hervorragende Polizistin halte.«

Anschließend erhob sich Zelinka von ihrem Platz. Sie nahm Tee- und Untertasse mit der linken Hand. Dann verließ sie den Raum.

»Meinst du, das hat was mit der Liesl zu tun?«, fragte Moritz, als Vera und der Kommissar wieder in ihr Büro zurückgekehrt waren.

»Mit der Liesl? Wieso das denn?«, fragte Vera.

»Weil die Liesl die Cleo mit dem Pokal erschlagen haben soll. Hast du das etwa schon wieder vergessen?«

»Entschuldige, Moritz, das ist gerade alles ein bisschen viel für mich«, sagte Vera. »Aber ja, vielleicht hast du recht.«

Das Blinken ihres auf dem Schreibtisch liegenden Mobiltelefons signalisierte der Chefinspektorin, dass jemand während der Teestunde versucht hatte, sie zu erreichen. Und zwar nicht nur einmal.

»Null, zwei, sieben, drei, zwei«, sagte Vera. »Was ist das für eine Vorwahl?«

»Warum fragst du das ausgerechnet mich?«, antwortete Moritz.

Die Chefinspektorin hörte die auf ihrer Mailbox hinterlassene Sprachnachricht ab.

»Hier Hofrat Holz, Justizanstalt Stein. Frau Chefinspektorin, es ist leider etwas sehr Unschönes passiert. Anton Lumpert hat sich gestern Abend mit einem aus dem Kunstbetrieb in die Zelle geschmuggelten Gegenstand die Pulsadern aufgeschnitten. Unsere Hilfe kam zu spät. Ich denke, Sie sollten das erfahren. Schließlich haben Sie sich ja so für ihn eingesetzt. Auf dem Tisch in seiner Zelle haben wir einen Brief gefunden, der an Sie adressiert ist. Wir werden Ihnen dieses Schreiben in den kommenden Tagen nach Wien schicken.«

»Es ist alles ein bisschen viel«, wiederholte sich Vera, nachdem sie das Handy wieder auf dem Tisch abgelegt hatte.

»Was meinst du?«, fragte Moritz.

Er blickte in Veras leeres Gesicht.

MITTWOCH, 30. NOVEMBER 2016

Es war der erste Instawalk, den Moritz und Denise privat und offiziell als Paar absolvierten. Ziemlich viele bekannte Gesichter, die dem Kommissar in den vergangenen Wochen über den Weg gelaufen waren, waren auch an diesem Abend im Wiener *Konzerthaus* mit von der Partie. Kilian Prader und Ines Häufler, Katinka Kärcher, die kräftige Frau mit der bundesdeutschen Stimme und die Weißmanns. Letztere verzichteten auf näheren Kontakt mit dem Kommissar. Zu groß war wohl noch ihre Aversion gegen alles, was mit den Ermittlungen rund um den Instamörder zu tun hatte.

   Die Gruppe wurde von einem Mitarbeiter des *Konzerthauses* in der großen Halle im Erdgeschoss in Empfang genommen. Dieser berichtete von der über hundertjährigen Geschichte des Hauses, das nach nur zwei Jahren Bauzeit im Jahr 1913 eröffnet worden war. Damals hatte noch Kaiser Franz Josef I. geherrscht und alles war in der k. u. k. Monarchie so, wie man es sich hundert Jahre später im verklärten Rückblick auf die *gute alte Zeit* romantisierend vorstellte. Die Eröffnung des Hauses hatte der Kaiser selbst vorgenommen. Im Gegensatz zur Habsburgermonarchie hatte das *Konzerthaus* in der Lothringerstraße, gleich neben dem traditionellen Eislaufplatz gelegen, die kommenden Jahrzehnte halbwegs unbeschadet überstanden. Und so erhielten zwanzig Instagrammer an diesem Abend die Gelegenheit, im Rahmen einer Führung hinter die Kulissen des Hauses zu blicken. Anschließend stand eine Aufführung der Wiener Symphoniker auf dem Programm.

»Ich finde es toll, dass du trotz der Vorkommnisse am Montag heute schon wieder auf einen Instawalk mitgegangen bist«, sagte Moritz, nachdem Denise und er auf ihren Stühlen im *Großen Saal* Platz genommen hatten. Von hier aus hatten sie einen guten Blick auf die imposante goldene Orgel, die sich hinter der Orchesterbühne über die gesamte Wand erstreckte.

»Das ist halt wie beim Reiten. Wenn man vom Pferd fällt, soll man ja schließlich auch so schnell wie möglich wieder aufsteigen«, entgegnete Denise. »Und der Koblischke ist ja gefasst, ich habe also nichts mehr zu befürchten.«

»Hoffentlich hast du von deinem Chef in der Inspektion in der Ausstellungsstraße auch nichts zu befürchten«, sagte Moritz. »Immerhin war dein Verhalten nicht gerade vorbildlich.«

»Ich weiß«, sagte Denise nur, »ich weiß.«

»Hier findet also das berühmte Neujahrskonzert statt«, wechselte Moritz schließlich voller Erhabenheit das Thema und ließ seinen Blick durch den Saal wandern.

»Du hattest eine Fifty-fifty-Chance und hast es mal wieder verbockt«, sagte Denise und lächelte zu Moritz. »Das Neujahrskonzert wird im *Musikverein* gespielt, das ist ein paar hundert Meter weiter, am Karlsplatz.«

»Na, dann bin ich ja gar nicht so weit daneben gelegen«, erklärte der Kommissar. »Übrigens, ist dir aufgefallen, dass meine berühmte Tatort-Aufklärungs-Theorie auch bei unserem Instamord-Fall gegriffen hat?«

Denise verstand nicht recht, was der Kommissar damit meinte.

»In den allermeisten Fernsehkrimis ist doch der berühmteste Schauspieler am Ende auch der Täter. Wenn du so willst, war mit dem Koblischke auch bei unseren Ermittlungen der berühmteste Akteur der Täter.«

»Na, wenn du meinst. Was dein Allgemeinwissen betrifft, bin ich auf jeden Fall schon mal froh, dass du neben all deinem überlebenswichtigen Fußballwissen überhaupt weißt, dass es so was wie ein Neujahrskonzert gibt!«

»Na hör mal, meine Mutter sieht sich das jedes Jahr am ersten Januar an. Dazu gibt es Lachs und Sekt und im Anschluss guckt die ganze Familie Neujahrsspringen aus Garmisch-Partenkirchen. Dieses Programm hat Tradition in der Familie Ritter. Sogar die Oma in Bad Sassendorf macht mit, obwohl sie sich überhaupt nicht für Skispringen interessiert.«

»Können wir ja heuer auch so machen«, schlug Denise vor. Es lagen noch gute vier Wochen zwischen diesem Abend im *Konzerthaus* und dem Jahreswechsel. Keine ewig lange Zeit also, und doch war es das erste Mal, dass Denise etwas zu ihrer mittelfristigen Planung als Paar sagen konnte, ohne dass sich Moritz dabei alle Zehennägel aufstellten. Der Kommissar schien selbst ganz überrascht davon zu sein.

»Ja, gerne«, sagte er schließlich, als die ersten Musiker des Orchesters die Bühne betraten.

»Wobei ich den Sekt vielleicht besser weglassen sollte«, sagte Denise anschließend, während sie Violinisten, Holz- und Blechbläsern dabei zusah, wie diese ihre Plätze in der Orchesterordnung einnahmen.

Moritz hatte eine gute Sekunde gebraucht, bis er die Worte von Denise akustisch vernommen hatte. Er sah seine Sitznachbarin, mit der er seit dem vergangenen Sommer eine eher lockere Beziehung geführt hatte, an. »Du wirst im Juli Papa«, sagte sie mit hochgezogenen Augenbrauen und leicht verängstigtem Gesichtsausdruck.

Nachdem Denise ihre Botschaft überbracht hatte, setzte im *Großen Saal* des Wiener *Konzerthauses* lauter Applaus ein. Der Dirigent des Abends, Ludovic Morlot, hatte soeben die Bühne betreten und hinter seinem Pult Aufstellung genommen. Und erst jetzt wurde Kommissar Moritz Ritter bewusst, dass in Bälde jemand Unerwartetes seine ganz persönliche Bühne betreten würde.

DANKSAGUNG DES AUTORS

Zwei Jahre liegen zwischen der vagen Idee für *Instamord* und seinem Erscheinen als gedrucktes Buch. Zwei Jahre, in denen viele Menschen dazu beigetragen haben, dass dieses Buch in seiner nun vorliegenden Form Wirklichkeit werden konnte. Ihnen allen möchte ich an dieser Stelle herzlich danken:

Den im Krimi als Dachverband titulierten *Igersaustria*, die ja eigentlich gar kein „Dachverband" sein wollen. :) Sie stellen Jahr für Jahr sauleiwande Events für die österreichische *Instagram*-Community auf die Beine und haben mich bei Planung und Umsetzung von *Instamord* bestmöglich unterstützt, allen voran Birgit (@bigii), Claudio (@claudio.x), Thomas (@lichtar.at) und Wolfgang (@famiglia_vienna).

Dominik und Michael von @textrahmen für ihr Vertrauen in meine Schreibkünste und ihren Mut, dieses Buchprojekt mit mir gemeinsam von einer virtuellen E-Book-Serie in eine gedruckte Fassung zu verwandeln.

Mary-Jane „Magic" Fritsch, die mich seit Beginn meines Daseins als Krimi-Autor grafisch unterstützt und die u. a. auch die Cover der vier einzelnen Teile des Live-Krimis *Instamord* im November 2016 gestaltet hat.

Dem *Dezentral* am Ilgplatz, dem *Supersense* (@supersense) in der Praterstraße und der *UNIQA* (@uniqa_at), die mir während des interaktiven Entstehungsprozesses von *Instamord* im November 2016 großzügig Raum für jeweils eine Lesung zur Verfügung gestellt haben.

Dem großartigen Tall William (@tallwilligram), dem genauso großartigen Martin Mikulik und den ebenso großartigen Mädels und Buben von *N.I.K.O.* (@nikooohyeah) für ihre musikalische Unterstützung bei besagten Lesungen.

Ully Matt für die kompetente medizinische Beratung bei all meinen Fragen rund um Leichenstarre, Stichkanäle & Co.

Barbara Walter und Elisabeth Hell, die mich während der Live-Entstehung von *Instamord* im November 2016 als Lektorinnen durch alle Höhen und Tiefen begleitet haben.

Gunpei Yokoi, der (u. a.) als Spieledesigner für den Nintendo Gameboy aktiv war und für Games wie *Super Mario Land* und *Tennis* verantwortlich zeichnet. Ohne diese kleinen Ablenkungen im Schreiballtag wäre an eine Fertigstellung dieses Projekts nicht zu denken gewesen.

Allen InstagrammerInnen, die sich mit ihren Accounts während der Live-Entstehung von *Instamord* entweder als Zeugin/Zeuge zur Verfügung gestellt oder auf eine andere Art mitgewirkt haben. Insbesondere: @alias_vulgo, @esploratore13, @ineshaeufler, @katinka_cat und @marestella.me (traveller forever! g*). Und, besonders legendär: @walmatwien mit seiner „Totmannstellung" während des Instawalks in der Kunsthalle.

Und schließlich meiner Frau Christina, die stets größte Unterstützerin und schärfste Kritikerin in Personalunion ist. Ohne dich ist alles nichts!

Alle eventuellen Ähnlichkeiten mit toten oder lebenden Personen sind rein zufällig.